laughing out loud
2

Claudia de Lillo

Nonsolomamma

Diario di una mamma elastica con due hobbit, un marito part-time e un lavoro a tempo pieno

TEA

Per informazioni sulle novità
del Gruppo editoriale Mauri Spagnol visita:
www.illibraio.it
www.infinitestorie.it

TEA – Tascabili degli Editori Associati S.p.A., Milano
Gruppo editoriale Mauri Spagnol

www.tealibri.it

Una parte dei diritti d'autore sarà devoluta alla
Casa delle donne maltrattate di Milano (www.cadmi.org)

Prima edizione TEA Laughing Out Loud settembre 2008
Ottava ristampa TEA Laughing Out Loud gennaio 2013

NONSOLOMAMMA

A Roberto, Luca e Andrea

ELASTI-PRESENTAZIONE

Lei fa la giornalista finanziaria.
Ha due hobbit di sesso maschile.
Il più grande ha quattro anni, ama le donne, il cioccolato e il *Signore degli Anelli*. Da grande farà il cavaliere Jedi.
Il più piccolo ama le papere e le scarpe. Ha gli occhi tondi, come il protagonista di un fumetto giapponese. Nei suoi quasi due anni di vita ha detto « sì » una volta sola e se n'è subito pentito.
Lei ha un marito part-time, barese e comunista, che passa buona parte del suo tempo a Londra dove lavora e dove probabilmente ha una vita parallela con un'altra moglie e altri figli, inglesi.
Insieme a loro c'è spesso Valentina Diolabenedica, la baby sitter degli hobbit, la persona più importante dell'elasti-vita.
Abitano a Felicity Place. Intorno a loro c'è Milano, ma i residenti di questo bizzarro posto tra le magnolie sono convinti di vivere in un ridente sobborgo americano e crescono i figli a Coca-Cola con ghiaccio, tacchino ripieno e pop corn cotti nel microonde.
Lei ha i piedi per terra, i capelli a carciofo e un cronico senso di colpa.
Ha giornate complicate e notti impegnative.
Non si veste da strafiga perché sta scomoda, non si trucca perché non ne ha il tempo, non si mette la crema idratante perché se ne dimentica.
Se per sbaglio chiude gli occhi crolla addormentata.
Lei è un'elasti-mamma, nel bene e nel male.

GENNAIO

Lunedì, 1° gennaio

Anno nuovo, pappone verde

Elasti-mamma, Mister Wonder e gli hobbit sono in vacanza a Bari a casa di Towanda e Mister Brown, i nonni.
Lo hobbit piccolo ha salutato il nuovo anno vomitando a getto un pappone verde che ha inondato la cucina dei nonni e il vestitino della festa di Elasti-mamma. Speriamo sia di buon augurio.

Mercoledì, 3 gennaio

AAA passaporto cercasi

La vacanza barese è finita. Si torna a casa.
La geniale organizzazione prevede che Elasti-mamma parta *sola* all'alba. Mister Wonder e gli hobbit arriveranno in serata.
Elasti-mamma ha le vertigini. Non viaggia senza appendici da quasi quattro anni e riscopre la magica ebbrezza della solitudine.
Arriva a Felicity Place. La casa sembra una discarica.
La signorina Esmeralda, che avrebbe dovuto rimediare ai disastri natalizi e restituire un po' di decoro a questo posto, ha il cuore infranto perché il suo fidanzato è tornato in Ecuador. Pertanto se ne frega dell'elasti-famiglia e dell'elasti-sporcizia. Come darle torto?
Elasti-mamma appoggia i trenta chili di bagagli familiari. Dovrebbe fare almeno quattro lavatrici, la spesa, preparare qualcosa di commestibile per gli hobbit, e subito dopo andare in redazione.

Ma è sola in casa e non succede mai.
Scavalca il cubo multi-attività, calpesta un tappeto di carte da regalo e inciampa sui pennarelli lavabili. Plana in bagno. Riempie la vasca di acqua bollente e schiuma. Musica a palla. Chiude gli occhi e se ne frega anche lei, come Esmeralda.

Driiin driiin driiin.
È Mister Wonder, da Bari. Riportati gli hobbit a casa, domani andrà in America, per un convegno di supereroi.
«Elasti, ho chiamato in questura a Milano e il mio passaporto non c'è. Mi avevano garantito che entro oggi sarebbe arrivato. Devi andare di persona e risolvere questa cosa. Devo avere il passaporto. Se non riesco a partire è un dramma.»
«Stai scherzando? Non posso muovermi. Questa casa è un inferno. Non mi sono fermata un secondo. Sto mettendo a posto, sto pulendo-lavando-stirando. Devo fare la spesa, cucinare, andare a lavorare», mente lei, immersa tra le bolle.
«Ti prego, solo tu mi puoi aiutare», implora lui.
Ai convegni di supereroi si decidono le strategie per combattere i mostri, per evitare l'invasione di ultracorpi, per sconfiggere gli alieni.
Elasti-mamma non può sottrarsi ai suoi doveri superiori. È in missione.
Va al commissariato di Felicity Place. La poliziotta dell'ufficio passaporti, faccia da schiaffi, la tratta a pesci in faccia.
Dopo tre minuti Elasti-mamma si mette a urlare. Resiste alla tentazione di insultare la poliziotta e la sua famiglia solo perché se lo facesse la arresterebbero.
Viene spedita dalla faccia da schiaffi al quartier generale dei passaporti, in pieno centro.
Si precipita. Ci sono quattromila persone in fila. Scarica l'elasti-nervosismo raccontando il suo dramma ai vicini. Cerca di impressionare i presenti descrivendo i pericoli che l'umanità corre se la missione fallisce. Li convince e la fanno passare.
Accede al girone infernale. L'ufficio sta per chiudere e lei è sull'orlo di una crisi di nervi.
Improvvisamente si materializza un poliziotto, proprio di fronte a lei. Ora o mai più.

« Ho bisogno di lei », gli sussurra con voce implorante e languida, occhio da gallina innamorata, sguardo da fammi-tua-qui-e-ora. Con certi uomini funziona.
Ha funzionato. Il suo uomo le assicura che domani all'alba le consegnerà il passaporto nuovo.
Elasti-mamma chiama trionfante Mister Wonder. Si sente fichissima.
Prima ha rischiato l'arresto e dopo si è prostituita con il primo agente che passava. Però lo ha fatto per una nobile causa.

« Pronto, Mister Wonder? Sono io... »
« Sì...? Ah, amore, risolto! Sono riuscito a sistemare tutto da qui, per telefono. È stato facilissimo. Grazie comunque. »

Venerdì, 5 gennaio

Inquietanti puntualizzazioni

A cena lo hobbit piccolo si arrampica su Elasti-mamma e, raggiunta la meta, le lecca voluttuosamente la guancia.
« Bravo! Lei non è la nostra schiava, è la nostra mamma. Dobbiamo volerle bene », dice lo hobbit grande mentre mastica gli gnocchi.

Sabato, 6 gennaio

Elasti-mamma, la Befana e l'horror vacui

Elasti-mamma è sola con gli hobbit nel weekend. Mister Wonder è a Chicago. A lavorare, dice.
Da brava milanese, nevrotica e ipercinetica, Elasti-mamma, quando è sola con i nani, viene assalita da horror vacui. La sola idea di stare a casa con due hobbit annoiati e di doversi inventare pirotecnici passatempi che stimolino la loro intelligenza la terrorizza.
Il programma dell'Epifania pertanto prevede la partecipazione alla Festa della Befana di Felicity Place.
L'evento è piuttosto aberrante, in effetti, e Elasti-mamma avreb-

be dovuto immaginarlo, ma l'horror vacui poté più che il buon senso.
Ai pargoli degli abitanti di questo sobborgo tra le magnolie tocca lo spettacolo di Pirillo e Terenzio, clown-prestigiatori, incapaci di far ridere e di fare magie.
Elasti-mamma passa con questi tristi individui due interminabili ore, seduta per terra tra i nani, nell'auditorium di quartiere.
Lo hobbit grande con un cappellino di carta in testa soffia catatonico nel suo fischietto, il nano piccolo lecca l'elasti-guancia per l'intera durata della performance.
L'occupazione dei figli di Felicity Place, tra i tre e i dieci anni, è scattare senza sosta fotografie con il telefonino.
Lo spettacolo si conclude con un gruppo di aitanti papà che, pensando di stupire i pargoli con un virile tiro alla fune, si ritrovano a danzare un umiliante Limbo tra l'ilarità di Pirillo e Terenzio.
Prima che parta un indiavolato trenino di madri tra le sedie della platea, Elasti-mamma afferra gli hobbit e fugge.

Domenica, 7 gennaio

Un dolore terribile dietro gli occhi

Il weekend è finito. Domani è un altro giorno.
Elasti-mamma andrà a lavorare, gli hobbit torneranno ai rispettivi asili e la baby sitter Valentina Diolabenedica sarà di nuovo con loro. Mister Wonder è ancora via, ma pagherà caro e pagherà tutto. Garantito.
Elasti-mamma mette a letto i due piccoli mostri e si rilassa. Si stende, chiude gli occhi e fa finta di essere single. Single e senza pensieri. Anzi, single con dubbi amletici: meglio massaggi con pietre laviche o peeling con alghe del Mar Morto? Meglio una casta serata occhi negli occhi con George Clooney a guardare il lago di Como o un rovente quarto d'ora in un ascensore guasto con Antonio Banderas? Meglio sushi o zighnì? Meglio « Marie-Claire » o « Vanity Fair »?
Mentre si dibatte in questi interrogativi esistenziali, sente una vocina. Proviene dalla stanza degli hobbit.

«Mamma... mamma...» È il nano grande.
«Cosa vuoi? Dormi. Non voglio sentire niente. Sono stanca, dormi», risponde Elasti-acida. Maria Montessori sarebbe fiera di lei e della sua capacità di ascolto.
«Ho un dolore terribile dietro gli occhi», dice con voce sofferente.
«Non è vero. Dormi.»
«Se non mi dai subito una medicina per il dietro degli occhi, *gomito*», minaccia.
Sono quarantott'ore che Elasti-mamma si dedica agli hobbit con amore, dedizione e pazienza. Ora basta. Non vuole saperne più niente.
«Vomita pure, amore. Quando hai finito mi chiami che ti cambio pigiama e lenzuola», risponde gelida.
«Mamma ho il candelone. Mi soffi il naso?» chiede implorante. Lo hobbit grande è maniacale come sua madre e dorme con tre pacchetti di fazzoletti sotto il cuscino. Alla veneranda età di tre anni suonati anche la Maria (Montessori) avrebbe preteso una gestione autonoma della candela.
«Non voglio sapere niente di te e della tua candela. Fatti soffiare il naso dall'orso Lino o dalla bambola Femmina» (ebbene sì, ha chiamato l'unica bambola che possiede «Femmina» e ci dorme insieme).
«Mamma mi fa caldo il pigiama, posso dormire nudo?»
«No.»
«Mamma... mammaaaa...»
«Non gridare che svegli il nano piccolo.»
«Mamma. Aiutami. Non mi sento di buon umore.»
Ecco. Fregata.
Lui può simulare un attacco di peritonite acuta e lei riesce a non battere ciglio. Lui può andare in apnea per cinque minuti e lei riesce a fottersene. Lui può farsi venire una crisi isterica e lei riesce a ignorarlo.
Ma quando lui dice «non mi sento di buon umore» la disintegra.
«Va bene amore, vieni qui che ti coccolo. Poi, se vuoi, puoi dormire nel lettone con me così ti passa tutto», dice Elasti-chioccia. E ritorna la schiava di sempre.

Martedì, 9 gennaio

Un pomeriggio di ordinaria anarchia

La collega C sta parlando al telefono con il suo futuro marito e contemporaneamente si sta provando delle scarpe color bronzo, tacco 8, che indosserà il giorno del suo matrimonio.
Il collega A sta navigando su siti in cui si scambiano case per le vacanze e sogna di cedere i suoi trenta metri quadrati di monolocale a Sesto San Giovanni per trecento metri quadrati di loft a Manhattan.
La collega M si tocca la pancia e si lamenta perché « tira tutta e quasi scoppia ». Dentro c'è un bambino che si chiamerà Ernesto, come Che Guevara.
La collega G compra online biancheria intima da pornostar su www.victoriassecret.com.
La collega F legge l'oroscopo di Branko e sostiene che vale la pena comprare « Il Messaggero » solo per leggere l'infallibile Branko.
Il collega D ha detto che scendeva a bere un caffè ed è scomparso da oltre un'ora e mezzo.
La collega S e il collega N sputano veleno sull'assente D.
La collega B guarda *Cento vetrine.*
La collega L non tollera che quando manca l'autorità i giornalisti sbrachino e mugugna la sua indignazione di fronte a uno schermo spento.

Sono le quattro di pomeriggio, i capi sono tutti in riunione e nella redazione di Elasti-mamma regna un anarchico cazzeggio.

Mercoledì, 10 gennaio

Segno dei tempi

Ore 23.00. Elasti-mamma e Mister Wonder si infilano nel letto e trovano nell'ordine:

- un fumetto dell'Uomo Ragno,
- il nano Dotto dei Sette Nani a grandezza naturale,
- una giraffa di gomma masticabile,
- una gallina di stoffa fatta a pezzi,

- un trapano giocattolo che fa lo stesso rumore di un trapano vero,
- una talpa di peluche con la cacca in testa (sempre di peluche grazie a Dio), e
- un tappeto di briciole di biscotti wafer gusto nocciola.

Poi ci si domanda perché da quando ci sono i bambini non si fa più sesso...

Giovedì, 11 gennaio

Scusa, chi è Paola?

Mister Wonder deve espiare la sua lunga assenza.
Lui fa il bagno agli hobbit, lui apparecchia, sparecchia e lava i piatti, lui cambia il pannolino cagoso allo hobbit piccolo, lui si alza la notte quando i nani chiamano. Almeno fino alla prossima, imminente, partenza.
Questa mattina Elasti-mamma gli telefona dall'ufficio. Lui è a casa. Sta lavorando, così dice.
Al termine di una breve e irrilevante conversazione si congedano.
« Va bene, allora vai tu a prendere gli hobbit. Ci vediamo più tardi », conclude Elasti-mamma.
« Okay, ciao Paola », dice lui.
« Ciao Mister Wonder », risponde lei.
Click.
C'è qualcosa che non quadra e che le sfugge.
Cosa ha detto alla fine? Ciao chi? Ha detto « ciao Paola ».

Ciao Paola??? Io non mi chiamo Paola!
Lui sta via dieci giorni a Chicago per un convegno di supereroi, torna e mi dice « ciao Paola »?!
Mi sento poco bene.
Richiamo.

« Pronto? »
« Sono sempre io, Elasti. Chi è Paola? »

«Paola? E che ne so?»
«Prima. Mi hai detto "ciao Paola". Puoi chiamarmi Elasti, amore, tesoro, luce-dei-miei-occhi, donna-della-mia-vita, creatura-meravigliosa, pupilladellemiepupille... ma Paola no. Chi cazzo è 'sta Paola di merda?»
«Ma no... ti ho detto ciao pa', perché stavo pensando che devo telefonare a mio padre.»
«Tu mi hai detto "ciao pa'" e non "ciao Paola"? Sei sicuro?»
«Certo Elasti, amore, tesoro, luce-dei-miei-occhi, ecc.»
«Ah, allora okay, ho capito male.»
«Già, hai capito male. Ciao.»
«Ciao...»
Click.

Riaggancio. Respiro. Ritelefono.

«Pronto.»
«Scusa. Sono ancora io. Una cosa sola.»
«Dimmi...»
«Allora. Io sono tranquilla e serena, ma sappi che se per caso una Paola, o una Giovanna, una Teresa, una Rosina, una stronza qualsiasi, facesse anche solo capolino nella tua vita... ecco, se succedesse, la mia furia sarebbe selvaggia e incontrollata. Il mio unico obiettivo diventerebbe renderti la vita un inferno e quando ci fossi riuscita, a quel punto farei fuori brutalmente te e quella zoccola di Paola o come si chiama lei. Tutto qui. Ah, dimenticavo: ti amo anch'io.»
Click.

Venerdì, 12 gennaio

La trasgressiva serata PIZZA E CINEMA

Mister Wonder, tornato dal suo convegno di supereroi americani, e Elasti-mamma si sentono frizzanti e trasgressivi. Hanno deciso di abbandonare per una sera il tepore del focolare domestico e di tuffarsi nella metropoli tentacolare.
Hanno deciso di concedersi una serata PIZZA E CINEMA.

Elasti-mamma opta per una mise aggressiva che nasconda la bimadre che è in lei. Azzarda persino il lucidalabbra colorato. Mister Wonder, come Dylan Dog, possiede una sola mise perché è un uomo senza fronzoli, e opta per quella. Ma almeno si fa la barba e pure la doccia.
Valentina Diolabenedica li trova così: lei femme fatale, lui uguale a se stesso ma pulito.
Per minimizzare i tempi morti e massimizzare il piacere, i coniugi decidono di avventurarsi nella Multisala MultexStar con annesso centro commerciale spuntata come un fungo non lontano da Felicity Place.
Ci sono un parcheggio sterminato e una gigantesca cattedrale trasparente. È il paradiso del kitsch.
Alla cassa la signorina Ornella, occhio fisso sullo schermo del computer, vaneggia rivolta a Mister Wonder. «I21 e 22? L14 e 15? M32 e 33?»
Lui la guarda stralunato. «Vedi questa tizia che vuole che io non la capisco», dice nervoso. Ornella snocciola lettere e numeri fino a quando, esasperata dall'ottuso silenzio dei due interdetti, stampa due biglietti scegliendo due posti a caso, probabilmente i peggiori di tutta la sala.
I coniugi sono felici, si sentono liberi dentro l'astronave.
Prima dell'inizio del film Elasti-mamma, in preda a incontenibile eccitazione, fa quattro volte su e giù nell'ascensore trasparente al centro del mostro di vetro. Mister Wonder è affascinato dai quaranta ristoranti del primo piano: c'è il Buffalo Bistrot, con un toro indemoniato semovente in mezzo ai tavoli, c'è il Safari Fusion, dove un signore dall'aria triste affetta kebab, c'è Napul'è, con i tavoli a forma di pizza, e poi c'è una gigantesca Marilyn Monroe in posa da *A qualcuno piace caldo* di fianco a una bottiglia di birra alta come lei.

Il film è bellissimo. Elasti-mamma ogni tanto si perde nell'intreccio e chiede spiegazioni. Mister Wonder si toglie le scarpe perché gli inglesi al cinema fanno così, dice.
Escono, esausti ma felici.
Mangiare in questo posto? Improponibile per Mister Wonder

che è molto snob. Elasti-mamma ha vissuto troppo intensamente nelle ultime due ore. Ora ha i brividi e le palpitazioni.
A stomaco vuoto tornano a casa.
« Già qua? » chiede Valentina Diolabenedica pensando che Mister Wonder e Elasti-mamma sono proprio due sfigati.

Sabato, 13 gennaio

Tieni a bada Erode

Ore 7.00.
« Eddddau-uuu eddddau-uuu edddau-uuu. » È una cantilena assordante e ossessiva. Viene dalla stanza dei nani. È lo hobbit grande. Sta mettendo in atto una delle tante tecniche di logoramento in cui è campione. Gli fa eco un flebile controcanto. È lo hobbit piccolo, giovane apprendista.
« Senti, stanno chiacchierando... » sussurra Mister Wonder intenerito.
« Per me rompono solo l'anima », mugugna Elasti-mamma.
È solo l'inizio perché il buongiorno si vede dall'alba.
Fanno colazione come la famiglia del Mulino Bianco. Mister Wonder gioca felice coi nani. Elasti-mamma si sente fuori posto. Malmostosa e acida lava i piatti, ritira la biancheria asciutta, fa una lavatrice, veste gli hobbit, prepara la borsa della piscina e già si sente Elasti-martire, angelo sfruttato del focolare.
Sabato mattina si va in piscina. Fuori piove a catinelle e la sola idea la agghiaccia.
Oggi però è il turno di Mister Wonder. Sarà lui a infilarsi nella pozza pisciosa tra i nani natanti.
Sono sulla porta di casa, pronti per uscire. Lo hobbit grande, che pure adora la pozza pisciosa, fa resistenza. Il nano piccolo crolla inspiegabilmente addormentato.
« Nano, se non vuoi andare non andiamo, basta che tu lo dica. »
« No, vengo, finisco di montare queste mucche. Sono belle le mucche, vero? »
« Meravigliose. Ma andiamo altrimenti arriviamo tardi. »
« Secondo te tra l'Uomo Ragno e i *Bagor* Ranger chi vince? »

«Secondo me l'Uomo Ragno se li mangia a merenda i Power Ranger. Muoviti. Mettiti la giacca e il cappello.»
«Questo cappello mi fa schifo», esclama lo hobbit, scaraventando il berretto per terra.
Elasti-mamma inspira ed espira.
Lo hobbit piccolo si sveglia di soprassalto e ulula. Ha fatto la cacca.
«Nano, raccogli all'istante quel cappello», sibila Elasti-furiosa.
«Alla cacca ci penso io, tu occupati di reprimere nel sangue il tentativo di insubordinazione», dice a Mister Wonder che la guarda perplesso.
Affronta lo hobbit piccolo e la sua cacca interrogandosi sul perché un nano di soli nove mesi produca questa montagna di merda.
Quando riescono a raccattare tutti i pezzi, ricomporre la famiglia e varcare la porta, la lezione di nuoto è già iniziata da dieci minuti. Scatta il piano B. Un piano totalmente suicida. Tutti e quattro sotto la pioggia al supermercato.
Sul carrello ci sono due hobbit e la spesa. Sembra di essere nella metropolitana di Tokyo all'ora di punta. Non paghi di questa follia, ritirano pure un regalo per gli hobbit, ordinato da nonna K la scorsa settimana.
«Non è molto ingombrante ma se lo prendete voi mi fate un piacere», aveva detto la nonnina innocente.
Si tratta di un cubo, con i lati di un metro e mezzo, pesantissimo. Dentro c'è una cucina per bambine/i, unisex perché nonna K ha vedute ampie e progressiste. Probabilmente in quella cucina c'è tutto l'occorrente per preparare polenta e coniglio per venti persone, viste le dimensioni e le immagini sulla scatola.
Elasti-mamma ha perso il controllo del sistema nervoso. La Scavolini a grandezza naturale stranamente non entra in macchina, sono tutti completamente fradici.
In qualche modo arrivano a casa.
«Nano, cosa vuoi mangiare? Ravioli o frittata?»
«Olive.»

Martedì, 16 gennaio

Deliri sul WC

Lo hobbit grande, tutte le sante sere, alle 20.20, fa la cacca. L'evento sarebbe irrilevante se non rappresentasse l'occasione per esprimere le sue opinioni sul mondo e per raccontare esperienze vissute (davvero o per finta è irrilevante). Queste attività parallele al banale espletamento delle funzioni vitali, rendono i trenta minuti dalle 20.20 alle 20.50 un appuntamento imperdibile. La cerimonia serale si ripete uguale a se stessa, con l'esasperante ritualità che i nani adorano. Lui è seduto sul trono, gambe penzoloni, aria ispirata. Elasti-mamma gli sta di fronte, accucciata ai suoi piedi da hobbit, con la rassegnazione nello sguardo.
« Mettiti comoda mamma, allunga le gambe che poi ti fanno male le ginocchia. »
Elasti-mamma detesta essere trattata da vecchietta. « Sto comodissima, fai la cacca e non ti preoccupare delle mie ginocchia. »
« Mmm buona la *Zaker torter*! »
« Cosa sai tu della Sacher torte? »
« La conosco benissimo, la mangiavo sempre quando vivevo a Bologna... »
Questo è puro delirio. Non sa nemmeno cosa sia Bologna.
« E quando vivevi a Bologna, di grazia? »
« Tanto tempo fa, con il nonno T. Mangiavamo sempre *Zaker torter* e poi tantissimo cioccolato. Ci divertivamo come due pazzi a mangiare cioccolato, io e il nonno, a Bologna. »
« Scusa, ma quando tu e il nonno vi rimpinzavate di cioccolato e *Zaker torter*, io, la tua mamma, dov'ero? »
« Tu? » Lo hobbit lancia uno sguardo di superiorità dall'alto del trono maleodorante. « Cosa c'entri tu, tu eri un fagioletto piccolo così nella pancia della tua mamma », prosegue implacabile.
« Quindi tu ti abbuffavi di cioccolato con il nonno a Bologna mentre io ero un fagioletto nella pancia della mia mamma che poi è la nonna K. »
« Già », dice come se parlasse a una mentecatta.
« Allora non ci conoscevamo tu e io? »
« No, ci siamo incontrati dopo, a Milano, e ci siamo voluti bene subito, appena ci siamo visti. »

« Ah... l'hai fatta, la cacca? »
« *Heppibordiutuiuuuu! Heppibordiutuiuuuu* », canta urlando a occhi chiusi sulle note di *Tanti auguri a te.*
« Si dice "Happy birthday to you", vuol dire "Tanti auguri a te" in inglese. »
« Non puoi saperlo. Questa canzone me l'ha insegnata il nonno, a Bologna, quando tu eri solo un fagioletto. »

Giovedì, 18 gennaio

Odalisca forever

Elasti-mamma non possiede le morbide rotondità delle odalische, non ne possiede la grazia né tantomeno la sensualità. Eppure lei, dentro, è un'odalisca.
Forte di questa consapevolezza, con una tenacia degna di miglior causa, per il quarto anno, sfidando il senso di colpa, i ricatti degli hobbit e soprattutto il buon senso, si è nuovamente iscritta al corso di danza del ventre.
Per due anni ha potuto nascondere la sua scarsa attitudine dietro il pancione. Per ben due corsi ha volteggiato incinta e incurante tra le compagne attonite. La sua maestra la guardava indulgente, le altre odalische divertite, qualcuna preoccupata che potesse partorire in mezzo a loro, ma complessivamente benevole.
Quest'anno non ha scuse. Si è iscritta al corso della maestra Aisha, un'odalisca conturbante che ha portato anni fa la danza del ventre in Italia. Una che ha consacrato l'esistenza a formare altre odalische che a loro volta si faranno messaggere e interpreti di questa arte antica. Un'integralista della danza mediorientale.
Elasti-mamma si presenta a lezione. Livello intermedio.
Dal look delle compagne capisce che qui si fa sul serio. Lei, in tuta, ha uno straccetto nero intorno alla vita, con qualche monetina consunta che tintinna ogni tanto. Loro sono avvolte da un trionfo di veli, pizzi, collane, cavigliere, bracciali. Uscite direttamente dall'harem del sultano. Truccate, tatuate e maliarde.
Elasti-mamma e il suo straccetto non si fanno intimorire.
Inizia la lezione. Il riscaldamento fila liscio. Ci si allunga, ci si scioglie, l'elasti-odalisca inizia a scalpitare.

Partono le percussioni ed è tutto un pestare di piedi, un dondolio di anche, un tintinnare di monetine e un fruscio di stoffe. Elasti-mamma si sente perfettamente inserita. L'abito non fa il monaco. Sbrilluccica meno delle altre ma è anche lei parte di questo rito tribale esclusivamente femminile. È sempre più nella parte. Chiude gli occhi e lascia uscire l'odalisca che balla libera e felice. Riapre gli occhi. Mentre lei si dimena come una molla impazzita le altre, immobili, sono concentratissime sulle loro pance. Loro sono ferme mentre i loro ombelichi fanno evoluzioni acrobatiche: salgono scendono, si arrotolano e si srotolano, si parlano. Poi l'ombelico di Aisha dice agli altri ombelichi che si cambia esercizio e, sempre al ritmo dei tamburi, ora è il bacino che si agita, ma sempre in modo impercettibile. Sono tutte concentratissime e sorridenti.

Elasti-mamma cerca di sorridere ma, nel tentativo di controllare ombelico e bacino, si contrae in una smorfia grottesca. Aisha la guarda come si guarda un ecomostro tra le palme di un'oasi. E mentre tutte roteano anche, bacino, spalle in un movimento flessuoso e morbido, Aisha punta il dito verso di lei.

«Tu, in tuta, vieni qui. Voi continuate pure.»

Elasti-mamma striscia verso la maestra.

«Così, vedi, morbida, rilassata, segui la musica, non irrigidirti...» le sussurra Aisha nell'orecchio. «Fai il cammello con me, morbida, fai il cammello...»

Le stronze dell'harem continuano ad ancheggiare e la scrutano con aria di sufficienza. Loro fanno un cammello sopraffino mentre Elasti-mamma non sente più le gambe, figurarsi le gobbe. Aisha la guarda sconsolata, lei promette che si eserciterà tantissimo a casa che tanto non ha nient'altro da fare.

Quando la lezione finisce, l'elasti-autostima è ai minimi storici.

Sabato, 20 gennaio

Tutta colpa di Pollyanna

Elasti-mamma in questo momento avrebbe dovuto essere, con Mister Wonder e gli hobbit, in un rifugio a duemila metri per festeggiare il matrimonio della sua grande amica Cecilia.

Elasti-mamma non ha una vita mondana proprio esaltante e aspettava questo momento da mesi. Aveva organizzato tutto, dal vestitino strafigo a un thermos da cinque litri di sbobba di verdure biologiche per il nano piccolo che in montagna avrebbe potuto sopravvivere una settimana. Aveva persino preparato un discorso per la sposa, era pronta a ubriacarsi e a ballare scalza sui tavoli.
Quando si dice la sfiga.

La notte scorsa, alle 3.30, lo hobbit piccolo si sveglia ululando. Ha quaranta di febbre. Si spalma su Elasti-mamma, come un plaid, e trascorre le successive quattro ore a produrre un flebile gemito e un calore infernale.
Mezz'ora dopo si odono rumori sinistri.
Mister Wonder va in missione.
«Ho *gomitato*», dice lo hobbit grande.
«Dove hai vomitato?» chiede il superpadre.
«In corridoio, mi è venuto così, di *gomitare* in corridoio. Ora sto bene. Domattina andiamo a sposarci in montagna?»
Sono le quattro di mattina, il corridoio è inagibile e il lettone è affollatissimo.
«Non mi sembra il caso di partire stamattina», dice il saggio Mister Wonder alle prime luci dell'alba.
«No, direi proprio di no», risponde Elasti-assennata che vorrebbe scaraventare la sbobba di verdure sul muro per la rabbia e la delusione.

Purtroppo Elasti-mamma, a undici anni, ha letto il libro di Pollyanna e ne è rimasta segnata.
Pollyanna è una bambina orfana e sola al mondo, è un catalizzatore vivente di sfighe. Tuttavia sorride sempre perché qualche sadico le ha insegnato un fantastico gioco. Il gioco ha una sola regola: quando ti capita qualcosa di brutto rallegrati perché ti sarebbe potuto capitare qualcosa di molto più tremendo.
Esempio: Pollyanna viene investita da una carrozza e rimane paralizzata. Invece di stramaledire la sua triste sorte è felice perché sarebbe potuta anche restare cieca, o sorda, o muta, o senza mani...

Elasti-mamma è intrappolata, dall'età di undici anni, nel gioco idiota di Pollyanna.
Pertanto in tutto questo stramaledetto sabato, non è nemmeno riuscita a sfogarsi, imprecando contro la famiglia, gli hobbit, la febbre, il *gomito* e il destino bastardo.

Domenica, 21 gennaio

Elasti, non alzare la voce!
Ovvero: di male in peggio

È un altro giorno. È domenica mattina.
« Mi sento male. Ho nausea, brividi, mi scoppia la testa. » Mister Wonder è malato.
Giacerà esanime sotto il piumone fino a sera.
Il nano piccolo ha il febbrone. Passerà la giornata aggrappato come una cozza a Elasti-mamma, alternando flebili lamenti a pianti disperati.
Il nano grande sta bene ma è molto arrabbiato. Ha un padre inservibile e un fratello che si prende troppe confidenze con sua madre.
Alle 17.00 Elasti-mamma, esausta, vorrebbe smaterializzarsi.
Alle 17.05 lo hobbit grande si trasforma in Mister Hyde e, esasperato dalla clausura forzata, sfoga i suoi bestiali istinti dando un pugno a Elasti-mamma. Che si alza e se ne va.
Mister Hyde scoppia in singhiozzi pentiti e la insegue.
Nel tranquillo ménage di Elasti-mamma manca solo un figlio violentone.
Alle 18.00 nonna K arriva in soccorso.
Elasti-mamma è stremata.
Alle 18.30 lo hobbit grande cerca di ammazzare il piccolo tirandogli addosso il computer portatile nuovo fiammante di Mister Wonder.
Elasti-mamma perde il controllo. E urla.
« Non alzare la voce coi bambini, lo sai che non mi piace », dice nonna K.
Non alzare la voce?! Avrei dovuto essere al matrimonio, con un vestitino fichissimo, a ballare ubriaca sui tavoli di una baita a duemila metri.

E invece sono qui. In camera da letto c'è il cadavere di un supereroe. Mio figlio piccolo ha quaranta di febbre e nelle ultime undici ore non ha fatto altro che sudare e lamentarsi. Mio figlio grande ha scatenato prima contro di me poi contro il fratellino i suoi istinti animaleschi di maschio represso e violento. Io sto cercando di liberarmi dalla sindrome di quella stronza di Pollyanna e di dare libero sfogo alla mia rabbia perché se non lo faccio potrei finire in ospedale psichiatrico...
E tu? Tu, che hai avuto me, figlia unica, per giunta femmina, che al confronto santa Maria Goretti era una pericolosa sovversiva, tu mi dici «Non alzare la voce»?
Questo pensa Elasti-mamma, rispondendo: «Scusa mamma, sono un po' stanca».

Giovedì, 25 gennaio

Vuoi essere il mio fidanzato? Ora no, devo fare il cameriere

Quando Elasti-mamma scoprì di aspettare un bimbo maschio sulle prime fu un po' delusa. Poi decise che poteva essere una buona occasione per dare al mondo un uomo per bene.
Pensò che gli avrebbe insegnato il rispetto per il prossimo e soprattutto per la prossima. Gli avrebbe insegnato a essere un cavaliere impavido, un amante tenero e attento e un cuoco sopraffino. Gli avrebbe insegnato la generosità e la dolcezza.
Elasti-mamma fu elettrizzata dalla sfida. Decise che avrebbe provato a crescere un uomo meraviglioso.
E arrivò lo hobbit grande.

«Mamma, Giada me lo ha chiesto.»
«Cosa?»
«Di diventare il suo fidanzato.»
«Ah. E tu?»
«Le ho detto: ora non posso rispondere, non vedi che sto facendo il cameriere?»
Alla scuola materna i nani a turno fanno i camerieri durante il pranzo. È un incarico di grande prestigio e di enorme responsabilità.

In verità il cavaliere a cui pensavo avrebbe anteposto una dama al servizio ai tavoli, ma pazienza.
«E quando hai finito di fare il cameriere cosa le hai detto?»
«Mi sono nascosto.»
Vigliacco, vigliacco come solo i maschi sanno essere.
«Perché?»
«Perché ho già cinque fidanzate e con Giada sono una, due, tre, quattro, cinque... sei!»
Ecco, poligamo. L'uomo perfetto a cui aspiravo era tendenzialmente monogamo e fedele.
«E non potevi dirglielo?»
«No... ho deciso di pensarci un po'. Giada è una bella bionda. Però ha cinque anni.»
Ma come?! Bella bionda? Non siamo mica in un film dei fratelli Vanzina. E cosa significa «ha cinque anni»? Che è già sul viale del tramonto? E poi il temporeggiamento è da bastardi.
«Be', non farla aspettare troppo, non è gentile.»
«Mamma... sai come la chiamiamo Giada?»
«Come?»
«La zia papera.» Segue grassa risata.

Cara Giada,
sono la mamma di quello stronzetto che faceva il cameriere. Volevo scusarmi. È una bestia, come del resto accade con una certa frequenza ai nani di sesso maschile. Sappi che io ci provo a fare di lui un uomo per bene, ma inizio a pensare di avere sottovalutato la mia missione. Giada, volevo dirti che io sarei contraria alla violenza, ma tu, se lo desideri, puoi prenderlo a randellate.

Elasti-digressione 1
Si stava meglio quando stavi lì dentro

Quando, esattamente quattro anni fa, dopo il parto, portarono a Elasti-mamma lo hobbit grande per le presentazioni ufficiali lui aveva occhi come tunnel e lo sguardo interrogativo e penetrante di chi chiede certezze.
Elasti-mamma era atterrita e di certezza ne aveva una sola: «Io non sono capace».
Aveva anche alcuni quesiti da porre a questo nano tutto nuovo:
1. Cos'hai da guardare?
2. Cosa vuoi da me?
3. Dove sono le istruzioni per l'uso? (Ce le ha il Minipimer perché tu no?)
4. Perché non sei rimasto lì dentro che stavamo tanto bene?

E poi Elasti-mamma piangeva. Piangeva quando mangiava, piangeva quando gli cambiava il pannolino, piangeva quando andava a dormire, piangeva quando lui piangeva. Piangeva sempre. E si sentiva un'idiota. «Sarà normale?» si chiedeva senza sosta.

Un giorno, dopo parecchio tempo, capì che era normale.
Perché avere un figlio è una delle imprese più eroiche che si possano compiere.
Perché avere un figlio è un salto nel buio, è un tuffo in un'altra dimensione.
Perché avere un figlio cambia te e la tua visione del mondo.
Perché avere un figlio è una pazzia bella e buona, è un atto d'amore e di egoismo, è una vertigine di onnipotenza, è un delirio di immortalità.

Perché avere un figlio è un atto di fiducia verso la vita e verso il genere umano.

Ma quando questo figlio arriva, minuscolo, inconsapevole e urlante, tu non sei l'eroina che avevi sognato, non sei Lara Croft di Tomb Raider, bella, invincibile e pronta a conquistare il mondo. Quando la follia ha inizio, quando il gioco si fa duro, quando ti affacci su questa impresa titanica, sei sfinita, hai la pancia molle, i punti che tirano, un seno enorme da cui sgorga latte, gli ormoni impazziti e un marito/compagno/fidanzato con un sorriso ebete stampato sul viso.
Quindi piangere è normale, anzi è il minimo che possa succedere.
A volte ricordarsi che sei donna e che un uomo, al posto tuo, non ce la farebbe mai, può essere d'aiuto.

FEBBRAIO

Giovedì, 1° febbraio

Se parli sei morto

Londra, ore 8.00.
Sono in trecento, bivaccano nell'anfiteatro, vengono da Cina, Bangladesh, India, Pakistan, Europa dell'Est, Stati Uniti. Hanno tra i 17 e i 18 anni.
Aspettano e mentre aspettano producono un frastuono assordante.
C'è chi parla al telefonino, chi litiga, chi prega, chi legge, chi canta, chi chiacchiera e chi amoreggia nelle ultime file.
Poi entra lui, nella generale indifferenza. Lo sguardo spiritato dietro un paio di occhiali tondi. La chioma incolta di chi ha perso il controllo sui propri capelli. Un'età indefinibile tra i 25 e i 40 anni.
Appoggia alcune carte sulla cattedra e li guarda a uno a uno in silenzio. Per cinque minuti.
Allo scattare del sesto minuto dà un calcio fortissimo alla cattedra.
Tunf.
Loro sono spiazzati e si scambiano occhiate interrogative. Lui resta muto e continua a fissarli, a uno a uno.
Cala il silenzio.
Con un accento londinese da tassista dell'East End, lui sussurra: « Benvenuti al corso di Microeconomia 1. Io sono il vostro insegnante. Per iniziare vorrei darvi le regole di questo corso. Sono poche, semplici ma vi consiglio di rispettarle.
1. Se parlate, siete morti.

2. Se vi squilla il cellulare, siete morti.
3. Se disturbate la lezione in qualsiasi altro modo, siete morti.
A questo punto, se non avete obiezioni, possiamo iniziare. Datemi una settimana per imparare tutti i vostri nomi. Se vi tormento con le domande, sappiate che non ho niente di personale contro nessuno di voi. Sono solo sadico».

Nelle prime due lezioni cadono quattro o cinque vittime, è fisiologico. Poi anche i più riottosi si arrendono e dalla terza lezione nemmeno le mosche osano più ronzare nell'anfiteatro.
Lui ha una teoria: «Il segreto per averli in pugno è convincerli che sei un pazzo squilibrato, potenzialmente pericoloso. A quel punto ti temono ma imparano anche ad amarti».
Lui è Mister Wonder, l'uomo che Elasti-mamma ha incautamente scelto come padre dei suoi figli.
Loro sono i suoi sventurati studenti a cui purtroppo è stata negata la possibilità di scegliere.

Venerdì, 2 febbraio

La segretaria vendicativa

«I genitori dei bambini della classe blu della scuola materna di Felicity Place sono invitati a partecipare alle 17.00 a una riunione straordinaria su "refezione scolastica, cibo sano per bimbi sani"», diceva un enorme cartello sul portone dell'asilo dello hobbit grande.
L'appuntamento è imperdibile, Mister Wonder è via ma Elasti-mamma, alle cinque in punto si accomoda su una scomodissima microseggiola, intorno a un microtavolo, insieme ad altri genitori e a maestra Dominatrix.
Dominatrix, 25 anni, capelli rossi a spazzola, stivali neri in pelle lucida tacco 8, esige un volontario che rediga un verbale di questa fondamentale riunione.
In preda a sindrome da prima della classe Elasti-mamma sfodera un sorriso compiacente, afferra carta e penna e dice che ci pensa lei, campionessa olimpionica di verbali.
Dominatrix parla dell'importanza di una corretta alimentazione,

parla di malloreddus con piselli, di minestrone con crostini, di bresaola della Valtellina e di frutta fresca di stagione.
Elasti-mamma scrive zelante e sempre sorridente. È solo un po' infastidita dalla mamma di Clementina che sproloquia con voce garrula. Ma tiene a bada l'insofferenza e si lascia assorbire dal suo lavoro di segretaria.
Scrive tutto come un registratore, poi decide che i commenti e le domande della mamma di Clementina sono censurabili.
A un tratto la mamma di Clementina spiega che sta cercando di convincere sua figlia a non guardare la televisione mentre mangia. Clementina tuttavia resiste e per mollare la televisione ha chiesto stivaletti rosa con paillettes, fatine-veline e Barbie Raperonzolo. La mamma di Clementina ride orgogliosa.
Elasti-mamma abbandona la fedele verbalizzazione e nell'angolo in basso a sinistra del foglio scrive « mamma di Clementina=idiota ».
Il papà di Mario improvvisamente si risveglia dal suo torpore. « Ma dai! È così bello stare tutti insieme a tavola davanti alla tivvù! » Nell'angolo in basso a destra del foglio compare « papà di Mario=bestia ».
Elasti-mamma si sta lasciando andare, deve darsi un contegno prima di ritrovarsi a fare disegnini osceni sul verbale della scuola materna.
Pensa a Mister Wonder, assente nel momento del bisogno, e si trasforma in una iena assetata di vendetta.
Dominatrix annuncia che bisogna costituire la Commissione Mensa, composta da genitori volonterosi che pranzino periodicamente a scuola con i nani per valutare la qualità del servizio refezione.
Elasti-mamma si immagina Mister Wonder seduto al microtavolo circondato da piccoli mostri davanti a un bel piatto di sbobba fumante. Si immagina Clementina che sotto il tavolo lo riempie di calci con i suoi stivaletti nuovi fiammanti, Mario che piange perché non c'è la televisione, e tutti gli altri meravigliosi nani urlanti.
Elasti-mamma abbandona il verbale e bruciando tutti sul tempo con aria candida dice: « Mio marito sicuramente sarebbe felice di

venire ad assaggiare il cibo dei bimbi. Può venire il venerdì, anche tutte le settimane se occorre. Posso verbalizzare?»
Verbalizza. Giustizia è fatta. Elasti-mamma ha dato un senso a questa riunione. Non vede l'ora di dirlo a Mister Wonder.

Lunedì, 5 febbraio

Mister nano e Dottor hobbit

«Mamma, Valentina è una sporca carogna.»
Ma come parla? Mister Wonder deve smetterla di leggergli Tex Willer.
«Cosa stai dicendo nano? Valentina Diolabenedica è nostra amica», *ed è solo grazie a lei se la mamma non è sull'orlo dell'esaurimento.*
«No, mamma. Valentina è una carogna. Lei picchia me e il fratellino.»
«Nano, non dire bugie.»
«Mamma, sul serio. Quella, quando tu non guardi, dà mazzate anche a papà.»
«Nano, piantala.»
«Ma mamma, non devi preoccuparti. Io la sconfiggerò, prima che inizi a picchiare anche te.»
L'arrivo di Valentina interrompe la conversazione.
«Ciao nano! Andiamo in camera a giocare?» chiede la Diolabenedica.
Elasti-mamma si apposta dietro la porta. E origlia.
«Vale. Tu sei la mia pomodorina.»
«Grazie nano», risponde lei tranquilla.
«Come è andata la tua giornata, amore mio?»
«Bene.»
«Vuoi ballare, principessa?» incalza lui.
«D'accordo, balliamo.»
Parte una musichetta ossessiva e gracchiante. È quella del cubo multiattività dello hobbit piccolo.
«Stai in ginocchio così ti abbraccio meglio», dice il piccolo maniaco. «Posso baciarti in bocca, bella?» prosegue senza pudore.
«No, se vuoi sulla guancia. Te l'ho già detto tante volte.»
«Uffa, vabbè, continuiamo a ballare, pomodorina.»

«Nanooo cosa state facendo?» chiede Elasti-invadente dall'altra stanza.
«Niente, mamma. Io e Valentina stavamo solo parlando...»

Mercoledì, 7 febbraio

Cronisti d'assalto, ovvero: impara l'arte e mettila da parte

Elasti-mamma fa la giornalista perché pensa che sia un lavoro utile. Perché crede nel ruolo sociale del giornalista. Perché all'università le dicevano che l'asimmetria dell'informazione è un vero flagello per l'umanità.
Elasti-mamma fa la giornalista perché sognava di andare in giro per il mondo a cercare notizie e a raccontarle.
Poi ha scoperto il *doorstepping* e ha capito la differenza tra teoria e pratica.
Il *doorstepping* è un barbaro e insensato rito diffuso tra i giornalisti. Si tratta di una tecnica usurante e un po' umiliante, a tratti lesiva della dignità professionale. Consiste nello stazionare su un marciapiede, davanti a un cancello chiuso, nella vana attesa della notizia.
Generalmente il giornalista-segugio, per vie segretissime e traverse, viene a sapere per esempio che, nella sede di una banca, si riuniscono presidente, amministratore delegato, azionisti, parenti e amici. Il cronista d'assalto, astuto come una volpe, decide di appostarsi davanti all'ingresso, nella speranza che i banchieri prima o poi escano e, vedendo il solerte giornalista, decidano di aprire il loro cuore.
Di solito il segugio, quando arriva a destinazione, trova, con immensa delusione, un'altra decina di cronisti come lui, alcuni anche accompagnati da microfoni e telecamere, che hanno avuto la stessa informazione riservatissima e la stessa geniale idea del *doorstepping*.
Destino vuole che quando si pratica il *doorstepping* le condizioni atmosferiche siano avverse, talvolta al limite dell'umana sopportazione.
Anche Elasti-mamma, per il suo giornale, partecipa a questi riti

di categoria. Oggi ha passato tre ore davanti alla sede di una banca, con altri sette sventurati come lei.
In attesa dell'uscita del Gotha della finanza italiana da un consiglio di amministrazione, Elasti-mamma e i suoi colleghi hanno dibattuto di: droghe, pesca d'altura, benefici della danza del ventre, tecniche di depilazione, varie ed eventuali.
Quando presidente-amministratore-azionisti & co., rigorosamente chiusi nelle loro macchine blindate e riscaldate, sono usciti dal portone, Elasti-mamma e gli altri colleghi segugi avevano gli arti congelati ed erano talmente assorbiti dagli appassionanti argomenti all'ordine del giorno, che non si sono accorti di niente.

Giovedì, 8 febbraio

Le movimentate notti di una bi-madre con marito part-time

Notte.
Ore 3.00. Lo hobbit piccolo mugugna. Ha fame. Elasti-mamma striscia in camera degli hobbit. Tetta-latte-letto. Il nano gorgheggia felice per mezz'ora.
Ore 3.30. Finalmente silenzio. Elasti-mamma si riaddormenta.
Ore 4.00. Dalla camera degli hobbit arriva il richiamo del muezzin. Una nenia monocorde si ode dal letto dello hobbit grande.
« Mamma, mi pizzica il pigiama. Se venissi nel lettone riuscirei a dormire. »
È notte fonda e lui, che non ha ancora quattro anni, sta usando correttamente il congiuntivo imperfetto e ci attacca pure un periodo ipotetico. Onore al merito.
« Vieni ma si dorme », dice Elasti-mamma. Lui raccatta l'orso Lino, la bambola Femmina e trotterella nell'elasti-camera.
Una volta nel lettone si avvinghia a Elasti-mamma come un koala al suo bambù. Lei soffoca, lui si addormenta.
Ore 4.15. Elasti-mamma, ancora prigioniera nella morsa del koala, è assalita da un interrogativo esistenziale. « Ma io, da grande, cosa voglio fare di me stessa? » È talmente vispa che potrebbe risolvere un Sudoku avanzato bendata.
Ore 5.00. I 105 centimetri di nano sono spalmati sul letto a 360

gradi. Occupa tutta la superficie occupabile. Elasti-mamma si attorciglia in un angolo e sviene.
Ore 5.30. Lo hobbit piccolo singhiozza nel suo lettino. Elasti-mamma, pur di farlo tacere, usa l'antica tecnica tetta-latte-letto. Lo rimette giù e torna nel suo angolino di fianco allo hobbit grande che russa come un camallo ubriaco.
Il nano minuscolo non si placa ma viene ignorato. Elasti-mamma mette la testa sotto il cuscino ma lo sente comunque.
Ore 6.15. Silenzio.
Ore 6.45. Suona la sveglia. Elasti-mamma si prepara, al buio.
Ore 7.15. A casa i nani dormono. Valentina Diolabenedica, fonte dell'elasti-serenità e dell'elasti-sanità mentale, veglia sul loro sonno. Elasti-mamma esce, inforca la bicicletta e lascia Felicity Place.
Ore 8.00. È in redazione, fresca come una rosa.

Venerdì, 9 febbraio

Elasti-mamma e il tempio del benessere

A volte Elasti-mamma ha una vita un po' difficile. Abbandonate le velleità da odalisca che minano la sua autostima, ha deciso che si merita un premio: un abbonamento nel tempio del benessere. Un posto bellissimo, nuovo, aperto a cento metri dall'elasti-redazione.
Oggi è stato il giorno 1. Oggi Elasti-mamma ha varcato le porte del tempio.
Spogliatoio. Tutto sa di pulito e luccica. Intorno a Elasti-mamma fluttuano veneri anoressiche. Nude. Lei estrae dalla borsa un lucchetto arrugginito per l'armadietto ma capisce che non servirà a niente. Ogni armadietto si chiude e si apre con una combinazione. E lei non la conosce.
Per insegnarle l'uso del marchingegno è stato necessario l'intervento di tre veneri e una signora addetta alle pulizie. Trionfante, fasciata in una maglietta verde acido, Elasti-mamma fa il suo ingresso in palestra.
Crisi, l'istruttrice bonissima. Una pantera guarda nell'elasti-direzione: «Sciao amooore. Coja poso far pet te?» Elasti-mamma

si volta per capire con chi ce l'ha. È sola, davanti alla pantera. La pantera vuole lei. È brasiliana, bella come il sole e assolutamente perfetta.
« È la prima volta... » balbetta Elasti-mamma.
« Piascere. Mi chiamo Crisi. Tu come ti chiami? » chiede la pantera.
« Elasti, piacere mio. »
« Benijimo, tesoooro. Fasciamo la scheda, amooore... come vuoi diventare? »
Come voglio diventare? Ma che domanda è? Come Nicole Kidman? Come Naomi Campbell? In verità nemmeno tu sei malaccio, a parte il nome...
« Ma... non so... un po' più tonica. Boh, fai un po' tu, Crisi, mi fido. »
Hai voluto la bicicletta? Elasti-mamma si arrampica su una cyclette superaccessoriata. Ha pure la televisione e la cuffia per l'audio. Crisi dice che per incominciare va bene un quarto d'ora, difficoltà facile, anzi *fajile*. Elasti-mamma pedala. Non sa cambiare i canali della TV. Davanti a lei un servizio sulla mucca pazza e sulla influenza aviaria. Quindici interminabili minuti di sguardi bovini e volatili agonizzanti.
Addominali. Crisi la spedisce nello studio 1, dove un'invasata con la cuffia e il microfono urla contro le malcapitate allieve come il sergente di *Full Metal Jacket*. Dice che se usciranno vive dalla sua lezione avranno addominali d'acciaio. Elasti-mamma resta ipnotizzata dal seno della signorina di fianco, una delle veneri anoressiche che popolano il tempio del benessere. È perfetto, enorme, immobile e non conosce la forza di gravità. Elasti-mamma ha finalmente chiaro il concetto di « tette rifatte ».
Step. La pazza con il microfono insulta le allieve. « Siete un branco di rammollite! » grida, mentre sale e scende come una furia da un gradino. Elasti-mamma è talmente impegnata a non cadere dal gradino che si dimentica anche di respirare. Intorno a lei tutti bevono un liquido fosforescente pieno di sali minerali. Esce boccheggiante, sudata e parecchio puzzona.
La SPA, una luce in fondo al tunnel. Elasti-mamma torna esausta nello spogliatoio, si fa la doccia e vede una scritta sberluccicante che indica il cielo. SPA, Salus Per Aquam. Elasti-mamma si infila

nell'aromarium con l'odore di eucalipto e una temperatura di 150 gradi umidi, nel bagno turco che sa di chewing gum gusto alitofresco, nella sauna con 150 gradi secchi.
Decide che non è ancora pronta per la cascata di ghiaccio, la nebbia fredda e la pioggia tropicale.

Elati-mamma è felice. Pensa che non sia così difficile riappropriarsi del proprio tempo. Pensa che in fin dei conti perché non ci ha pensato prima. Pensa che... *bip bip bip bip bip bip*: sei chiamate senza risposta. Un messaggio in segreteria. È la maestra del nido dello hobbit piccolo. « Elasti! Il nano ha 39 di febbre, la tosse, il raffreddore. Cosa aspetti a venirtelo a prendere che sta appestando gli altri nani? »

Sabato, 10 febbraio

Economisti e pomodorini

« Compriamo i pomodorini secchi? » chiede Elasti-mamma al supermercato, trascinando un carrello pieno di spesa e di hobbit.
« Il rapporto costi-benefici è elevatissimo. L'eventuale acquisto sarebbe pertanto irrazionale. La risposta è no », dichiara Mister Wonder lapidario.
« Okay, allora li prendo. »
Un marito economista riuscirebbe a mortificare persino dei pomodorini.
L'unica soluzione è ignorarlo, sempre e comunque.

Domenica, 11 febbraio

Domenica in famiglia

Ore 7.30.
« Pippipippipippi che nome fa un po' ridere, ma voi riderete per quello che farò. » È lo hobbit grande che gorgheggiando si infila nel lettone.
« Bella canzone, nano. Chi te l'ha insegnata? »
« Il mio fratellino », vaneggia lui.

« Lo hobbit piccolo non ha ancora un anno, non dice nemmeno "mamma". Come ha fatto a insegnartela? » chiede Mister Wonder.
« L'ha imparata dal nonno T. Il nonno gli ha mandato questa canzone in un messaggio con il telefonino. Lui l'ha letta, me l'ha cantata e io l'ho imparata. »
« Ah, be'. Certo. Il nano piccolo legge gli sms del nonno T. »
« Non lo sapevi? » chiede lo hobbit stupito.

Ore 9.00. Mister Wonder ha un'idea bellissima.
« È arrivato il momento. Lo hobbit grande è pronto per imparare a leggere. Adesso facciamo un gioco fantastico tutti insieme », dice entusiasta.
Tira fuori nastro adesivo, pennarelli colorati e fogli grandi come lenzuola.
« È un metodo infallibile. Siccome l'apprendimento della lettura non avviene per singole lettere ma per parole intere, adesso tappezziamo la casa di cartelli con scritti i nomi degli oggetti. Tra qualche giorno lo hobbit saprà leggere. » Sembra convinto.
« Dai! Tutti insieme! » esclama entusiasta.
Mentre lo hobbit piccolo mastica scotch, il grande si disegna sulla faccia barba e baffi con pennarello blu.
Dopo mezz'ora ogni mobile, elettrodomestico, suppellettile, angolo della casa è stato marchiato dal solerte Mister Wonder.
Sulla sedia c'è scritto SEDIA in caratteri enormi, sul letto, LETTO, sulla finestra FINESTRA, sulla lavatrice, LAVATRICE e via così. Persino sul muro davanti al gabinetto c'è scritto MURO.
Ci sono decine di fogli sparsi per la casa, appiccicati qua e là.
Mister Wonder è in estasi, lo hobbit grande si dedica al body painting sul fratello che nel frattempo sta digerendo i due rotoli di nastro adesivo ingurgitati.
« Perché quell'aria perplessa? » chiede il geniale padre.
« Perché preferisco un figlio analfabeta a questa follia. E poi questo metodo si usa con i malati di Alzheimer », mugugna Elastimamma.

Martedì, 13 febbraio

Martirio hobbit

Sono le 8.00. Lo hobbit grande, la baby sitter Valentina Diolabenedica, lo hobbit piccolo sul suo seggiolone e Elasti-mamma stanno facendo colazione.
« Nano, attento che ti stai sbrodolando tutto », dice Valentina allo hobbit grande che ingurgita latte e corn flakes come un'idrovora.
Il nano tossisce e fiocchi di mais si spiattellano un po' ovunque.
« Metti la mano davanti alla bocca, così eviti di fare schifezze », dice Elasti-mamma.
Lui alza gli occhi al cielo. « Ooh... queste due ragazze mi stanno *marturiando* », esclama San Sebastiano trafitto da cento frecce.
« Vuoi dire *martoriando*? Noi? » chiede Elasti-incredula.
« Sì, proprio quello, *marturiando*. Voi due ragazze... » risponde serafico.
Poi guarda lo hobbit piccolo che sgranocchia il suo biscotto. « Povero fratellino... noi, quando non c'è papà siamo soli con queste due. Ti rendi conto? »

Mercoledì, 14 febbraio

Quotidiani sfinimenti e fulgidi esempi

Dal carteggio elettronico di ieri mattina tra Elasti-mamma e la collega-amica Irene:

Ciao Irene. Sono uno zombie. Ieri sera è venuto mio padre a cena. Ha insistito per fare assaggiare un cannolo siciliano allo hobbit piccolo che aveva già ingurgitato una dose di sbobba di verdura per cinque nani. Ha assaggiato. Ha strabuzzato gli occhi e ha vomitato cannolo e pappone di verdure ovunque, anche sul golf di cachemire che mi ha regalato mia madre.
Nei successivi tre quarti d'ora ho spalato vomito.
Poi i nani sono andati a letto. Lo hobbit grande, prima di addormentarsi, mi ha chiamata una ventina di volte con richieste deliranti, disintegrando ogni tentativo di conversazione tra me e mio padre.

I mostri per tutta la notte si sono svegliati a scacchiera, prima uno poi l'altro.
Sono stanca, li odio, vi odio. Vorrei essere su un atollo maldiviano e invece sono qui con voi a lavorare.

Cara Elasti, ti capisco. Comunque, se vuoi farti del male, vatti a leggere l'intervista all'avvocato divorzista dei Vip sul giornale di oggi.

L'avvocato in questione è una donna. Bella, bionda, famosa e impeccabile.
Il giornale dedicava un paginone al tempo che si butta via nella vita disperdendosi in idiozie, tipo il controllo compulsivo della posta elettronica o l'invio maniacale di messaggini con il telefonino.
In un riquadrino, impreziosito da una foto, questa tizia, Miss Perfezione, spiegava che lei, conscia del valore supremo del tempo, non lo butta mai via.
Descriveva la sua giornata: sveglia alle 5.00 a Roma, di corsa a Bologna per alcune udienze, rapido pranzo in cui, per non perdere tempo e socialità, manda sms con la mano sinistra a parenti e amici, mentre con la destra trangugia tortellini.
La sua scrivania è sempre pulita e ordinata perché la divorzista dei Vip detesta gli arretrati.
Le sto facendo perdere tempo? Chiedeva l'intervistatore.
Ma si figuri! Io trovo il tempo per tutto. Rispondeva lei garrula.

Cara signora avvocato divorzista dei Vip. Non è giornata.
Alle 5.00, quando lei si svegliava, io stavo allattando il mostro piccolo, di cui avevo spalato vomito per parte della precedente serata.
Mentre lei correva felice a Bologna, io, in una nebbia apocalittica, pedalavo in ufficio, devastata da una notte insonne.
Mentre lei zompettava da un'udienza all'altra tra un attore e una velina, io partecipavo a un'appassionante conferenza stampa sulla portabilità dei mutui.
La mia scrivania è coperta di inservibili schifezze arretrate, a cui sono affezionatissima.
Non trovo tempo per niente, nemmeno per mettermi la crema idratante la mattina. Non so scrivere sms con la mano sinistra.

Cara signora avvocato divorzista dei Vip, non credo che noi due potremo mai diventare amiche, senza contare che mi auguro di non incontrarla mai.
Elasti.

Venerdì, 16 febbraio

Notizie belle, notizie brutte

« Mamma, devo darti una notizia bella e una brutta. Quale vuoi sapere per prima? » chiede lo hobbit grande.
« Dimmi prima quella brutta. »
« Oggi alla scuola materna c'era il minestrone. »
« E la notizia bella? »
« Ho fatto il cameriere. »

Sabato, 17 febbraio

Il nuovo esperanto

« Adesso ripeti con me », dice Mister Wonder allo hobbit grande. « Mo' ti a' romb' la cap'. Vattinn'. Tutt'appò? Tutt' tranguì? Ce uè? Stogg' a tremila! Vin'dò! Ci ttè murt! Ci ttè biv! » prosegue serissimo.
Lo hobbit grande, concentrato e diligente, ripete.
« Ma che state facendo? » li interrompe Elasti-mamma.
« Gli sto insegnando il barese, nuovo esperanto dell'Unione europea », risponde Mister Wonder.

Martedì, 20 febbraio

Il cicciometro, l'ultima frontiera dell'umiliazione

La strada verso l'Olimpo è irta di ostacoli.
Elasti-mamma ha superato l'interazione con l'istruttrice bonissima dal nome evocativo. Ha superato la visione di veneri anoressiche che fluttuano nude nello spogliatoio. Ha superato gli insul-

ti del sergente di *Full Metal Jacket* che sale e scende da un gradino imprecando contro il gluteo rilassato. Ha superato la visita di una occhialuta dottoressa, con il fisico di Jessica Rabbit, che storcendo il naso ha dovuto riconoscere la sana e robusta elasti-costituzione.

Elasti-mamma pensava di essersi finalmente guadagnata l'ammissione al tempio del benessere.

Ma non era così.

La prova con la P maiuscola doveva ancora arrivare.

« Adesso devi andare nella stanza di fianco, hai la visita con l'istruttore », dice Jessica acida.

La stanza di fianco sembra la camera delle torture di *Garage Olimpo*. Dietro una scrivania cosparsa di oggetti dall'apparenza sado-maso c'è lui. Muscoli dell'incredibile Hulk, testa di oliva, faccia da topo. L'istruttore.

« Spogliati », le dice perentorio.

Elasti-mamma sarebbe tentata di spiegargli che un uomo, a meno che non sia George Clooney, prima di ordinare di spogliarsi a una donna dovrebbe almeno scaldare un po' l'ambiente. Niente di eclatante, basterebbe anche « Bel nome, Elasti, anche mia nonna si chiamava così ».

Ma testa d'oliva non merita spiegazioni. Lei si spoglia senza proferire parola.

« Mettiti di fronte allo specchio e guarda dritto davanti a te. »

Stare in piedi di fronte a uno specchio con l'incredibile Hulk che la osserva da dietro non è esattamente in cima all'elasti-classifica del piacere. Se poi lo specchio è a quadrotti, tipo un foglio di carta millimetrata gigante, e l'incredibile Hulk, armato di carta e penna, segna con puntiglio maniacale ogni elasti-imperfezione posturale ed estetica, il rischio di schiaffeggiare testa di oliva e mandare a quel paese il tempio del benessere uscendo imprecando, è piuttosto elevato.

Ma Elasti-mamma stringe i denti e resiste.

« Lordosi, ginocchio valgo e collo rigido », è il verdetto di faccia di topo.

Lei vorrebbe spiaccicarlo sui quadrotti dello specchio.

Quando ormai si è convinta che questa pagliacciata sia finita, lui

sguaina l'arma segreta. Il cicciometro, l'ultima frontiera dell'umiliazione.
Il cicciometro, noto agli addetti ai lavori come «plicometro», è una impietosa pinza che, applicata dovunque ci sia un po' di grasso, misura la ciccia corporea.
Elasti-mamma si lascia pinzare dal cicciometro dell'incredibile Hulk. Lui inserisce nel computer i dati della cicciometria.
«La tua percentuale lipidica è 21», le comunica con aria grave.
«Quindi?» testolina-di-oliva-faccina-di-topo???
«Quindi se ti alleni duramente puoi farcela. Ora ti puoi rivestire.»
Promossa. Elasti-mamma ha toccato il fondo, a questo punto non può che risalire.

Venerdì, 23 febbraio

Piccole vittime, piccoli mostri e potenza del dialetto

«Mamma, io ho cinquanta fidanzate, ma mi ricordo solo il nome di sei», dice lo hobbit grande.
«Ero rimasta a cinque, chi è la sesta?»
«Giada, quella che me lo aveva chiesto mentre facevo il cameriere a scuola materna e io le avevo detto che non avevo tempo di essere il suo fidanzato. Te la ricordi?»
Povera Giada, sei finita anche tu nell'harem del piccolo mostro.
«Certo che mi ricordo di Giada. Come va con lei?»
«Insomma... Mi ha dato certe sberle...»
Brava Giada! Sapevo di potere contare su di te. Hai seguito i miei consigli. Insieme, tu con le mazzate io senza, riusciremo nella impossibile missione di trasformare lo hobbit in un maschio per bene.
«E tu?»
«Io all'inizio non facevo niente. Poi il papà mi ha insegnato il barese.»
«E quindi?»
«Quando sono tornato, alla prima sberla le ho detto "Bellabè, calm' calm'. Mò i' ti a' romb' la cap'".»
«Tu le hai detto "Io ti rompo la testa"??? E lei?»

«Lei si è spaventata e ha smesso di darmi le sberle.»

Cara Giada... io non posso sottrarmi ai miei doveri di madre. Ma tu, che puoi scegliere, lascialo perdere.

Lunedì, 26 febbraio

Elasti-notti e la *pillula* anti-hobbit

Mister Wonder parte in continuazione. Da buon supereroe predilige gli orari improbabili. Pertanto la domenica esce di casa alle 3.30 di notte. Si sveglia, fa la doccia, fa colazione con caffè e biscotti e affronta le tenebre, temprando corpo e spirito.
Mister Wonder non si rende conto che così facendo innesca una incontrollabile reazione a catena. Ogni santa domenica notte.
La notte scorsa.
Ore 3.00. *Driiiiin*, sveglia. Lui non la sente. Elasti-mamma in compenso schizza sull'attenti.
Dopo avere allagato il bagno, devastato la cucina e svuotato l'armadio alla ricerca di boxer e calzini, Mister Wonder toglie il disturbo eclissandosi con quattro rumorosissime mandate di chiave.
Ore 3.45. «Mamma... dov'è papà?» chiede lo hobbit grande con voce orfanella.
«È partito ma torna prestissimo. Ora dormi», risponde Elasti-imperiosa.
«Ho capito. Devo venire nel lettone», dice lui perentorio.
Il pater familias se ne è andato da cinque minuti e il nano si è già trasformato nel maschio alfa del branco. Elasti-mamma ha troppo sonno per spiegargli che il capo è lei. Lo hobbit si infila nel lettone e si abbarbica come una cozza al suo scoglio.
Ore 4.00. Il piccolo pigola nel suo lettino di là. Ha fame. Elasti-mamma si libera dal mortale abbraccio.
«Dove stai andando?» il capobranco controlla ogni movimento.
«Il fratellino ha fame. Lo porto di qua e lo allatto.»
«Va bene. Vieni subito però.»
Elasti-mamma prende lo hobbit jr, torna in camera. Tetta-latte da un lato e cozza gelosa dall'altro.

«Perché non gli dai le *pillule* invece del latte?» sussura con noncuranza.
«Le pillole? A chi? Al piccolo???»
«Sì le *pillule*. Gliele dai al posto del latte. Così non ci disturba più e noi due possiamo dormire tranquilli.»
«Nano, non dire stupidaggini. Anche tu hai avuto il latte della mamma alla sua età. Non si danno *pillule* ai bambini. Chi ti insegna queste idiozie?»
«Il nonno T. Quando vivevamo insieme a Bologna e a Napoli mangiavamo le *pillule* tutti e due e dormivamo benissimo.»
«Basta! È notte fonda. Non voglio sentirti più dire scemenze. Se non dormi all'istante ti rispedisco al volo nel tuo letto.»
«Mamma te l'ho detto. Sei stanca e nervosa. Se gli dessi le *pillule* invece del latte...»

Mercoledì, 28 febbraio

Mister Wonder *vs* Valentina Diolabenedica, abissi generazionali e non solo

Antefatto. Mister Wonder porta sempre lo stesso paio di pantaloni consunti, le stesse magliette sdrucite, gli stessi boxer lisi, gli stessi pedalini bucati. Dice che pensare all'abbigliamento lo sfinisce, comprare vestiti nuovi lo logora, avere la possibilità di scegliere in un guardaroba più variato lo ucciderebbe.
Dopo qualche anno di fallimentari tentativi di portare l'amato sulla via della normalità, Elasti-mamma ha capito che il problema può essere risolto soltanto cambiando marito. Si tratta tuttavia di una soluzione drastica, giudicata al momento inopportuna.
Se pensare al proprio abbigliamento è per Mister Wonder impresa ardua e penosa, pensare all'abbigliamento degli hobbit la mattina è una sfida che lo coglie completamente impreparato.
Fatto. Valentina Diolabenedica arriva a casa con il nano piccolo. C'è qualcosa che non va. Valentina non è donna che dissimula e tace ed è anche per questo che Elasti-mamma la adora.
«Chi ha vestito lo hobbit piccolo stamattina? Chi ha conciato co-

sì questo bambino innocente? » chiede prima ancora di varcare la porta. L'indignazione la soffoca.
Effettivamente il nano è impresentabile. Porta pantaloni verde militare, calze viola, una maglietta a righe sui toni del rosso e dell'arancione e una felpa taglia 4 anni, dello hobbit grande, azzurro cielo con bande fucsia fosforescenti. Più che un bambino è un attentato al senso estetico.
Mister Wonder è assorto nella lettura di *Marxism and morality* e fa finta di non esserci.
« Tanto lo so che sei stato tu, chi può essere stato altrimenti? » lo incalza Valentina.
Mister Wonder solleva il sopracciglio con noncuranza.
« Avevo anche preparato tutti i vestiti ieri sera... almeno la felpa, potevi mettere quella verde che avevo preparato io... questa felpa azzurra è un insulto alla dignità di tuo figlio, lo mortifica. » È proprio arrabbiata.
« La felpa verde è aderente. È troppo piccola per il nano », si giustifica il colpevole Mister Wonder.
« Aderente? Troppo piccola?! Adesso si usa così! Cosa ne capisci tu di moda? Se guardassi il catalogo di "Original Marines" ti renderesti conto che la felpa verde è molto trendy. »
« Ho la faccia di uno che guarda il catalogo di "Original Marines"? »
« No, effettivamente no... »
Entrambi tacciono e lanciano sguardi sdegnati a Elasti-mamma.
Lei fluttua nell'abisso che separa marito e baby sitter.
E si augura che mai nessuno le chieda di scegliere tra Mister Wonder e Valentina Diolabenedica.

Elasti-digressione 2
Il metodo Estivill, ovvero: mors tua vita mea

Un bambino che non dorme è una bomba a orologeria in seno a una famiglia. Il pianto di un nano che squarcia il silenzio della notte mina l'equilibrio, la salute mentale e la solidità di una coppia. I risvegli notturni danno vertigine, sconforto, esasperazione, sfinimento. Il sonno è un dovere del bambino e un diritto del genitore.

Quando lo hobbit grande aveva cinque mesi smise di dormire e Elasti-mamma e Mister Wonder rischiarono di cadere in pezzi.

«Basta, non si può andare avanti così. Telefoniamo alla dottoressa Tic Tic, la pediatra», disse un giorno Mister Wonder mentre lo hobbit urlava il suo sconforto tra le sbarre del lettino.

«Dottoressa Tic Tic, cosa dobbiamo fare?»

«Applicare il metodo Estivill», rispose lei senza esitazione.

«Ma lo hobbit è tanto piccolo...»

«Non importa.»

«Ma piange disperato...»

«Ne va della sua e della vostra serenità.»

«Ma Estivill è un nazista!»

«Ne va della vostra vita matrimoniale.»

«D'accordo dottoressa, ci proviamo.»

Il signor Eduard Estivill è un pediatra catalano, piuttosto astuto, che ha scritto un libro dall'innocuo titolo *Fate la nanna*, che spiega ai genitori come insegnare al loro bambino la difficile arte del dormire e soprattutto dell'addormentarsi.

Poiché il sonno è un diritto che dovrebbe essere sancito dalla dichiarazione universale dei diritti umani, e poiché i bambini mi-

nuscoli sono un attentato vivente a tale sacrosanto diritto, il signor Eduard e il suo libro hanno avuto un successo planetario.
Il metodo Estivill prevede pochi ma precisi principi:
1. Il grazioso frugoletto che hai dato alla luce è in realtà un piccolo mostro, un nemico nato per sfinirti.
2. Dentro di te alberga un nazista. Tu forse non lo sai ma lui è lì, nascosto da qualche parte. Di fronte al nemico è venuto il momento di farlo uscire.
3. Devi creare un rituale del sonno. Inventati quello che ti pare: una storia, un massaggio, una ninna nanna, i canti dei monaci tibetani. A Eduard non importa, basta che il rito sia sempre uguale a se stesso, alla stessa ora e nello stesso posto.
4. Nessun bambino è mai morto per il troppo pianto. Quindi se tuo figlio emette urla belluine dal suo lettino, vivi sereno: non sta soffrendo, sta solo mettendo in atto una diabolica strategia per massacrarti e ridurti in schiavitù.

Questo è quello che succede nella realtà.
Ore 20.30. Il piccolo ha fatto il bagno, ha mangiato, profuma di buono ed è di ottimo umore. Emette deliziosi gorgheggi e risponde sorridendo ai tuoi sguardi estasiati. Lo guardi e ti domandi come sei riuscita a generare una creatura talmente perfetta che se avessi potuto scegliere l'avresti voluta proprio così. Pensi che la maternità sia il paradiso.
Ore 20.40. Inizia il rito di Eduard. Vai sul lettone, prendi il librino preferito. Ti accoccoli vicino al tesorino e insieme leggete in una comunione di amorosi sensi.
Ore 20.50. Fine librino, lui ti guarda con il labbro tremulo, tu gli sorridi e decidi che il rito non può finire così e inserisci una seduta di massaggio neonatale per rafforzare il legame tra voi. Tu, lui, occhi negli occhi.
Ore 21.00. Mentre lo massaggi lui fa la cacca sul tuo letto, solitamente fresco di bucato. Tu fuori sorridi ma dentro bestemmi. Pulisci sempre sorridendo ma decidi che le tue mani emanano ormai energie negative ed è arrivato il momento che il piccolo vada a dormire.
Ore 21.05. Vai nella sua stanza, lo adagi sul suo lettino bianco e dici con voce dolce ma ferma la frase che il signor Estivill ti ha

insegnato: « Amore, la tua mamma ti vuole un sacco di bene. Adesso però devi dormire e devi farlo da solo. Buonanotte tesoro ». E te ne vai con passo sicuro, lasciando il frugoletto non più profumatissimo solo al buio.
Ore 21.06. Lui piagnucola. Eduard ti dice che devi aspettare cinque minuti prima di intervenire.
Ore 21.10. Puoi intervenire. Il piccolo di là piange disperato. Tu entri, il bastardo smette. Come un robot, sempre sicura di te stessa ripeti: « Amore, la tua mamma ti vuole un sacco... » Esci.
Ore 21.11. Lì dentro lui urla, decisamente alterato. Eduard ti dice che devi aspettare dieci minuti prima di rientrare. In quei dieci minuti tu pensi che tuo figlio stia soffrendo le pene dell'inferno e che si ricorderà di questi momenti quando tu sarai vecchio, stanco e su una sedia a rotelle.
Ore 21.20. Entri, stringi i denti. Ti senti un'idiota ma ripeti la stupida frase. Lui non ti sente neanche. Si dimena come un demonio. Tu pensi che abbia una malattia mortale e a) lo prendi in braccio con le lacrime agli occhi, lui naturalmente si placa, maledici Estivill, bruci il libro e pensi che è meglio qualche notte insonne che questo inferno di sadismo, b) esci e ripeti questo simpatico giochino fino a quando il mostro non si addormenta sfinito e a te è venuto un esaurimento nervoso.
Funziona. Dopo tre o quattro notti, la belva è domata. Tu ormai soffri di crisi di panico, tremori incoercibili, insonnia e sei lacerata dai sensi di colpa. Ma questo è un problema tuo, certamente non di Eduard.

MARZO

Sabato, 3 marzo

Ti regalo un giardiniere

Nonna K sa sempre cosa vuole.
Nonna K aveva un progetto di vita in testa e lo ha realizzato. È una manager. È un carrarmato, in senso buono (?). Vive in una casa elegante ed essenziale, che non conosce disordine e sporcizia. Ha il pollice verde. Quando passa lei crescono bonsai e sequoie.
Nonna K pensa che sua figlia sia una causa persa.

Elasti-mamma vive in un cronico stato confusionale.
Elasti-mamma non ha ancora capito chi è e nemmeno cosa vuole. Vivrebbe e lavorerebbe in una comune. Ha il terrore di occupare spazi altrui. Ha una casa buffa e colorata, in cui il caos regna sovrano. Ha il pollice nero. Quando passa lei le piante si suicidano.
Elasti-mamma sa che, senza nonna K, sarebbe molto, molto peggio di così.

Nonna K è in visita.
«Ho pensato al tuo regalo di compleanno. È bellissimo», dice eccitata.
«Il mio compleanno è tra più di un mese», risponde Elasti-scettica.
«Non importa. Io mi sono mossa in anticipo e ho già organizzato tutto», l'entusiasmo è alle stelle.
«Posso avere un indizio?» chiede Elasti-dubbiosa.

« Ti regalo un giardiniere. Per i tuoi terrazzi », nonna K sorride compiaciuta.
« I miei terrazzi? Ho tre balconcini desertici che mi piacciono così », risponde Elasti-distruttiva.
« Ormai è tardi. Il giardiniere è già venuto per un sopralluogo, quando tu non c'eri. Ha fatto un piccolo progetto per i terrazzi. Abbiamo già deciso tutto. La prossima settimana viene, interra le piante e i fiori e avrai l'Eden in casa », dice convinta e inarrestabile.
« Tanto poi nel giro di qualche giorno lo sai che muore tutto. Basta che io esca sul balcone, guardi l'Eden del tuo giardiniere e, *pam*, un bel suicidio collettivo. » Elasti-ingrata prosegue nell'opera di demolizione.
« Ho pensato anche a questa eventualità. Ogni quindici giorni il giardiniere verrà a controllare lo stato di salute delle piante. È un ragazzo simpatico. Ti piacerà, vedrai. »
« È anche carino? » chiede Elasti-noncurante.
« Molto », risponde convinta nonna K.
Elasti-mamma si illumina. « Va bene. Regalami il giardiniere. Ma decido io che uso farne. »
« Elasti, non essere stupida e volgare » la zittisce.
« Dai mamma, cosa te ne importa? Lui viene e poi me la vedo io... »
« Non è divertente... e comunque... è gay. »
« Lo hai scelto apposta, lo so », si arrende Elasti-mamma.

Domenica, 4 marzo

Nonna K cambia idea

Squilla il telefono.
« Pronto Elasti, sono la mamma, ci ho ripensato », dice nonna K.
« A cosa hai ripensato? »
« Al giardiniere... non te lo meriti. Penserò a qualcos'altro per il tuo compleanno. Tanto c'è tempo. »
« Come vuoi mamma, peccato però. Iniziavo ad abituarmi all'idea... »

Lunedì, 5 marzo

Il buongiorno si vede dall'alba

Ore 7.00. Elasti-mamma è in redazione. Questa settimana ha vinto il turno all'alba. È sola, fuori è buio e piove. Legge i giornali, torva e malmostosa.
Almeno c'è silenzio.

Ore 7.04. Arriva Mister Max, preceduto da una nuvola di stress e profumo dolciastro di dopobarba. «Ciao a tutti! Come state?» chiede euforico.
«Cià», grugnisce Elasti-mamma, china sui giornali.
«Ma che brava. Hai già fatto la rassegna stampa? Cosa c'è di interessante? Qualche scoop?» domanda concitato.
Mister Max, per piacere. Sono qui da quattro minuti. Lasciami lavorare in pace. Scoop? Ma come parli? Ti ricordo che siamo umili redattori di un giornale milanese, non inviati speciali del «New York Times». Stai calmo e soprattutto piantala di interagire con me. E abbassa la voce che mi stordisci.
«Non mi pare», ri-grugnisce lei.
«Elasti, ma secondo te, questo credit crunch ci porterà tutti al default? E la bolla del real state? Ci scoppierà in faccia? Ma qual è il tuo parere sui subprime? E sui conduit? Ma tu sei favorevole agli hedge fund? Elasti, parliamo un po', mi interessa sapere cosa pensi...» chiede Mister Max, seduto sopra l'elasti-scrivania.
Mister Max, ma tu assumi qualcosa, tipo cocaina, funghetti magici, altre sostanze psicotrope, o sei così di tuo?

Ore 7.15. Squilla il cellulare. A quest'ora può essere solo Mister Wonder che non trova i pannolini dello hobbit piccolo o il Power Ranger blu dello hobbit grande.
«Ciao Elasti. Sono la Pucci. Tutto bene?»
«La Pucci?»
«Sì, la mamma del Titto, ti ricordi, l'ex compagno di nido dello hobbit. Tutto bene carissima?»
Ehi Pucci, mamma del Titto, non ci sentiamo da mesi. Sono le sette e un quarto, sopravvivo a stento alla molestia di un collega iperattivo. Ma come ti viene di chiamarmi adesso?

«Certo che mi ricordo. Compatibilmente con l'ora e con il fatto che sto lavorando, sì, direi che va tutto a meraviglia», risponde Elasti-perplessa.
«No, sai, ti chiamavo per darti una bella notizia e per chiederti alcune informazioni.»
«...»
«Aspetto un altro bambino.»
«Ma è fantastico! Congratulazioni.»
«Grazie. Volevo chiederti, ma tu hai partorito all'ospedale di Felicity?»
«Sì...»
«Ecco allora volevo sapere se sei soddisfatta, come è stata la tua esperienza, se mi dai il nome della tua ostetrica, del tuo ginecologo, se mi spieghi un po' come funziona l'ambaradan, insomma...»
«Adesso?»
«Be', sì, perché no?»
«Ma quando dovresti partorire?»
«Sono alla settima settimana, ma volevo arrivare preparata.»
«Ascoltami Pucci mamma del Titto, ti mancano ancora trentatré settimane, ti dispiace se ci sentiamo in un altro momento?»

Martedì, 6 marzo

Faccia di scoreggia e i baci rubati

Uscita della scuola materna.
Lo hobbit grande si arrampica sulla struttura per la psicomotricità, ignorando Elasti-mamma che cerca di trascinarlo fuori.
Arriva trotterellando Clementina. Punta con sicurezza lo hobbit e gli si avvicina. A tre centimetri dal suo naso sibila «faccia di scoreggia».
Faccia di scoreggia al mio hobbit? Che fare?
1. *Appendere Clementina per i piedi alla struttura.*
2. *Scaraventare sua madre sul tappeto dell'angolo morbido.*
3. *Sotterrare madre e figlia sotto una pioggia di insulti.*
4. *Fingere di non avere sentito.*

Suo malgrado Elasti-mamma opta per la numero 4, prende lo hobbit per mano e si allontana a testa alta.
« Mamma... ti devo dire una cosa », sussurra lo hobbit.
« Dimmi nano, ti ascolto. »
« Io e Clementina... ci amiamo. »
« Ah. » Elasti-mamma finge noncuranza.
« Il pomeriggio, quando tutti fanno la nanna... noi, di nascosto, ci baciamo. »
« Vi baciate...? »
« In bocca. »
Elasti-mamma suda freddo.
« Intanto Simone, che è il suo fidanzato, dorme e non si accorge di noi che ci baciamo. »
« Ma tu, non avevi già un bel gruppetto di fidanzate di cui occuparti? »
« Sì, ma questo non c'entra. »

Giovedì, 8 marzo

Festa della donna

Stamattina Elasti-mamma, andando a lavorare, ha incontrato Ada, la mamma di Emilio, un amico dello hobbit grande.
Ada era stanca, aveva le occhiaie e lo sguardo spento. Ada è alta ed elegante. È una super dirigente di una supermultinazionale. Ha due bambini.
« Come sta il piccolo Emilio? » chiede Elasti-mamma.
« Emilio è inquieto, è infelice. Fa cose strane all'asilo. Cerca di farsi del male. La pediatra mi ha consigliato di portarlo da un neuropsichiatra infantile. Il neuropsichiatra infantile mi ha detto che Emilio ha bisogno della sua mamma », racconta Ada.
« E tu? »
« Io lavoro come una pazza. Nella supermultinazionale se sei donna hai il segno meno davanti, se hai dei figli sei una fallita. Nella supermultinazionale ti umiliano, ti maltrattano e devi sempre lottare. Io non ce la faccio più. »

Sabato, 10 marzo

Il sonno di Estivill genera mostri

Elasti-mamma e Mister Wonder applicano con gli hobbit il metodo Estivill, la ricetta nazista per insegnare ai bambini l'arte del sonno.
Questa sera lo hobbit piccolo è indemoniato e urla il suo furore tra le sbarre del suo lettino.
Mister Wonder e Elasti-mamma indicono una riunione in sala per decidere il da farsi.
«Sta benissimo. Sta solo provocandoci. Ignoriamolo», dice l'Estivill-boy.
«Magari ha mal-di-pancia, mal-di-gengive, mal-di-mamma?» azzarda Elasti-budino.
Improvvisamente si materializza lo hobbit grande, seduto sul divano con le gambe accavallate. «Io direi... lasciamolo sclerare.»
«Nano? Cosa c'entri tu? E come parli?» chiede incredulo Mister Wonder.
«Io sono il fratello. Dicevo, lasciamolo sclerare ben bene. Così impara.»
«Lasciamolo sclerare? Ma cosa dici? E cosa deve imparare poveretto?»
«Deve imparare a non sclerare. Per me non dovete preoccuparvi comunque.»
«Infatti non siamo preoccupati per niente.»
«Se lui sclera troppo e mi disturba, io vi chiamo e voi mi fa*ce*te dormire qui sul divano. Non ho problemi. Vi chiamo, mi date una coperta e non ho problemi. Lui può sclerare tranquillo di là tutta la notte», spiega rassicurante il piccolo mostro.

Martedì, 13 marzo

Soltanto un consiglio

Le notti a scacchiera sono uno sport molto popolare a Felicity Place. Bisogna essere almeno in due, nella fattispecie gli hobbit, più una vittima sacrificale, nella fattispecie Elasti-mamma.
Il gioco consiste nello svegliarsi a turno a intervalli regolari evi-

tando con cura la sovrapposizione dei risvegli, pena l'espulsione. Vince chi, con l'abile tecnica dello sfinimento, porta Elasti-mamma alla capitolazione guadagnando l'ambito posto dell'assente Mister Wonder nel lettone.
Questa notte lo sport della scacchiera ha raggiunto virtuosismi ineguagliabili.
Stamattina Elasti-mamma è una larva.
Al termine di una battaglia all'ultimo sangue per lavarsi-vestirsi-fare-colazione, arriva Valentina Diolabenedica a cui Elasti-mamma lascia con gioia i due hobbit indemoniati.
« La mamma va a lavorare. Ciao ciao », dice Elasti-amorevole, pensando che anche la miniera sarebbe meglio di questa casa infestata da hobbit.
« Mamma, no! Non mi lasciare! » esclama lo hobbit grande melodrammatico. « Ti prego, un ultimo bacio. Non andartene così », aggiunge la piccola vittima di privazioni affettive.
« Ecco, cinque baci, così hai la scorta. Ciao a dopo. » Elasti-mamma vuole solo scappare.
Sulla porta, il nano grande alza lo sguardo sulla sua Elasti-vittima e spalanca gli occhi. « Mamma! Non puoi uscire così! »
« Nano, basta fare storie. Perché non posso uscire adesso? »
« Perché non ti sei truccata! »
Non mi sono truccata? Da quando osserva queste cose? Perché lo nota? Se un bambino di nemmeno quattro anni mi rimprovera per non essermi truccata vuol dire che sembro uno zombie... devo fare qualcosa.
Elasti-mamma vacilla, la sua autostima precipita. « Ma io non mi trucco praticamente mai... » risponde esitante.
« Ah... come vuoi. Era soltanto un consiglio... »
Stamattina in metropolitana Elasti-mamma ha rischiato di accecarsi mentre si metteva la matita per gli occhi... tutta colpa di un nano giudicante.

Giovedì, 15 marzo

Pensavo fossimo amici

Da: Amico Enrico-antropologo
A: Elasti-mamma

Oggetto: La tesi di Anna
Anna Buonanotte, una mia laureanda, deve fare delle interviste a donne madri giornaliste per la sua tesi. Tu sei perfetta. Il colloquio dura un'ora e mezza massimo due. Confido nella tua totale disponibilità.

Da: Elasti-mamma
A: Amico Enrico
Oggetto: Scordatelo
Escludo di passare due preziose ore della mia breve vita con una laureanda sfigata e stordita delle tue. Ti ricordo che sono una quasi ragazza madre, lavoratrice e molto incasinata. Non ho tempo da sbattere via per le vostre stupide interviste. Grazie comunque per avermi pensata.

Da: Amico Enrico
A: Elasti-mamma
Oggetto: Pensavo fossimo amici
Ti serberò rancore per sempre. Ciao.

Da: Elasti-mamma
A: Amico Enrico
Oggetto: Aspetto la rompiscatole domani a Felicity Place alle 17.00
Sappi però che già la odio. Dille che ho un pessimo carattere e che se mi fa domande idiote divento violenta.

Venerdì, 16 marzo

Datemi una Anna e sarò più serena

Anna Buonanotte si presenta nell'elasti-casa, alle cinque in punto. Ha un piercing al labbro, kefia al collo e ricci indomati. Porge una primula blu e sorride.
« Per il disturbo e la gentilezza... » dice.
« Grazie. Scusa... potresti toglierti le scarpe? Ho un bimbo piccolo che striscia ovunque... » chiede Elasti-mamma esitante.
Si sfila gli anfibi. Ha calze a righe e occhi che ridono.

Elasti-mamma si rannicchia sulla difensiva in un angolo del divano.
Lei si accoccola nell'angolo opposto. È perfettamente a suo agio.
Chiede a Elasti-mamma cosa voleva fare da grande, come è arrivata dove è ora, come si immagina tra dieci anni. Se è difficile, se è divertente, se vorrebbe che fosse diverso. Le chiede cosa farebbe se avesse più tempo, chi la aiuta, chi dovrebbe aiutarla ma non lo fa, chi sente vicino e chi sente lontano. Le chiede cosa vuole e cosa pensa.
Le chiede se è felice.
Elasti-mamma risponde, sproloquia, balbetta. È un fiume in piena.
Anna ascolta in silenzio, registra, scribacchia, annuisce. « Abbiamo finito. Grazie », dice dopo oltre due ore.
« Già? »
Non sembra provata dall'elasti-logorrea, o dissimula abilmente.
Elasti-mamma si sente leggerissima.
Anna si sta rimettendo gli anfibi.
Elasti-mamma le offre un succo di frutta e quando va via le regala un ovetto Kinder dello hobbit grande.
« Grazie, ciao. È stato un piacere. Ora devo andare. Stasera ho il teatro. »
Anna le piaceva. Forse Elasti-mamma ha bisogno di una Anna qualche volta.
« Anna, aspetta! Non è che ogni tanto potresti farmi da baby sitter? Baby sitter degli hobbit, intendo, quando Valentina Diolabenedica non può... »
« Ci penso. E ti faccio sapere. » E scappa in bicicletta.
Forse Elasti ha bisogno di una buona psicanalista, altro che Anna.

Sabato, 17 marzo

Vi state separando?

1. Lo hobbit piccolo è stato aggredito da un virus. Da qualche ora le sue uniche occupazioni sono fare la cacca e vomitare, preferibilmente in braccio a Elasti-mamma.

2. A causa del morbo del nano, è saltato un fantastico fine settimana in Val d'Aosta al castello di Artù, nobil signore, fidanzato della fortunata nonna K.
3. È morto, per la terza volta in tre mesi, il Bimby, l'elasti-elettrodomestico del cuore. Ha esalato il suo ultimo respiro mentre era impegnato nella preparazione della cena, l'infido.
4. Il signor Faruk, imbianchino, ha fatto visita stamattina a Felicity Place, colorando a caso i muri di casa, con la scusa di fare dei ritocchi. Risultato: pittura ovunque, persino nelle orecchie degli hobbit.
5. Mister Wonder ha sentito l'impellente bisogno di telefonare al collega economista marxista logorroico proprio mentre: l'amato elettrodomestico agonizzava, lo hobbit piccolo emetteva inquietanti gemiti, premonitori di ben più inquietanti manifestazioni del virus, e lo hobbit grande si sollazzava nella vasca allagando il bagno, come sua abitudine.

Elasti-mamma alle 19.30 si sente il catalizzatore della sfiga planetaria, è triste come la piccola fiammiferaia e rabbiosa come un lupo mannaro. Cerca solo un pretesto per fare uscire il mostro che la abita.
Mister Wonder, pensando di dimostrare alla famiglia la sua buona volontà, fa partire una lavatrice. Questo basta.
Elasti-mamma fa una scenata sull'uso proprio e improprio della lavatrice.
Mister Wonder non coglie la sua fondamentale funzione terapeutica. E si infuria.
Nel bel mezzo di questa pretestuosa rissa, si materializza il nano grande: «State litigando?» chiede con tono casuale.
«No, nano, ma lasciaci finire», lo zittisce Elasti-mamma.
«Adesso vi separate?»
«... come!?»
«Ho chiesto se vi separate. Nel senso che ognuno va a vivere in una casa sua... Succede a chi litiga molto...»
Separarci? Litigare molto? Ma che sta dicendo? Ma cosa pensa di noi, povero bambino? Sono una cretina. Devo piantarla.

Elasti-mamma si ferma. Inspira, espira e ricaccia dentro il suo lato mostro.

Lunedì, 19 marzo

Disegna il tuo papà, ovvero: mostri hobbit

Festa del papà.
Mister Wonder è a Londra dove probabilmente sta santificando la ricorrenza con l'altra famiglia, quella inglese.
Alla scuola materna Dominatrix consegna il regalo per il papà, un artistico manufatto. Si tratta di una valigetta, fatta con un foglio di cartoncino giallo. All'esterno le impronte colorate di due enormi piedi hobbit. All'interno un tetro disegno con legenda esplicativa.
«Gli abbiamo chiesto di disegnare il suo papà... gli altri bambini hanno disegnato il papà, lui ha fatto questo...» dice la maestra perplessa.
«Nano, è bellissimo... ma, non è papà... nano...»
È una macchia informe sugli allegri toni del viola e del nero.
La legenda, dettata dallo hobbit alla maestra, spiega testuale: «Ho disegnato un lago e un cavaliere nascosto per non farsi vedere dal drago».
Chiaro. È la festa del papà, i bambini disegnano il papà, lui disegna il cavaliere del lago che si nasconde dal drago, usando colori di morte.
Cosa c'è di strano? È uno hobbit e il suo papà lo sta programmando per diventare un personaggio del *Signore degli Anelli*.
Da quando è stato in grado di dire «anello», il suo eroe è Gandalf, i suoi amici sono Bilbo e Frodo Baggins e prova un odio feroce per i guerrieri Urukai e i Nazgul.
Perché mai dovrebbe disegnare un banale papà con due occhi, una bocca, un naso, i ricci e un paio di occhiali tondi?
Urge riunione con Mister Wonder, prima che sia troppo tardi anche per il nano piccolo.

Mercoledì, 21 marzo

Le mamme tristi della stanza 12

Samy ha 25 anni e viene da Santo Domingo. Quando ne aveva 12 è rimasta incinta. Una zia si è arrabbiata e l'ha presa a bastonate. Le hanno detto che non avrebbe più avuto figli. Ora vive in Italia. Ha partorito un bimbo prematuro di 700 grammi che hanno intubato, infilato in una incubatrice e che adesso lotta contro le insidie di una vita in anticipo.

Carla ha 44 anni. Aspetta due gemelli. È al sesto mese.
Racconta che non sono figli suoi ma di suo marito che li ha voluti a tutti i costi. La madre biologica è una ragazza boliviana che per 900 euro ha venduto due ovuli. L'hanno scelta su un catalogo.

È qui anche Cristina, per delle perdite sospette.
Il marito non viene mai a trovarla, perché gli ospedali gli fanno impressione.

Teresa ha 27 anni. Aveva lasciato un fidanzato prepotente. Si sono rivisti una sera. Lei è rimasta incinta. Lui è scomparso.
Lei ha deciso che quel bimbo era la sua ragione di vita. È nato troppo presto ed è morto un minuto dopo avere visto il mondo. Per colpa di quel minuto, quel bambino ha un nome e un codice fiscale.

Sonia è la migliore amica di Elasti-mamma. Occupa il quarto letto della stanza numero 12 del reparto di ostetricia di un ospedale milanese. È la stanza delle emergenze. È insieme a Samy, Carla e Teresa.
Aspettava un bambino anche lei. Era all'ottavo mese. Andava tutto bene. Poi si è spento un interruttore, non si sa perché, dicono i medici. Si è spento anche il bambino.

Giovedì, 22 marzo

Deliri in cucina

Elasti-mamma sta armeggiando in cucina con due orate.
«Mamma. Lascia stare. Le pulisco io le orate. Apro la pancia, tolgo lo schifo che c'è dentro e poi le cucino. L'ho già fatto altre volte.»
«Grazie nano, credo di farcela... scusa? Quando mai hai pulito il pesce tu?»
«Quando vivevo a Bologna con il nonno T pulivo sempre le orate, mentre lui leggeva il giornale.»
Ecco ci risiamo. Sta dando libero sfogo al pazzo mitomane che è in lui.
«Ah. Tu da solo in cucina a preparare il pesce e il nonno a leggere. Dovrò parlare prima o poi con il nonno...»
«Dai mamma. Quando era pronto io dicevo al nonno: "Vieni, è pronto", lui veniva, mangiavamo orate e granita al cioccolato. Lo sai com'è il nonno T, goloso. Quando siamo insieme mangiamo molto cioccolato.»
«Già... e il papà e la mamma nel frattempo cosa facevano?»
«Oooh mamma, te l'ho già detto tante volte. Quando io vivevo a Bologna e a Napoli col nonno, tu e papà non eravate nati.»
«Ops, scusa dimenticavo.»
«Però però però... ogni tanto ero preoccupato che morivate.»
«Come potevamo morire se non eravamo nemmeno nati?»
«Io ero preoccupato e basta. Potevamo non incontrarci dopo.»
«Invece siamo stati fortunati, ci siamo incontrati e ora siamo qui tutti insieme, devi essere contento, non preoccupato.»
«Va bene, mamma. Ora passami quelle orate per piacere.»

Lunedì, 26 marzo

Grazie, preferisco il panino

Isabella è una brunetta volitiva e capricciosa di quattro anni che afferma di essere la principessa dello hobbit grande.
Lui non conosce la monogamia ma Isabella è la preferita dell'harem.

Quando Isabella e lo hobbit si incontrano, lei si butta per terra fingendosi svenuta. Fino a quando lo hobbit non la bacia, rigorosamente sulla bocca, lei resta esanime al suolo.
La potenza dell'amore in età prescolare è tale che la principessa ha convinto i suoi devoti genitori a chiedere il trasferimento dalla scuola materna delle Orsoline a quella del nano poligamo.

Questo pomeriggio Elasti-mamma, andando a prendere lo hobbit alla scuola materna, ha visto da lontano la mamma di Isabella impegnata in un'animata discussione con Dominatrix.
«Gliel'ho già spiegato, signorina. Io iscrivo qui mia figlia a condizione che voi la mettiate in classe insieme allo hobbit», dice la mamma di Isabella perentoria. «La mia Isabella e lo hobbit sono fidanzati da una vita. Si amano, capisce? Non potete separarli...» prosegue.
«Vedremo cosa si può fare, signora. Non posso promettere niente...»
«Signorina, forse non ha capito. Isabella e lo hobbit *devono* stare insieme.»

«Nano, ma se Isabella l'anno prossimo fosse in classe con te, saresti contento?» chiede Elasti-mamma, una volta arrivati a casa.
«Sarei felice. Così quando facciamo la nanna dormo vicino a lei», risponde garrulo.
«Ma tu non dormi già vicino a Clementina? Come faresti se ci fosse anche Isabella?»
Ci pensa un attimo. «Facciamo il panino. Una sopra, una sotto, io in mezzo.»
Elasti-mamma vacilla. C'è qualcosa che non va nell'educazione dello hobbit.
Poi ha un'idea. Deve raccontare subito questa storia del panino alla mamma di Isabella. Magari cambia idea.

Martedì, 27 marzo

Conversazioni parrucchiere

Dlin dlon.
« Avanti. Buongiorno signora, cosa deve fare? »
« Buongiorno Donato. Mah... vorrei tagliare i capelli... »
« Vuole essere pelata? »
« Be', no, non pelata. Me li accorci solo un pochino. »
« Va bene. Glieli lavo? »
« Certo, grazie Donato, lei è un tesoro, come al solito. »
« Si accomodi qui che apro l'acqua. »
Sssh sssh.
« Signora... è troppo bollente? Troppo gelida? »
« È perfetta, grazie. »
« Certo che i suoi capelli sono proprio sporchi... »
« Veramente li ho lavati due giorni fa... »
« Non dica bugie, signora. Saranno almeno cinquanta giorni... io me ne intendo e lo capisco. »
« Se lo dice lei... ahi! Mi fa male. No! Il massaggio non lo voglio, grazie Donato! »
« Uffa. Che noiosa, signora. Ma come stanno i suoi bellissimi-stupendi bambini? »
« Bene grazie. Ma mi fanno disperare. Sono veramente terribili. Anzi Donato... lei che è un uomo di mondo, mi può dare qualche consiglio su come devo fare quando disubbidiscono? »
« Facilissimo. Cos'è che ai suoi bellissimi-stupendi bambini fa schifo schifo schifo? »
« I cavolfiori, le zucchine e il minestrone. »
« Perfetto. Per una settimana solo cavolfiori, poi per cinque giorni solo zucchine e per un altro mese solo minestrone. »
« Dice che funziona? »
« Se non funziona ho un'altra idea... cos'è che gli piace tantissimo? »
« Il cioccolato. »
« Bene. Niente cioccolato per cinque settimane. »
« Mi sembrano metodi molto severi, ma mi fido di lei, Donato. »
« Bisogna essere tremendi con i bambini. È per l'educazione e

per il loro bene. E se poi non funziona nemmeno il metodo del cioccolato... un bel pugno in testa. Ma forte però. »

Personaggi:
Elasti-mamma nel ruolo della signora,
Hobbit grande nel ruolo del parrucchiere Donato.

È il nuovo sport serale. Si pratica sul lettone prima di andare a dormire. Si chiama giochiamo-al-parrucchiere.
È parecchio istruttivo.

Giovedì, 29 marzo

Mamma, guarda che buffi puntini...

Benvenuta varicella.

Elasti-digressione 3
Piacere, Nevimpa

Elasti-mamma all'età di sei anni aveva un problema.
«Papà, bisogna fare qualcosa», diceva lamentandosi con il nonno T. «Papà, guarda che sgorbio la mia firma!» proseguiva affranta.
«È normale in prima elementare. Piano piano imparerai a scrivere in bella calligrafia e la tua firma sarà un'opera d'arte», cercava di consolarla nonno T.
«No, papà. Non è un problema di calligrafia. È un problema di nome! E-L-A-S-T-I mi viene malissimo. Guarda che brutta la E maiuscola! E la L e la S! Per non parlare di questa A tutta storta... papà, non posso andare avanti con questo nome e questa firma. Se non facciamo qualcosa avrò una vita triste e difficile», concludeva lei con la voce rotta, gli occhi lacrimosi e il labbro tremulo.
Si sa che i padri di fronte alle sceneggiate delle figlie femmine si sciolgono come un gelato al pistacchio sul marciapiede. «Hai ragione, piccola Elasti. Non piangere però. Il papà risolve tutto. Dimmi solo quali lettere ti piacerebbe scrivere quando firmi», disse un giorno nonno T.
«Mi vengono bene la N grande e la V con gli svolazzi, poi mi diverte scrivere la M e la P. La G non mi dispiace, adoro la F e la T mi sta simpatica», rispose lei, tirando su col naso.
Il nonno T prese appunti e si ritirò nel suo studio a meditare. Ne uscì dopo una mezz'ora, raggiante. «Ecco! Ti ho inventato un nome tutto nuovo, un nome perfetto, come lo volevi tu. Un nome che quando ti firmerai tutti diranno: oooh che meraviglia!»
Da quel giorno Elasti-mamma ebbe un nome di rappresentanza, un nome che era soprattutto una splendida firma, un nome e un cognome che la illuminano ancora, nei momenti bui: Nevimpa Giafiti.

APRILE

Lunedì, 2 aprile

Mister Wonder & co., l'imperfetto quadretto

Dopo cena. Mister Wonder, Elasti-mamma e due hobbit (uno con la varicella, l'altro non ancora). Tutti sul lettone. Tutti in pigiama.
Risate, coccole, solletico.
Elasti-mamma pensa che forse la felicità è proprio qui.
Poi Mister Wonder solleva di scatto uno sguardo assente e vitreo. Si alza, va verso la libreria come uno zombie, afferra *Recursive methods in economic dynamics,* lo apre a pagina 493. Senza dire una parola si immerge nella lettura.
E molla gli altri tre lì, increduli, sul lettone, in pigiama, con la bocca aperta.

Martedì, 3 aprile

Mamma, posso fare pipì nel lavandino?

«Mamma, posso fare pipì nel bidet?»
«No.»
«Nella vasca da bagno?»
«Nemmeno per idea.»
«Nella doccia?»
«No.»
«Almeno nel lavandino...»
«No. Perché ti vengono queste stupide idee?»

«È una storia lunga, viene da Firenze.»
«Nano, non sei mai stato a Firenze. Cosa mi stai raccontando?»
«Mamma... dai. Ci sono stato con il nonno T e pure con il fratellino.»
Ci risiamo. Sono le solite farneticazioni sui viaggi immaginari con il nonno T. «Non sapevo che foste andati anche a Firenze e vi foste portati il fratellino.»
«Non potevi saperlo, eri solo una fagioletta mentre noi andavamo all'avventura a Firenze.»
«Già, ma voi cosa facevate a Firenze?»
«Guardavamo l'acqua del fiume, tutto il giorno. La città era vuota, non c'erano nemmeno le femmine. Noi avevamo un po' paura.»
«Paura di cosa?»
«Dei pirati che si nascondevano nell'acqua del fiume di Firenze.»
«Be', effettivamente i pirati possono essere pericolosi...»
«Ma il nonno ci allenava tutti i giorni con le spade, per sconfiggere i pirati. E ci dava molto cioccolato per diventare invincibili.»
«E dove dormivate?»
«Un po' per terra, un po' a casa di un signore gentile.»
«Eravate ospiti del signore gentile?»
«Sì. Ci dava una stanza molto comoda e noi ci buttavamo sul letto e dormivamo. Ma c'era un problema.»
«Quale problema?»
«Il bagno di quel signore... non aveva il gabinetto.»
«Quindi?»
«Quindi il signore ci diceva: amici, fate pure la pipì nel lavandino, o nella doccia, o nel bidet. Insomma fatela dove volete.»
«Che strana, una casa senza gabinetto.»
«Già... mamma... se io adesso faccio la pipì nel bidet, o magari nel lavandino, mi ricordo di come stavamo bene a Firenze. Io, il nonno e il fratellino... mi capisci?»

Mercoledì, 4 aprile

Mister Wonder, nobili battaglie e ignobili reati

Elasti-mamma ha ricevuto una strana email da sua cugina Lea, che vive in Germania.

Ciao Elasti. Brava!
Grazie grazie grazie per aver firmato l'appello contro la costruzione del ponte a Dresda.

Elasti-mamma non sa niente del ponte di Dresda e non ha mai partecipato ad alcuna petizione in merito. Il suo nome tuttavia figura tra i firmatari.
« Ma sai che qualche deficiente ha firmato a mio nome un appello contro la costruzione di un ponte a Dresda? Poteva mandarmi l'appello e l'avrei firmato da sola. Che idioti ci sono in giro. Pensa se la prossima volta mi infila in una petizione promossa dai nazisti dell'Illinois », racconta Elasti-mamma a Mister Wonder.
« Mmm, non credo possa succedere... che ti facciano firmare la petizione dei nazisti dell'Illinois, intendo. »
Mister Wonder ha un'aria reticente e anche un po' colpevole.
« E tu che ne sai? »
« Niente, dico così. Una sensazione. »
« L'hai firmato tu l'appello di Dresda a mio nome? » chiede Elasti-incredula.
« Vabbè. Era una buona causa », si giustifica il reo confesso.
« Ma tu lo sai che è un reato? Che si chiama falso ideologico? E che si può finire in prigione per questo? »
« Uffa, che noiosa... »
« Mister Wonder... lo hai fatto altre volte? »
« Non ricordo. »
« Guarda che se non confessi ti strappo tutte le pagine di *Marxism and democracy* e poi do in pasto ai nani tutti i tuoi appunti. »
« Ooh! Vabbè, sì. Ho firmato altre volte a tuo nome. Ma sempre per battaglie nobilissime », tergiversa lui.
« Per esempio? »

Elasti-mamma ha scoperto che, grazie all'intervento subdolo e criminoso di Mister Wonder:

1. Ha partecipato alla raccolta di firme per la candidatura a senatore a vita di un vecchio partigiano detto « Visone ».
2. Ha sostenuto i refuseniks israeliani, incarcerati in una prigione militare per aver rifiutato di servire l'occupazione.
3. Ha aderito a un appello contro la costruzione di un monumento in onore del generale Custer a Little Big Horn.
4. Ha firmato per la liberazione di un indiano lakota, nel braccio della morte nel carcere di San Quintino.

Giovedì, 5 aprile

Partenze, bagagli e delusioni

Domattina Elasti-mamma, gli hobbit e Mister Wonder partiranno per Bari. Passeranno le vacanze di Pasqua con Towanda e Mister Brown, i nonni.
« Ma come? » ha esclamato lo hobbit grande durante la preparazione dei bagagli. « Non ci sono armi nelle valigie! »
Era incredulo e molto deluso.

Sabato, 7 aprile

Divani e festini, la vita gaudente dei nonni

A Bari, a casa di Towanda e Mister Brown, troneggiano in sala due enormi divani nuovi.
« Ma che bei divani! Li avete cambiati? » chiede Elasti-mamma compiaciuta.
« Già. Sai, questi sono più grandi, più comodi, più adatti ai nostri festini », risponde Mister Brown con naturalezza.
« Scusa? »
« Sì, i festini. Quando si invitano gli amici la sera, si sta tutti insieme, si fa tardi... hai presente, no? » risponde Mister Brown.
Certo, come no? I festini.

Domenica, 8 aprile

Tradimenti e bizzarre convergenze

« Ma voi perché tradireste il vostro partner o la vostra partner? » ha chiesto incautamente Towanda, la mamma di Mister Wonder, a tavola dopocena.

« Perché la vita a volte fa schifo.
Esci di casa all'alba, ti catapulti al lavoro, ti alieni per nove ore davanti a un computer, nella pausa pranzo ti mortifichi con lattuga e carote anche se per risollevare l'umore avresti bisogno di quintali di panna cotta e gelato Häagen Dazs al cioccolato belga.
Ti vesti come capita, non ti trucchi e ti dimentichi una mattina su due la crema anti-età.
Al lavoro ti senti in colpa perché pensi ai figli, a casa ti senti una fallita perché il tuo super-io ti reputa professionalmente una mezza calzetta.
Il padre dei tuoi figli lo incroci di sfuggita ogni tanto, ma siete entrambi talmente stravolti che riuscite a parlare soltanto dell'RC auto scaduta e dei Gormiti (che poi sono mostri-giocattolo orrendi) che hanno invaso il pavimento della sala.
Poi, *paf!*, all'improvviso arriva lui, belloccio quanto basta.
Si accorge di te.
E decide che sei la creatura più desiderabile del sistema solare.
Ti guarda come fossi Venere, ti ascolta come fossi il padreterno, ti vuole, qui e ora, con l'urgenza di una passione bruciante.
Grazie a lui riscopri che ci sei anche tu. E ti fermi. E ti concedi. E tradisci, anche solo per un giorno.
Per questo si tradisce, direi », ha risposto Elasti-mamma in un fiato.

« Sono d'accordo con te. In fin dei conti... » ha commentato inaspettatamente la suocera.
« Vabbè, adesso basta farneticare », l'ha interrotta Mister Wonder irrigidendosi.
« Ha ragione. È tardissimo e io ho sonno. Buonanotte », ha concluso sbadigliando Mister Brown.

Lunedì, 9 aprile

Stupidi giochi «mata-pasion»

È Pasquetta, lo hobbit grande è guarito dalla varicella e l'elasti-famiglia è sul lungomare di Bari.
Come spesso capita, Mister Wonder, Elasti-mamma e i due hobbit non sono quelli che sembrano.
Il lungomare è in realtà il Far West e i quattro figuri che si rincorrono urlando e sparando sono Tex Willer, suo figlio Kit, Tiger Jack e Kit Carson (Tiger Jack, l'indiano, è quello sul passeggino).
Nella foga della corsa Elasti-mamma e Mister Wonder si scontrano e quasi cadono. Mister Wonder la prende tra le braccia e le dà un inaspettato e appassionato bacio. Elasti-mamma chiude gli occhi e si abbandona, dimenticando hobbit e lungomare.
Mister Wonder si ritrae istantaneamente. «Scusa. Non riesco a non pensare a Tex Willer e a Kit Carson che si baciano. E si spegne la passione», si giustifica lui.

Elasti-mamma pensa che devono piantarla di fare questi giochi idioti in cui gli stupidi maschi si identificano troppo.

Martedì, 10 aprile

Ti piace Armanda lassù? Quasi quasi me la sposo

Elasti-mamma arranca spingendo il passeggino sull'unica strada in salita di Bari. Seduto dentro c'è uno hobbit piccolo frignante, aggrappato dietro c'è uno hobbit grande petulante.
Il nano grande improvvisamente tace, rapito da un poster gigante. Una venere discinta e aggressiva li guarda dall'alto. Pubblicizza biancheria intima.
«Mamma, ti piace la signorina lassù?» chiede lo hobbit con lo sguardo da triglia.
«È carina, a te piace?»
«Moltissimo», sospira.
«Secondo te come si chiama?»
«Armanda», risponde sicuro.

« Cosa di piace di lei? »
« Mi piace tutta. Mi piace talmente tanto che quasi quasi me la sposo. »
« Ma non pensi che questa Armanda sia un po' grandicella per te, nano? »
« Dai, mamma! Tra una settimana compio quattro anni. Sono il ragazzo giusto per lei, no? »

Elasti-mamma ha sempre considerato l'inconsapevolezza dei propri limiti una caratteristica invidiabile e ammirevole, ma anche profondamente irritante.

Mercoledì, 11 aprile

Varicella per tutti

Driiin!
« Pronto? »
« Ciao Elasti. Sono Valentina Diolabenedica. »
« Valentina! Ciao. Che bello sentirti. Come stai? »
« Ho la varicella. »
Lo hobbit grande e il suo virus hanno colpito.
Elasti-mamma annega nel senso di colpa.

Giovedì, 12 aprile

Bari a ostacoli

Stamattina l'elasti-famiglia ha deciso di andare a trovare nonna Memé, la bisnonna degli hobbit. Per raggiungere la meta Elasti-mamma, Mister Wonder e gli hobbit hanno preso un autobus e poi hanno percorso a piedi via Sparano, la strada pedonale principale di Bari.
Sull'autobus hanno incontrato Mimmo, un amico di famiglia, il cugino Luciano e l'ex professoressa di italiano del liceo di Mister Wonder.
Al civico 2 di via Sparano hanno incrociato il vecchio amico Giu-

lio che ha offerto un caffè a Elasti-mamma e un succo di frutta agli hobbit.
Al 7 si è unita a loro la cugina Teresa che un tempo aveva un bar e adesso gestisce un negozio di giocattoli.
Al numero 14 zia Antonella con la figlia Simona li ha invitati a pranzo per domani.
Al 23 Mister Wonder si è intrattenuto una decina di minuti con il commercialista di Mister Brown.
Al 37 si sono imbattuti in Maria che ha appena avuto un bambino. Mentre lo hobbit piccolo dava segni di insofferenza dal passeggino e il grande cantava *Bella Ciao,* Maria ha spiegato a Elasti-mamma i portentosi effetti della tisana al finocchio sulle coliche dei neonati.
Nel frattempo Mister Wonder ha rivisto la sua fidanzata delle medie, Barbara.
Elasti-mamma stava scrutando Barbara quando è arrivato suo marito Peppino che alla fine degli anni '80 aveva occupato la scuola con Mister Wonder e ora milita in Alleanza Nazionale.
Dal civico 50 Mister Wonder ha iniziato a salutare i passanti come fosse il papa.
Dopo oltre due ore l'elasti-famiglia è arrivata a destinazione, ubriaca di socialità.
Elasti-mamma ha rivalutato per un attimo il grigio anonimato di una passeggiata in centro a Milano.

Venerdì, 13 aprile

Varicella per tutti ma proprio tutti

Compagno virus,
hai dimostrato di non fare discriminazioni per sesso o per età, hai anche dimostrato di non fare distinzioni tra Nord e Sud.
E per questo mi sei pure abbastanza simpatico.
Ma, bastardo di un virus, potevi risparmiare lo hobbit piccolo che ieri ha spento la sua candelina numero uno e oggi si è svegliato puntinato.

Tra tre giorni l'Elasti-famiglia dovrà tornare a casa. Elasti-mamma è alla ricerca di un burqa per nascondere lo hobbit durante il volo Bari-Milano.

Sabato, 14 aprile

Che fai sopra a Internèt?

La signora Lina fa la custode, a casa di Towanda e Mister Brown.
« Come sta sua figlia, signora Lina? » le ha chiesto Elasti-mamma.
« Mah... sta sempr' sopr' a Internèt, e ciattisc' », ha risposto lei sconsolata.
La ragazza passa le sue giornate su Internet a chattare.
Detto dalla signora Lina, però, fa tutto un altro effetto.

Domenica, 15 aprile

Pericolo in volo, attenti a quell'hobbit

Elasti-mamma e Mister Wonder hanno affrontato il volo Bari-Milano con il nano piccolo a puntini e crostine.

1. Non è stato trovato un burqa da viaggio con cui coprire l'untore e la sua varicella.
2. L'enorme cappello con visiera che Elasti-mamma tentava di calare sulla testolina puntinata veniva all'istante scaraventato per terra rabbiosamente.
3. Lo hobbit grande, che sperava che la rivelazione del virus avrebbe portato all'abbandono in aeroporto del fratello contaminato, era una bomba a orologeria, pronta a esplodere di fronte al primo essere umano in divisa aeroportuale.
4. Elasti-mamma e Mister Wonder, goffi come ladri al loro primo colpo, portavano scritta in viso la loro colpevolezza.

Vi erano pertanto le condizioni ideali perché l'untore venisse smascherato. Tuttavia nessuno lo ha degnato di uno sguardo e nessuno si è reso conto che il passeggero più pericoloso sul volo Bari-Milano delle 13.50 era uno hobbit.

Lunedì, 16 aprile

Caro hobbit piccolo, siamo diventati grandi

Caro hobbit piccolo,
hai raggiunto la maggiore età, sei sopravvissuto alla varicella e conosci il verso del cane. Mangi le bistecche, la pasta al forno, il soufflé al formaggio e la panna cotta. Adesso hai anche scoperto il latte della mucca con il muesli e i biscotti dentro.
La tua mamma ha mantenuto le promesse. Un anno intero di tetta-latte-letto.
Ma adesso siamo diventati grandi. Adesso basta.
Sia chiaro, fosse per me continuerei ad allattarti fino ai diciotto anni e magari anche oltre. Sia chiaro, la sola idea che siamo due entità e non una sola, che non ti sono così necessaria, che non annegheremo più insieme in quel gorgo simbiotico, mi annichilisce.
Ma prima che i miei deliri di onnipotenza raggiungano vette da cui è difficile scendere, prima che tu impari a slacciarmi la camicia e a servirti da solo, diamo un dignitoso addio al tetta-latte-letto e inventiamoci altri giochi e magari, per piacere, qualche altra dipendenza.

Martedì, 17 aprile

Beach Boys e tulipani

Sono le undici del mattino. È il compleanno di Elasti-mamma.
Lei dorme ancora tra lenzuola di lino ricamate.
Qualcuno suona alla porta.
Si sveglia, va ad aprire, avvolta in una vestaglia di seta.
«George [Clooney], ancora tu! A quest'ora poi. Lo sai che se non dormo almeno quindici ore per notte la pelle non si reidrata e resto tutto il giorno di cattivo umore», biascica lei stropicciandosi gli occhi.
«Scusa Elasti-love, ma volevo farti tanti auguri e darti queste, in segno della mia devozione», dice contrito il divo porgendole un mazzo di mille rose rosse.
«Va bene, entra pure.»

Ehm... non è andata esattamente così.

Sono le 5.45. È il compleanno di Elasti-mamma. Suona la sveglia. Lei schizza su come una marionetta. Si veste al buio pescando a caso i primi stracci che trova nell'armadio. Striscia fuori in silenzio, lasciando Valentina Diolabenedica e gli hobbit dormienti. Inforca la bicicletta e si trucca ai semafori perché il giorno della propria festa ci si deve dare un tono fin dall'alba.
Arriva in redazione.
È sola con lo stagista Angus, italo-californiano. Più che un aspirante giornalista finanziario Angus sembra un surfista di San Diego.
« Cos'è quèla scatola? » chiede lui indicando un'urna di cartone.
« Un'urna per votare », bofonchia lei.
« Ah, interesting. Votare cosa? » incalza lui.
« Votare la fiducia al nuovo direttore », dice lei laconica.
« Ah, curioooso. Perché? »
Caro surfista californiano, è l'alba, è il mio compleanno. Cos'ho fatto per meritare questo?
« Perché è giusto che i redattori diano il loro parere sulla scelta del direttore del giornale, fatta dall'editore. »
« Ah, scerto ma se i jurnalisti dicono che no hano fiduscia? Il direttore se ne va? » chiede lui indefesso.
« No, ma è un segnale importante che editore e direttore non possono ignorare », risponde Elasti-rassegnata.
« Alora è inutile questo voto... che strani voi italiani, mooolto curiòsi... tu cosa voti? »
Molestissimo giovanotto, conosci la parola democrazia? Dov'eri prima di approdare qui? A Malibù a stordirti di tequila?

Erano le sette e Elasti-mamma pensava che questo compleanno fosse partito proprio male.
Poi è arrivata la collega-amica Zeta, con un grande mazzo di tulipani gialli e Elasti-mamma ha cambiato idea.

Giovedì, 19 aprile

Amici e nemici in ufficio, istruzioni per sopravvivere

I colleghi in ufficio si dividono in diversi gruppi.

1. *I buoni, chiamati anche «amici-eroi». Di loro ti puoi fidare, puoi raccontargli i fatti tuoi e puoi anche chiedergli aiuto quando i nemici ti attaccano.*
2. *Le spie. Fanno finta di essere come te ma sono diversi. Ti imitano, ma non perché ti ammirano. Vogliono solo avere informazioni per poi distruggerti.*
3. *I non-felici. Possono sembrare stupidi o cattivi. In realtà sono solo tristi. Forse sono tristi perché hanno perso i loro bambini e non li trovano più. Devi essere gentile con loro perché soffrono.*
4. *Le arpie. Sono orribili e cattivissime. Hanno le ali e hanno artigli al posto delle mani. Volano e vogliono il tuo sangue. Se ne vedi una chiama subito gli amici-eroi.*

Mamma... ho pensato che non devi più andare in ufficio. È un posto troppo pericoloso per te.

Queste pillole di psicologia del lavoro sono state somministrate a Elasti-mamma dallo hobbit grande questa sera, durante il rito serale sul WC.

Sabato, 21 aprile

Siamo tutti un po' barbieri

Per Mister Wonder l'unico barbiere meritevole di essere frequentato è «Il Califfo» di Bari, dove andava con suo nonno, negli anni '70.
«Il Califfo è il migliore. Per un taglio chiede cinque euro, sei euro se ti fa lo shampoo prima», spiega.
Mister Wonder ha capelli ricci e anarchici che, raggiunto il livello di guardia, si trasformano in panettone. Quando perde il controllo sulla sua testa Mister Wonder chiede aiuto a Elasti-mamma che da qualche tempo tuttavia si rifiuta di vestire i panni del barbiere.

Mister Wonder è un uomo pieno di risorse e pur di non tradire il Califfo, fa da solo, avvalendosi di manodopera infantile.

Stamattina capelli-a-panettone si è avvicinato mellifluo a Elasti-mamma.
« Amore, lo hobbit grande e io abbiamo da fare per una mezz'ora. Non ci disturbare », ha detto brandendo la macchinetta elettrica per tagliare i capelli.
Ha poi lanciato un'occhiata complice al nano innocente, sussurrandogli a un orecchio: « Ci divertiremo tantissimo ».
Si sono chiusi in bagno. Ronzio della macchinetta e grasse risate.
Dopo oltre un'ora Elasti-mamma ha spalancato la porta.
« Signora! È qui anche lei. Posso tagliare? » ha gridato lo hobbit-barbiere brandendo un paio di forbici da cucina.
Per terra, su un tappeto di ricci, stava seduto un naziskin con gli occhiali di Mister Wonder. « Forse ho esagerato, ma almeno durano un po' », si è giustificato.
C'erano capelli ovunque. Un blob di capelli ricopriva piastrelle, sanitari e la faccia dello hobbit. Elasti-mamma ha richiuso la porta.
Domani sera Mister Wonder partirà per Londra e per il suo ritorno forse i capelli saranno un po' cresciuti.

Domenica, 22 aprile

Vicini delusi e nani in festa

Oggi si festeggia il compleanno numero quattro dello hobbit grande. L'elasti-famiglia deve fronteggiare l'invasione di quindici nani e i pirotecnici giochi di una animatrice vestita da Winx.
Elasti-mamma, in versione sono-la-vicina-che-hai-sempre-sognato, prima della festa avverte le anziane sorelle Bertocchi del piano di sotto. « Buongiorno signorine Bertocchi. Volevo avvisarvi che questo pomeriggio ci sarà una festicciola di bambini. Spero non saranno troppo rumorosi », dice Elasti-promozionale.
« Rumorosi? Ma no! Si figuri. Voi siete sempre così silenziosi! » risponde Benita Bertocchi.
« Facciamo il possibile... » si schermisce Elasti-mamma.

« Chiedigliela, dai Benita, chiedigliela », sibila Assunta Bertocchi rivolta alla sorella.
« Ah! Giusto. Ma voi, signora Elasti, i bambini... li avete fatti qui? Sopra di noi? »
« Be', sì... »
« Che strano... non vi sentiamo mai... tanto che ci chiedevamo come aveste fatto a... riprodurvi. »
« ... » Elasti-mamma non si capacita.
« Quelli che stavano prima di voi, sì! Quelli li sentivamo ogni notte! Ma voi niente... » esclama la signorina Assunta con la voce carica di rimpianto per il passato e di delusione per il presente.
Queste due sciroccate si stanno lamentando perché tu e Mister Wonder non ululate durante i vostri amplessi. Cosa si dice in questi casi? Sono desolata, cercherò di essere più rumorosa la prossima volta?
Elasti-imbarazzata sorride e si teletrasporta al piano di sopra.
Alle 15.30, un'ora prima dell'inizio della festa, i genitori di Clementina si presentano a Felicity Place insieme alla pargoletta.
Gli hobbit stanno ancora dormendo, Elasti-mamma è appena uscita dalla doccia e Mister Wonder è immerso nella lettura di *Market Socialism.*
« Siamo in anticipo? Scusate, ma dobbiamo fare il cambio di stagione. Ciao Clementina. Noi andiamo », dicono in coro prima di scomparire.
Per puro miracolo la piccoletta non scoppia in singhiozzi.
Nani e genitori arrivano alla spicciolata.
Una piccoletta con le trecce che dice di chiamarsi « Bonduella » si accomoda sul divano, di fianco alla sua mamma.
« Facciamo un bel gioco. Io ero morta e tu piangevi e ti disperavi », dice entusiasta.
« Vabbè... » risponde la mamma con la rassegnazione della consuetudine.
« Dai mamma! Piangi! Devi dire: "Povera me sono rimasta senza la mia bambina" », la incita Bonduella, riversa sui cuscini, tra palloncini e briciole di torta.
Giada ha un vestito bianco e le scarpe d'argento, « come una regina », spiega a Elasti-mamma.
« Mamma, devo dirti una cosa », dice lo hobbit, con aria cospiratoria, nel bel mezzo dei festeggiamenti.

« Dimmi, nano. »
« A Giada, con quel vestito bianco... si vedono le mutande quando è seduta », sussurra compiaciuto.

Lunedì, 23 aprile

Puzza di sorcio

Sono le cinque del mattino. Lo hobbit grande arriva in camera da letto con i capelli dritti in testa. Ha il fiatone.
« Mamma, ho fatto un sogno bruttissimo », ansima.
« Vieni qui. Racconta », dice Elasti-mamma semincosciente.
« Un sogno orribile, mamma. Non avevo giocattoli, non avevo casa, non avevo maestre, e, pensa, non avevo nemmeno il fratellino », racconta strabuzzando gli occhi per dare la misura dell'orrore.
« Veramente un incubo tremendo », concorda Elasti-mamma.
Ha messo l'assenza del fratellino nella categoria « sogni bruttissimi » alla stregua della privazione di giocattoli, casa e maestre. Questa sì che è una buona notizia.
Elasti-mamma riacquista lucidità e gongola compiaciuta, fiera dei risultati dell'elasti-educazione. « Bene nano, adesso che hai capito che era solo un brutto sogno, torna in camera tua con il fratellino e i giocattoli. »
« Mamma, posso dormire qui con te? Io non posso tornare di là », chiede lo hobbit.
« Perché mai? »
« Perché il fratellino puzza di sorcio e io non riesco a respirare. »

Mercoledì, 25 aprile

25 aprile hobbit

Oggi Elasti-mamma e Mister Wonder hanno portato gli hobbit alla manifestazione per il 25 aprile.
« Mamma, bella questa manifestazione di *parmigiani* », esclama entusiasta lo hobbit grande appena arrivato tra la folla.
« Mamma, sono tutti interisti qui, proprio come me. Ci sono un

sacco di bandiere dell'Inter», osserva indicando le bandiere della pace in mezzo al corteo.
«Mamma, questa manifestazione di *parmigiani* mi è piaciuta... ma non mi ha fatto impazzire», conclude durante il comizio in Piazza del Duomo.
«Non ti ha fatto impazzire? Cosa non ti è piaciuto?»
«Non ho visto nemmeno un *parmigiano*. Strano, no?»

Sabato, 28 aprile

Elasti-mamma si emancipa, la nonna si preoccupa, gli hobbit si avvelenano

«Mamma, parto per l'estremo Nordest per lavoro. Starò via due giorni», dice Elasti-mamma a nonna K.
«Oddioddioddio. Io sono in Val d'Aosta, al castello del mio fidanzato Artù. E gli hobbit con chi restano?» La nonna K sembra seriamente preoccupata.
«Con chi vuoi che restino? Con il loro legittimo padre, Mister Wonder!»
«E come farà Mister Wonder?» si interroga la nonna K.
«Farà come io faccio di solito: si gestirà i piccoli mostri in solitudine.»
«Poveretto.»

Elasti-mamma negli ultimi due giorni ha scoperto che il mare a Trieste è pieno di meduse, ha visto il tramonto appollaiata sul molo Audace, si è ricordata che lavorare può essere massacrante e divertente insieme.
Mister Wonder e gli hobbit sono andati allo zoo, hanno mangiato bastoncini di pesce, kebab, piadina con prosciutto e sottilette e un numero imprecisato di coppe Malù alla panna e al cioccolato. «Hanno una funzione compensativa», ha spiegato Mister Wonder al telefono, lasciando intendere che anche i maschi talvolta soffrono di nostalgia.

Domenica, 29 aprile

Povero Sciur Frignetti

Elasti-mamma, Mister Wonder e gli hobbit passeggiano a Felicity Place.
« Ciao Alessandro, amico mio! » esclama lo hobbit grande incrociando un nano pallido ed emaciato.
« ... » Il nano pallido resta muto, lo sguardo perso nel vuoto. Al suo fianco il padre spinge una carrozzina.
« È un caro amico, mio compagno di scuola materna », spiega lo hobbit.
« Ma non ti ha salutato. È un po' strano, no? » chiede Elasti-mamma.
« No, non è strano. Quel bambino ha un grosso problema. »
« ... »
« Poveretto. Pensa... gli è appena nato un fratellino », prosegue lo hobbit solidale.
« Non mi sembra una tragedia, anzi. È una cosa molto bella. »
« Insomma... comunque lui, povero, da quando gli è successa questa cosa è diventato un Sciur Frignetti. »
« Sciur Frignetti? »
« Sì, piange spesso e non saluta. Può succedere quando ti nasce un fratellino, sai mamma? »

Lunedì, 30 aprile

Attese e incontri

Lo zio Carlo fa l'architetto e ama la Toscana.
Lo zio Carlo non è un vero zio ma è come se lo fosse. È sfuggente e sempre in ritardo. Osserva il mondo con uno sguardo verde e sornione.
Lo zio Carlo ha rubato mille cuori e un po' anche quello di Elasti-mamma. Sembra un duro ma duro non è.
Lo zio Carlo aveva il fegato malato e gliene serviva uno nuovo. Aspettava una telefonata da dodici mesi, l'età dello hobbit piccolo che tanto piccolo non è più.
Ieri sera il telefono ha squillato e lo zio Carlo è corso in ospedale.

Qualcuno se ne è andato e ha scelto di regalare ad altri la possibilità di rimanere.
Lo zio Carlo forse ha smesso di aspettare.
In ospedale gli hanno dato una vestaglia bianca e una stanza. E gli hanno detto di aspettare, ancora un po'.
Con lui c'era Matilde, che gli hobbit chiamano nonna anche se nonna non è.
Carlo e Matilde hanno parlato per ore. Non si sa cosa si siano detti in quella stanza buia e silenziosa.
Forse hanno parlato di quando erano bambini, forse hanno parlato di quando saranno vecchi, insieme. Forse hanno riso e pianto, con la complicità di due fratelli lasciati soli. Forse non si sono detti nulla come spesso succede quando servirebbero parole memorabili.
A notte fonda, era l'una passata, è arrivata una signorina con una tuta verde e una cuffia in testa. « Che dice, architetto, viene con me? » ha chiesto con un sorriso gentile.
Tutto intorno c'era un gran silenzio.
Venire con lei? No, grazie, signorina. Ci ho ripensato. Forse è meglio lasciare le cose al loro posto. Io sto bene così. Anzi guardi, quasi quasi ora me ne torno a casa mia, che è tardi e sono molto stanco.
« Architetto? » ha ripetuto la signorina gentile.
« Sì, vengo. Sono pronto. »

Da oggi lo zio Carlo ha un fegato nuovo.
Ma forse ancora non lo sa perché sta dormendo.
Glielo dirà Matilde quando si sarà svegliato.

Elasti-digressione 4
Piangiamo un po', Momo

Momo faceva disastri.

Momo mangiava caramelle di nascosto, sputava per terra e diceva parolacce. Non andava a scuola perché non ne aveva voglia.

Toccava i fili elettrici e dormiva in bilico sul davanzale.

Momo era una macchia nera, tiepida e avvolgente.

« Piangiamo un po', Momo », chiedeva lei lacrimosa.

Momo apriva le sue enormi braccia e la inghiottiva fino a farla scomparire. Momo capiva la paura, la solitudine, la nostalgia.

Momo capiva le frustrazioni, la diffidenza e la timidezza.

Momo rideva sguaiato e la sua risata era contagiosa. Osava là dove lei aveva le vertigini.

Momo era solo suo e c'era sempre.

Momo viveva dietro il frigorifero. Era un fumo profumato, una nuvola buona. Era la trasgressione e la consolazione.

Momo era l'elasti-amico immaginario.

Un giorno Momo se ne andò senza avvisare. Forse scappò dalla finestra.

Dietro al frigorifero era rimasto solo il muro.

A volte lei pensa ancora a lui, con un po' di nostalgia.

MAGGIO

Martedì, 1° maggio

Lavorare stanca, il Primo Maggio di più

Lo hobbit grande si sveglia all'alba e vomita, anzi *gomita*. Vomita ininterrottamente fino alle tre del pomeriggio, quando crolla svenuto. Due ore dopo si sente un leone, ha l'energia di mille nani ed è famelico come l'orco di Pollicino.
Lo hobbit piccolo è di ottimo umore. La vista del fratello sofferente lo galvanizza. Trascorre la giornata in preda a euforia molesta. In un momento di distrazione familiare allaga il bagno aprendo al massimo l'acqua del bidet.
Mister Wonder ha deciso che entro sera deve trovare un modello econometrico che risolva l'annoso problema della distribuzione dell'inquinamento tra generazioni. La famiglia inibisce la concentrazione e lui è frustrato e nervoso. Ha puntato la sveglia alle 4.30 di questa notte per fuggire a Londra con il primo volo.
Nel pomeriggio passa in visita un'elasti-zia, di ritorno dal suo viaggio intorno al mondo. Delizia la famiglia con cinquecento fotografie di natura incontaminata, tra la Nuova Zelanda e la Polinesia. Gli hobbit danno segnali di insofferenza. Elasti-invidiosa diventa acida e aggressiva.
Si consola con dosi massicce di cioccolato e la prospettiva che domani si torna al lavoro.

Mercoledì, 2 maggio

Sei sola o lui è lì con te?

« Papino, papino non te ne andare! Io sono così triste quando mi lasci solo », piagnucolava ieri sera lo hobbit grande mentre Mister Wonder preparava la borsa per partire.
« Nano, torno presto. E poi non sei solo. Ci sono la mamma e il fratellino. »
« Io sono piccolo e ho tanto bisogno di te... papà non mi lasciare così piccolo e così solo », diceva poco prima di crollare addormentato.
Mister Wonder, in preda a terribili sensi di colpa, si è dibattuto fino a tarda ora in interrogativi sul suo ruolo di padre pendolare.
Ore 4.00.
« Mammaaa », chiama lo hobbit.
« Cosa c'è? » sussurra Elasti-mamma dopo essersi precipitata nella stanza dei nani.
« Sei sola o *lui* è lì? » chiede inquisitorio.
« Lui? Vuoi dire papà? »
« Sì, proprio lui. È ancora lì con te nel letto? »
« Sì. »
« Uffa. Ma non doveva partire? » sembra deluso
« Sì che deve partire, ma tra un po'. Adesso sta ancora dormendo. »
« Ah... va bene », sospira sollevato.
« Okay nano. Ora dormi, nano. Buonanotte. »
« Mamma... quando se ne va chiamami. Devo venirci io nel lettone con te. »

Venerdì, 4 maggio

Il cielo cade sulla testa di Elasti-mamma e la tramortisce

« Elasti, hai un minuto? Ti devo parlare. »
Valentina Diolabenedica, la baby sitter degli hobbit, la donna più importante dell'elasti-vita, ha un'espressione strana questa sera.

« Vieni Valentina, dimmi », dice Elasti-mamma incoraggiante.
« Ho avuto un'offerta di lavoro da un asilo nido. Mi assumono. Mi dispiace lasciarvi, ma è il lavoro che desidero fare. » Valentina parla tutto di un fiato guardando altrove.
Elasti-mamma deglutisce. La vista si annebbia.
« Devi essere contenta. È una bella notizia. Congratulazioni », risponde compiendo sforzi sovrumani per non scoppiare in singhiozzi isterici.
Con una scusa si allontana, composta e dignitosa. Entra in cucina e cerca furiosamente dello spago per l'arrosto con cui appendersi al lampadario.
Elasti-mamma ha fallito nei suoi intenti suicidi solo perché a casa sua manca lo spago per l'arrosto.

Domenica, 6 maggio

La peste corre sulla Milano-Firenze

L'elasti-famiglia, riunita dopo il rientro da Londra di Mister Wonder, sta cenando.
« Papà, ti ricordi di quando hai avuto la peste? » chiede lo hobbit grande.
« La peste? Non ho mai avuto la peste. È una malattia terribile, nano », risponde un po' turbato Mister Wonder.
« Lo so papà. Mi ricordo come stavi male quando avevi la peste. Eravamo a Firenze. Tu, io, la mamma e il fratellino. C'era anche il nonno T. La peste nasce a Milano », spiega lo hobbit.
« Come dargli torto? » lo interrompe Mister Wonder, che detesta la città natale dei suoi figli, rivolgendosi a Elasti-mamma.
« Dai, ascoltami che ti spiego. La peste nasce a Milano, viaggia in autostrada e arriva a Firenze », prosegue. « Tu ti sei ammalato, papà, ma io, la mamma e il fratellino ti abbiamo curato con tantissime medicine e per fortuna ora sei guarito. »
Tutto è bene quel che finisce bene.
« Non te lo ricordavi, papà? Strano! » esclama lo hobbit stupito.

Lunedì, 7 maggio

L'elasti-regina del supermercato

Elasti-mamma questa sera, tornata dal lavoro, è andata al supermercato. Ha comprato quaranta quintali di spesa, per complessivi trentacinque trilioni di euro.
Poi, invece di distribuire i quaranta quintali in quaranta sacchetti, caricare la macchina, scaricarla e trascinarsi penosamente per Felicity Place, arrivata alla cassa ha pronunciato, per la prima volta in vita sua, la formula magica: « Vorrei la consegna a casa, per cortesia ».
E per la modica cifra aggiuntiva di cinque euro Elasti-mamma si è sentita la regina del supermercato.
Un tempo ci sarebbe voluto ben altro per regalarle una simile ebbrezza.

Martedì, 8 maggio

Maledetti maschi

« Mamma... ti devo dire un segreto. Ma non deve sentirlo nessuno », dice lo hobbit grande ai giardinetti, nel mezzo di un inferno di nani vocianti.
« Dimmi, ti ascolto », risponde Elasti-mamma un po' distratta.
« No, mamma. Devi avvicinarti. Non deve sentirlo nemmeno il fratellino e nemmeno Valentina e nemmeno gli altri bambini », insiste lo hobbit.
« Va bene. Non lo sente nessuno, solo io. Sono qui, ascolto il tuo segreto. Dimmi », Elasti-mamma è tutt'orecchi.
« Mamma... quando tu non ci sei... sei nel mio cuore », dice serio il nano, con le pupille dilatate di una triglia innamorata.
Ma chi te li insegna questi infimi trucchetti da lumacone di terz'ordine? Ma chi ti insegna a intingere le frasi nella melassa? Non mi diventerai mica uno sdolcinato romanticone, detesto i romanticoni...
... ha detto « nel mio cuore », accidenti! Ha detto che quando io non ci sono sono nel suo cuore, maledetto nano.
« Mamma... se ci comprassimo un gelato gigante al gusto di ba-

cio-cioccolato-Nutella, magari con la panna sopra? Non è una idea bellissima? »
« È un'idea fantastica, amore-tesoro-luce-dei-miei-occhi », risponde con un sorriso ebete Elasti-mamma, ridotta in schiavitù, incapace di intendere e di volere.

Giovedì, 10 maggio

Elasti-mamma e la promiscuità notturna

Mister Wonder è arrivato da Londra ieri sera e ha trovato l'ombra di Elasti-mamma.
Ore 23.00.
« Sono tre notti che dormo malissimo e mi sveglio all'alba. Nelle prossime sette ore fai finta che io sia morta. Qualsiasi cosa succeda agli hobbit non chiamarmi. Buonanotte », dice Elasti-stravolta, prima di svenire al fianco di Mister Wonder.
Ore 1.00.
Elasti-mamma si sveglia. È buio pesto ma si accorge che Mister Wonder non è con lei. Al suo posto c'è un nano piccolo, avvinghiato come una cozza all'elasti-scoglio. Lei non si fa domande e perde i sensi di nuovo.
Ore 3.00.
Elasti-mamma apre gli occhi. L'altra metà del letto non è occupata da Mister Wonder e la cozza non è più aggrappata al suo scoglio.
Elasti-mamma è sola. E si riaddormenta leggera.
Ore 5.00.
« All'attacco cavalieri Jedi! » qualcuno sproloquia nel sonno. È il nano grande, spalmato in diagonale su questo promiscuo materasso, su cui è atterrato non si sa bene né quando né come.
Alle 6.30 Elasti-mamma esce di casa per andare a lavorare. Mister Wonder, regista di questo vivace via vai notturno, è sul divano. E dorme.

Venerdì, 11 maggio

Training autogeno per cavalieri Jedi

«Mamma, quando tu o il papà la mattina mi accompagnate a scuola materna e mi lasciate lì, a volte mi viene da piangere», dice lo hobbit grande. «Però io ho un metodo», prosegue.
«Quale metodo, nano?» chiede Elasti-mamma.
«Chiudo gli occhi e penso a Yoda di *Guerre stellari*. Poi dico: "Eddai evvai!" e di colpo mi trasformo in un cavaliere Jedi. E mi passano la tristezza e la voglia di piangere», spiega orgoglioso.
«Mi sembra veramente un metodo infallibile. Posso copiartelo?» chiede Elasti-mamma.
«Certo che puoi, ma ti devi concentrare molto.»
Stamattina Elasti-mamma era a un terribile convegno pieno di banchieri e supermanager. Quando il superamministratore delegato, star del convegno, si è concesso ai giornalisti, Elasti-mamma è stata inghiottita da una selva di microfoni e telecamere. Mentre tentava di ascoltare le imperdibili parole della star, le è squillato il telefonino.
«Ciao Elasti, sono la maestra dell'asilo nido dello hobbit piccolo. Volevo dirti che ha quaranta di febbre. Vieni a prendertelo entro quindici minuti, prima che appesti tutti gli altri nani.»
Elasti-mamma aveva una gran voglia di piangere.
Poi ha chiuso gli occhi, ha pensato a Yoda, ha detto: «Eddai evvai!» e di colpo si è trasformata in un cavaliere Jedi.

Domenica, 13 maggio

Tanti auguri mamma, ecco il tuo ritratto

Oggi è la festa della mamma. Lo hobbit grande ha preparato un artistico manufatto alla scuola materna.
È un cuore di cartoncino rosso, impreziosito da palline argentate di Domopak. Al centro un fiore di carta velina e tracce di colla ovunque.
Il cuore si apre. Dentro c'è un disegno: ET tutto rosa con spaghetti marroni dritti in testa e la bocca rossa un po' all'ingiù. Di fianco un pensiero: «Con la mia mamma mi piace andare in piscina

(anche se è tantissimo tempo che non ci vado), andare a fare la spesa e leggere i libri... tanti auguri e ti voglio bene».
Sono soddisfazioni. Soprattutto considerando che quando lo hobbit si era prodotto nel ritratto del suo papà il risultato era stato una macchia informe negli allegri toni del nero e del viola.

Lunedì, 14 maggio

Tre ragazzi in gamba
e una ragazza un po' così

«Mamma, cosa vuol dire "un ragazzo in gamba"?» chiede lo hobbit grande.
«Vuol dire un ragazzo intelligente, capace di fare tante cose.»
«Ah... noi conosciamo ragazzi in gamba?»
«Il papà è un ragazzo in gamba, per esempio.»
«Anche io sono un ragazzo in gamba?»
«Certo che sei un ragazzo in gamba!»
«E il fratellino?»
«Anche lui è un ragazzo in gamba.»
«Bene. Siamo tre ragazzi in gamba... tu, invece, mamma... un po' di meno», dice il piccolo mostro con aria di sufficienza.
«Come sarebbe un po' di meno?» chiede Elasti-mamma pronta a mordere.
«Tu sei una ragazza un po' così», prosegue sicuro.
«Un po' così? Perché mai, nano ingrato?» chiede Elasti-invipe-rita.
«Be', tu a volte dici che sei stordita e questa mattina hai messo il dentifricio dei grandi sul mio spazzolino da piccoli...» dice implacabile il malefico hobbit.
«E quindi? Si può anche sbagliare, no? Soprattutto quando si è un po' stanchi...»
«I ragazzi in gamba non sono stanchi e non sbagliano mai, vero papà?»
«Mai», conclude lapidario Mister Wonder.

Martedì, 15 maggio

Mission impossible, Elasti-abbattimento

Elasti-mamma varca la soglia di un ufficio dall'evocativo nome «Tatine e Tatone».
La accoglie una tizia con una immensa pancia, agghindata come un uovo di Pasqua: la signora «Tatine e Tatone».
Elasti-mamma, abbandonata dalla baby sitter e logorata dallo stress di trovare una degna sostituta di Valentina Diolabenedica, spiega la situazione all'Uovo di Pasqua, vomitandole addosso tutto il suo scoramento.
L'Uovo di Pasqua ascolta, riflette per un po' in silenzio e poi fa le seguenti, illuminanti osservazioni:

1. L'ideale sarebbe avere una nonna che si occupi dei piccoli. Non ha una madre che faccia la nonna, signora Elasti?
2. Questo scherzetto non le costerà meno di milleduecento euro mensili, oltre alle milionarie commissioni destinate a «Tatine e Tatone».
3. A questo punto, signora Elasti, faccia due conti. Forse le conviene chiedere un bel part-time oppure licenziarsi direttamente e fare la mamma a tempo pieno.
4. Perché quel bastardo di suo marito sta così lontano? Signora si ponga qualche domanda.
5. La ricerca di una tata per i suoi bimbi sarà difficile ma non è un problema mio perché partorisco la settimana prossima. Grazie. Sono duecento euro, IVA esclusa, per cominciare.

Elasti-mamma ringrazia l'Uovo di Pasqua per l'aiuto e le parole di incoraggiamento e si congeda, probabilmente per sempre, da «Tatine e Tatone».

Mercoledì, 16 maggio

Quesiti numerici

«Mamma, è più grande cinquanta o mille?» chiede il nano grande, seduto sul WC, durante l'imperdibile rito serale.
«Mille», risponde Elasti-mamma, accoccolata ai suoi piedi.
«Ah... e migliaia cosa vuol dire?»

«Vuol dire tante volte mille. È un numero molto grande.»
«...» Lo hobbit è immerso nei suoi calcoli.
«Allora mi ero sbagliato, mamma», prosegue dopo una lunga pausa di riflessione.
«In che senso, nano?»
«Non ho cinquanta fidanzate. Ne ho mille, anzi migliaia... però i nomi non me li ricordo tutti. Me ne ricordo solo sei», risponde il piccolo megalomane.
«Saranno contente, quelle sei fortunelle.»

Giovedì, 17 maggio

Mens insana in corpore sano

«Buongiorno nano, sono contenta di vederti. Come stai?»
«Ciao dottoressa Tic Tic. Ho un dolore fortissimo qui.»
«Qui alla pancia?»
«No, qui al fianco. Non hai visto come camminavo tutto piegato quando sono entrato? Ma non ti preoccupare. Sto già meglio adesso.»
«Meno male. A casa stanno tutti bene?»
«Tutti tranne la mia baby sitter Valentina. Lei poveretta ha la scarlattina.»
«Veramente?»
«No, era uno scherzo. Mi capita di dire bugie.»
«Sarebbe meglio evitare.»
«...»
«Mangi bene? Mangi tutto? La volta scorsa avevo scritto che dovevi cercare di mangiare cibi verdi, tipo insalata, piselli, spinaci. Li hai mangiati?»
«No. Anzi sì. Ho mangiato i pistacchi. Posso spogliarmi adesso?»

Lei è la dottoressa Tic Tic, quella che avrebbe dovuto essere la psicanalista di Elasti-mamma e invece è la pediatra dei nani.
Lui è lo hobbit grande che questo pomeriggio ha fatto il tagliando semestrale.
Ed è risultato sano, almeno nel corpo.

Sabato, 19 maggio

Pause parrucchiere

«Buongiorno. C'è da aspettare?»
«Ciao Elasti! Be', un po'.»
«Un po' quanto?»
«Mezz'oretta.»
«Mezz'oretta!? Sta scherzando? Okay, torno un'altra volta.»
«Ma no, dai. Siediti, rilassati. Non vedi come sei ridotta? Sei pallida come un cencio, sei l'ombra di te stessa. Ti stai consumando... tieni. Leggiti una delle nostre riviste trash, ci sono le veline alla beauty farm e anche Chanel, la figlia di Totti e Ilary...»
«Grazie ma devo fare la spesa, passare in lavanderia, andare dagli hobbit, mettere in ordine, cucinare perché stasera abbiamo amici a cena...»
«Fai come vuoi. Comunque sei in uno stato pietoso e quei capelli sembrano spinaci cotonati. Se fossi in te rimarrei.»
«Uffa. Va bene, resto. Ma facciamo presto, la prego.»
Elasti-esaurita si accomoda sul divanetto del parrucchiere Donato, mentre sulla rivista trash un gruppo di veline in accappatoio e ciabatte si beve un centrifugato depurativo di carota e cetriolo.
«Elasti! Svegliati! Tocca a te!»
Sono passati quaranta minuti e Donato scuote il cadavere riverso sul divanetto.
Elasti-mamma stava sognando di essere in accappatoio nella beauty farm. Teneva in braccio la piccola Chanel che strillava come un'aquila.

Domenica, 20 maggio

Sportivi si nasce

L'elasti-famiglia va al parco.
Elasti-mamma e lo hobbit grande, entrambi atleticamente piuttosto inetti, hanno sfidato il più dotato Mister Wonder in una partita a calcio sul prato.
Nonostante il vantaggio numerico, l'elasti-squadra ha istantaneamente perso il controllo della palla. Di fronte agli sberleffi

dell'avversario, per l'occasione ribattezzatosi Antonio Cassano, che umiliava Elasti-mamma e lo hobbit con virtuosismi calcistici, il nano ha dimostrato di essere uno sportivo nell'animo.
Seguono le testuali dichiarazioni dello hobbit, nella loro escalation di violenza bruta:
1. « Mamma bloccalo. »
2. « Mamma, ferma quel fetente. »
3. « Mamma, strappagli la maglietta. »
4. « Mamma, prendigli le gambe che io lo mordo. »
5. « Mamma, picchiamolo con questo ramo. »
6. « Mamma, buttalo nello stagno. »
7. « Mamma, ammazzalo. »

Martedì, 22 maggio

Elasti, Marta e Alice, tristezza e false profezie

Il papà di Marta se ne è andato.
Marta è un'amica del liceo di Elasti-mamma.
Circa vent'anni fa Marta, Alice e Elasti-mamma erano inseparabili. Stamattina si sono ritrovate, sul sagrato di una chiesa, per il funerale del papà di Marta. Erano tristi e anche un po' sorprese di essere di nuovo in tre, di nuovo vicine, di nuovo strette come a 15 anni, quando anche la pipì si faceva insieme.
Tanto tempo fa, un giorno a scuola nell'intervallo Marta, Alice e Elasti si sono immaginate il loro futuro.
« Tu farai la mamma, avrai dieci bambini, farai per loro torte al cioccolato e disegni bellissimi. Avrai un gatto peloso e un marito agricoltore », diceva Elasti-mamma ad Alice.
« Tu sarai una donna in carriera, un po' stronza. Viaggerai come una pazza, avrai quattro o cinque mariti e mille amanti », diceva Alice a Elasti-mamma.
« Io invece a un certo punto mi stuferò di voi e di tutto il resto e mi butterò sotto la metropolitana verde, alla fermata Piola », diceva Marta, malata di quel cinismo sarcastico e cupo che talvolta affligge gli adolescenti.
Non ne hanno imbroccata una, per fortuna.

Mercoledì, 23 maggio

Inglesi si diventa

Mister Wonder è partito a notte fonda.
Alle nove di questa mattina era già nel suo ufficio londinese.
Forse in preda a nostalgia di casa, ha scritto a Elasti-mamma.

From: Mister Wonder
To: Elasti-mamma
Subject: Sto preparando la lezione...
... mentre sorseggio Red Bull, energy drink, a piedi scalzi in ufficio, e mangiucchio pezzi di pane strappati da una finta-baguette in una busta di plastica di Budgens.
Dopo aver finito la Red Bull sono andato a farmi una tazza di caffè solubile equo e solidale (non so la tua notte ma la mia è stata terrificante per colpa dei due nani pazzi).
La segretaria del dipartimento mi ha incrociato, ha visto la mia tazza e ha storto la bocca dicendo: « I have never seen a mug as disgusting as yours ».
Il commento della segretaria non stupisce dato che uso la stessa tazza da quasi tre anni e non l'ho mai sciacquata, né tantomeno lavata.
Sto diventando inglese?

Giovedì, 24 maggio

AAA Diolabenedica cercasi o forse no

Ha gli occhi verdi e una treccia come quella che Raperonzolo lanciava dalla torre al principe, di nascosto dalla strega.
Dice sottovoce che non si è mai sposata come se fosse una colpa da lavare con il sangue. Le piacciono i bambini, ma conosce solo bimbe femmine. Sa giocare con le bambole ma non con le spade.
Il corpo a corpo la spaventa ma è disposta a imparare.
Non ha mai preso la patente. Ha avuto una vita difficile e per questo Elasti-mamma la assumerebbe subito.
È una possibile sostituta dell'insostituibile Valentina Diolabe-

nedica che vuole lasciare gli hobbit per andare a lavorare in un nido.
« Elasti, sono confusa », ha borbottato Valentina ieri.
« Che succede? »
« Elasti, sono triste. Elasti, dammi un po' di tempo per capire. »
Mentre Elasti-sospesa si tormenta, Mister Wonder consulta da settimane siti di ragazze alla pari, sognando acerbe veneri nordiche che si prendono cura degli hobbit, volteggiando per casa in baby doll.

Domenica, 27 maggio

Non aprire quell'ombrello

Raperonzolo è venuta ieri sera per stare con lo hobbit piccolo.
I gaudenti Mister Wonder, Elasti-mamma e hobbit grande sono invece andati a una festa su un terrazzo, sotto la pioggia.
Raperonzolo si è presentata con i suoi occhi verdi e la sua chilometrica treccia. Si è messa le calze antiscivolo, rigorosamente rosa, e sorridendo ha fatto il bagno a un nano urlante, conscio dell'imminente abbandono da parte dei tre festaioli.
Mentre Raperonzolo metteva il pigiama al furioso nano piccolo, canticchiando allegri motivetti per bambini, lo hobbit grande guardava entrambi con aria compassionevole.
« Devi essere contento fratellino. Io, la mamma e il papà ce ne andiamo a una festa. Tu stai qui con Raperonzolo... ti divertirai da matti », diceva saltellandogli intorno, sadico.
Lei ha placato l'ira funesta del piccolo e ha accompagnato trionfante alla porta il resto dell'elasti-famiglia. Sull'uscio, lo hobbit grande ha incautamente aperto il suo ombrellino giallo.
Raperonzolo ha strabuzzato gli occhi, ha irrigidito tutti i muscoli e ha cambiato voce. « Perlamordiddio chiudi quell'ombrello! » ha ordinato allo hobbit. « Perlamordiddio gli ombrelli in casa non si aprono per nessuna ragione al mondo! » ha sibilato, recitando mentalmente formule magiche per scacciare gli spiriti maligni usciti dall'ombrello.
« Mamma, papà sono contento di venire con voi stasera... e di non stare come al solito a casa a stufarmi con mio fratello », ha

detto lo hobbit aspettando l'ascensore, nascosto dall'ombrello giallo, spalancato sopra la sua testa.

Martedì, 29 maggio

Elasti... resto!

Quando, qualche settimana, fa Valentina Diolabenedica ha annunciato che avrebbe abbandonato gli hobbit, Elasti-mamma è stata colta da sconforto.
Lo sconforto si è trasformato in profonda angoscia grazie all'incontro con l'Uovo di Pasqua dell'agenzia « Tatine e Tatone » che ha impietosamente messo in luce le voragini dell'elasti-ménage, prefigurando un funesto futuro di signorine Rottermeier costosissime.
La profonda angoscia è diventata panico quando Elasti-mamma ha trovato sulla sua strada Raperonzolo, fanciulla dalla lunga treccia, con un doppio lavoro di baby sitter e di esorcista.
Questo pomeriggio, in un maggio che sembrava novembre, il cielo si è aperto e Elasti-mamma lo ha toccato con un dito.
« Elasti... resto », ha detto Diolabenedica.
« Scusa Valentina? Il resto di che? » ha risposto Elasti-disillusa.
« No, Elasti, non hai capito. Non vado più a lavorare nel nido. Ho cambiato idea. Resto con te che hai bisogno di me, con lo hobbit grande che vuole baciarmi sulla bocca, con lo hobbit piccolo che ha gli occhi tondi, con quel tuo strano marito che a volte c'è a volte no. Rimango con la vostra famiglia insomma. »
Mi stai dicendo che non te ne vai più? Lo stai dicendo sul serio? Stai dicendo che posso mandare a quel paese l'odiosa signora Uovo di Pasqua, Raperonzolo e le sue superstizioni, le veneri nordiche in baby doll di Mister Wonder? Questo mi stai dicendo?
Posso abbracciarti, stritolarti, sbaciucchiarti?
« Bene Valentina, sono molto contenta », risponde Elasti-mamma che vorrebbe aprire la finestra e gridare sotto la pioggia la sua gioia a tutta Felicity Place.

Mercoledì, 30 maggio

Ballando con Crisi

Elasti-mamma è ormai frequentatrice abituale del tempio del benessere. Si è sottoposta all'umiliazione del cicciometro, ha familiarizzato con le veneri anoressiche che fluttuano nude nello spogliatoio, ha partecipato a corsi di *total step, body workout, kick power* al comando di istruttori-soldati che combattono una quotidiana battaglia contro il gluteo rilassato, per poi scoprire che tutte le strade portano a Crisi.
La pantera brasiliana bonissima tiene un suo corso, si chiama «Ballando con Crisi».
Le allieve di Crisi arrivano strizzate in impietosi completini da pornostar, hanno chiome vaporose biondo platino, scoppiano in inspiegabili e fragorose risate e sono tutte super amiche della maestra.
Elasti-mamma indossa una tuta informe e una maglietta di un corso pre-parto con la scritta «Io faccio la mammaginnastica», ha i capelli a carciofo ed è rigida come un palo.
Parte la musica, rigorosamente brasiliana.
«Sciao amiche. Qui siamo tutte ballerine, tutte caaalde, tutte con tanta tanta voglia di divertirsci, vero amooori?» Crisi dà il suo benvenuto al microfono.
L'aggettivo «allusivo» per la danza di Crisi è riduttivo.
Il ballo di Crisi non lascia alcuno spazio all'immaginazione, è sesso allo stato danzante. È tutto un ancheggiare, uno sculettare, un ammiccare. Crisi ci riesce benissimo, pure con una certa grazia. Tutte le altre sembrano lap dancer di terz'ordine, sotto lo sguardo compiaciuto della pantera.
«Bravissssime. Così vi voooglio. Beeele, sensuali e caaalde», urla incoraggiante Crisi.
Alla fine della lezione, tutte applaudono e sono felici. Elasti-mamma si sente un'idiota ma non importa.

Elasti-digressione 5
Incontri

Nonna K, quando era soltanto la mamma di Elasti-bambina, lavorava moltissimo ed era sola.
Sola con una bambina che aveva paura dei clown, dei no, dei grandi e persino degli altri bambini. Sola con una bambina che mangiava yogurt, pomodori e nient'altro. Sola con una bambina complicata e fragile. Senza le baby sitter, né nonna K né Elasti sarebbero mai sopravvissute.
La prima fu Iaia, bergamasca. Era una specie di balia, morbida e generosa, dalla vita sentimentale tumultuosa. Amava Elasti e cinque uomini, tutti contemporaneamente. Da lei Elasti-bambina ereditò una certa tolleranza per la promiscuità e un marcato accento della Val Seriana.
Poi arrivò Clelia, con un irresistibile fratello parrucchiere e una famiglia avvolgente e chiassosa. Clelia il pomeriggio portava Elasti al cinema di quartiere, a vedere film d'amore. Mentre Clelia si struggeva e tirava su con il naso, Elasti russava, infastidendo i pochi ma sensibili spettatori.
Per un brevissimo periodo ci fu Angela, aspirante attrice, depressa, in analisi dall'età di dodici anni. Con Elasti recitava Shakespeare e piangeva. Era capace di girarsi le palpebre, terrorizzando Elasti. Quando lo seppe nonna K la mandò via e arrivò Laura.
Laura aveva lunghi capelli corvini, occhi che ridevano ed era bellissima. Cantava tristissime canzoni d'amore e di lotta, cantava *Addio Lugano bella* e *La Ballata dell'amore cieco*, cantava *I morti di Reggio Emilia* e *El pueblo unido*.
Elasti ripeteva a squarciagola storie strappalacrime ed eroiche.

Laura aveva un fidanzato crudele che la faceva soffrire moltissimo. Si chiamava Sergio e aveva i ricci.
«Sergio mi ha regalato questa catenina. Si può aprire solo rompendola. Sergio ha detto che finché lo amo devo tenerla... Sergio mi ha lasciata», diceva Laura con gli occhi lucidi.
«Ti aiuto a rompere la catenina allora!» rispondeva Elasti, con il senso pratico dei suoi quattro anni.
«Nooo! Io lo amo. Non la romperò mai!» rispondeva afflitta Laura.
Poi Laura è andata per la sua strada.
Per anni Elasti-mamma ha tenuto appesa sul muro di camera sua una fotografia di Laura che rideva, con un maglione rosso e la catenina di Sergio al collo.

Un giorno Elasti-mamma trovò un pacchettino nella posta, con un biglietto.
«So che hai avuto due bambini. Sei diventata una donna. Ti penso spesso. Laura.»
Nel pacchettino c'era una collana di perline bianche, una collana da bambina che Elasti-mamma si allacciò intorno al collo e non tolse più.
«Voglio vederti!» disse Elasti-mamma a Laura per telefono.
«No! Voglio che mi ricordi bella com'ero allora. Voglio che mi ricordi giovane e leggera come quando ti cantavo *Son la mondina son la sfruttata*», rispose Laura.

Poi un giorno, per caso, Elasti-mamma ha ritrovato Laura.
«Sei diventata grande!» ha esclamato Laura, incredula, scoppiando nella stessa risata di un tempo.
Hanno pranzato insieme, si sono riconosciute, hanno parlato fitto fitto e si sono raccontate gli ultimi vent'anni.
Laura ha un marito, che non è il perfido Sergio, ha due figli grandi e gli occhi che ridono, proprio come allora.

GIUGNO

Venerdì, 1° giugno

Vittorie parallele, buon sangue non mente

Ieri sera gli hobbit sono rimasti a casa con Valentina Diolabenedica.

«Mamma, alla gara tra chi era più porcello tra me, Valentina e il fratellino, a cena, ho vinto io», sono state le prime parole pronunciate con orgoglio dallo hobbit grande al risveglio stamattina.

Ieri sera Elasti-mamma è andata a cena a casa della sua amica Alice.

Elasti-mamma, Alice e Marta si sono ritrovate. Si sono stordite di chiacchiere, confessioni, risate. Hanno riscoperto, a distanza di vent'anni, la complicità affettuosa e avvolgente di una ricreazione in seconda liceo.

Alla fine della cena, nella penombra di tre minuscole candele, Elasti-mamma, Alice e Marta si sono abbandonate ognuna alla sua perversione.

Alice ha mangiato sei fette di melanzana coperte di aglio e parmigiano. Marta ha inzuppato qualche fragola in una salsa di ceci. Elasti-mamma ha divorato da sola mezzo chilo di gelato Häagen Dazs, al paradisiaco gusto crema-con-nocciole-e-caramellamou, accompagnato da taralli pugliesi al finocchio.

«Nano, alla gara tra chi era più porcello tra me, Alice e Marta, ieri sera a cena, ho vinto io», ha risposto Elasti-mamma stamattina con altrettanto orgoglio.

«Siamo proprio due campioni, mamma», ha risposto lo hobbit facendo hurrà con le braccia all'insù.

Sabato, 2 giugno

Elasti-mamma e l'amato schiacciasassi

Ieri pomeriggio è squillato l'elasti-telefono. *Driiin.*
« Pronto? »
« Come stai? » chiede la nonna K a Elasti-mamma.
« Un po' così, Mister Wonder è a Londra », risponde Elasti-malinconica.
« Non mi sembra una grande novità », dice sarcastica nonna K.
Lei è convinta che Elasti-mamma sia una ragazza madre, una supereroina che ha sacrificato un luminoso futuro per un ingrato focolare domestico.
« Starà via otto giorni per un convegno. »
« E tu? » chiede provocatoria la nonna.
« Io cosa? Io qui, sola con gli hobbit e questo tempo infame », risponde acida Elasti-martire.
« Vabbè, nel weekend sarò al castello del mio fidanzato Artù in Val d'Aosta. Quando torno vi porto la fontina. »
« Va bene mamma. Grazie. » Elasti-mamma saluta e si abbatte.
Cinque minuti dopo.
Driiin.
« Pronto, Elasti. Sono ancora la mamma. »
« ... »
« Ho deciso. Nel fine settimana tu e gli hobbit venite al castello di Artù e ti regalo pure la fantastica-Lalla. »
La fantastica-Lalla è una tata valdostana che prepara gli gnocchi, adora i bambini e vive nel castello di Artù, da sempre.
« Mamma, grazie, ma non è necessario. »
« Non si discute. Vi aspetto al castello sabato mattina ore 10.00, Puntuali per cortesia », dice nonna K perentoria.

Nonna K è una donna manager. Decisa e volitiva. Ha amministrato con pugno di ferro qualche società e la vita di Elasti-mamma.
A volte una mamma schiacciasassi può spaventare.
Altre invece una mamma schiacciasassi è una benedizione.

Domenica, 3 giugno

I curiosi ospiti del castello di Artù

I castelli sono spesso popolati da curiosi personaggi e quello di Artù non fa eccezione.
Tra gli ospiti del fine settimana di Artù e nonna K ci sono:
1. Un violinista taciturno e sornione che suona a occhi chiusi davanti a due hobbit estasiati.
2. Una signora bellissima, sorella del violinista. «Un tempo facevo l'indossatrice», racconta, «e mi nutrivo soltanto di insalata belga e zucchine lesse.»
   Adesso è felice, fa la libraia, può mangiare quello che le pare e coltivare le sue antiche passioni per i dolci al cucchiaio, il salame felino e la *Recherche* di Proust.
3. Un'algida venere bionda con un furetto al seguito. Fa l'attrice. È la cattiva di una soap opera. Quando a cena la nonna K le ha indicato il suo posto a tavola, di fianco a Elasti-mamma e al nano piccolo, la venere, inarcando il sopracciglio, li ha fulminati con uno sguardo di ghiaccio. «Perché mai mi dovrei sedere proprio lì?» ha chiesto con voce impostata e dizione perfetta. In compenso il furetto era piuttosto simpatico.

Lunedì, 4 giugno

Festosi quadretti antelucani

Ieri sera, rientrando a casa dopo il fine settimana al castello di Artù, Elasti-mamma e gli hobbit hanno trovato una sorpresa. Towanda, nonna dei nani e mamma di Mister Wonder, in preda a nostalgia incoercibile per i nipoti, è volata a Milano, da Bari. È stata accolta da gaudio e tripudio.
«Mamma, stanotte io e la nonna possiamo uscire con le spade e andare in giro per la città al buio?» ha chiesto lo hobbit grande prima di dormire.
«Sarebbe meglio di no, nano.»
«Ma mamma, perché? Uffa tu rovini sempre tutto», ha detto lo hobbit deluso.
Stamattina l'eccitazione di nonna e hobbit era tale che alle 5.30

tutta l'elasti-famiglia era allegramente in piedi, come fosse giorno fatto.
Elasti-mamma avrebbe volentieri digitato il numero di Mister Wonder a Londra, perché partecipasse anche lui a questo festoso quadretto familiare antelucano.

Martedì, 5 giugno

Oggi sarebbe una fantastica novantatreenne

Oggi avrebbe compiuto 93 anni.
Ma era stufa e se ne è andata tempo fa, senza nemmeno conoscere lo hobbit grande. Si chiamava Sara ed era la nonna di Elasti-mamma. Negli ultimi anni era malata. La accudiva Miriam, una paffuta signora peruviana.
Un giorno la signora Miriam invitò la nonna Sara all'« adunanza » nella « Sala del Regno » dei testimoni di Geova.
« Miriam cara », le rispose la nonna, « sono una vecchia signora atea, ebrea e comunista, non credo che riuscirà mai a convincermi a frequentare i suoi amici. »
Se un giorno Elasti-mamma avrà uno hobbit femmina si chiamerà Sara, come la nonna che oggi avrebbe compiuto 93 anni.

Mercoledì, 6 giugno

Materne lucidità

« Mamma! Lo hobbit piccolo oggi ha iniziato a camminare! » dice Elasti-mamma garrula, parlando al telefono con nonna K.
« Ah! Precoce. »
« Be', insomma, ha tredici mesi. Direi normale. »
« Già normale... strano che non parli ancora », la nonna sembra delusa.
« Come no, certo che parla. Dice "tè" per treno e telefono, dice "uaua" per acqua, "mamma" per mamma e "pappa" per pappa. Le cose fondamentali, insomma », risponde Elasti-piccata.
« Sarà che io sono abituata a te che a sette mesi dicevi "Mamma, vorrei un bicchiere di latte per cortesia"... »

« Mamma, ma cosa dici? non è possibile. »
« Certo che è possibile. Sei mia figlia, no? Certe cose me le ricordo. »
Elasti-mamma vorrebbe riportare alla ragione nonna K.
Poi si ricorda che Towanda racconta che Mister Wonder a nove mesi aveva rifiutato il pannolino per convertirsi al più pratico e igienico vasino e che a tre anni, dopo la quotidiana lettura del giornale, chiese: « Papà, mi spieghi esattamente cos'è lo scandalo Italcasse? »

Giovedì, 7 giugno

Discutibili stereotipi maschili

« Ehi, nano! Ti sei tagliato i capelli! Stai molto bene, sembri un divo del cinema », dice Dominatrix allo hobbit, all'ingresso della scuola materna.
« Sì... sono andato dal barbiere ieri pomeriggio », risponde lui gongolando. « Sai, il mio barbiere si chiama Ezio. È interista, come me. Con lui parlo di calcio e di donne e alla fine mi mette anche il profumo », prosegue.
Lo hobbit personifica con inquietante naturalezza alcuni discutibili stereotipi maschili. Probabilmente subisce qualche nefasta e occulta influenza, fuori dal controllo di Elasti-mamma.

Venerdì, 8 giugno

Occhiali rossi per tutte

Elasti-mamma si è inflitta nella pausa pranzo quarantacinque minuti di corsa in salita su tappeto semovente al tempio del benessere.
Torna in redazione più malmostosa che mai.
« Elasti, dovresti teletrasportarti all'istante a un grigio convegno di grigi banchieri. Scusa se non ti ho avvisato prima. Non ti secca andarci vero? » dice un collega.
Preferirei impiccarmi al cavetto del mouse.

« Ma no, assolutamente. Adoro andare ai convegni il venerdì pomeriggio e ho un'insana passione per i banchieri. »
Elasti-mamma corre verso il convegno, sfidando impavida la torrida umidità di un pomeriggio padano. Vorrebbe liquefarsi e scivolare in un tombino, vorrebbe dormire, vorrebbe non esserci.
Un tizio dietro un paio di occhiali rossi la incrocia. Si ferma e le sorride. « Ehi! Certo che ti va proprio bene! Sei una ragazza fortunata! Adesso le piccole vanno tantissimo, sono molto di moda, piacciono da impazzire! » dice con un lampo di follia nello sguardo.
Elasti-mamma, che appartiene indiscutibilmente alla categoria « piccole », ignora quel trascurabile lampo, e si sente molto meglio.
È pronta ad affrontare i grigi banchieri con una nuova consapevolezza di sé.

P.S. Elasti-mamma sta pensando di proporre alla giunta comunale di dislocare, nei punti nevralgici della città, dei tizi gentili con gli occhiali rossi, incaricati di risollevare gli animi delle lavoratrici milanesi.

Sabato, 9 giugno

Interrogativi, paure e pannocchie

« Sicuri di sapere che droga usano i vostri figli? »
È l'inquietante interrogativo che scuote le coscienze dalla copertina di « Vanity Fair », proiettata su uno schermo gigante nella vetrina di un'edicola.

Ieri sera.
« Mamma, la nonna Towanda ha la *claustomia*, che poi è la paura di stare in un posto chiuso e piccolo », dice lo hobbit interrompendo l'appassionante lettura di *Pippi Calzelunghe*.
« Claustrofobia? »
« Sì, quella. Sai qual è la paura di papà? »
« No, dimmela. »

«Ha paura di strisciare nei tubi.»
«Be', meno male che non gli capita proprio tutti i giorni...»
«E tu, mamma, che paura hai?»
«Ho paura di stare in alto e guardare giù e poi ho paura dei vortici.»
«I vortici? Anche quelli che si formano nella vasca da bagno quando l'acqua scende nel buco?»
«Anche quelli. I vortici mi terrorizzano. E tu che paura hai?»
«Io ho paura delle pannocchie.»

Ecco. No, Elasti-mamma non è molto sicura di sapere quale droga usa suo figlio.
Forse saperlo la aiuterebbe a capire alcune cose.

Lunedì, 11 giugno

Anche Mister Wonder ha un cuore

Mister Wonder telefona a Elasti-mamma da Londra.
«Ciao. Come è andata la notte?» chiede premuroso.
«Da schifo, grazie. Lo hobbit piccolo ha deciso che dormire è una perdita di tempo.»
«...» Tace, l'assente Mister Wonder.
«In compenso stamattina ha scovato una tua foto tessera e ha passato mezz'ora a trotterellare con la foto tra le mani, guardandola estatico e sospirando "papà!" Nemmeno fosse un'immagine sacra», racconta Elasti-mamma.
«...» Dall'altra parte nessun segnale di vita.
«Ci sei? È buffo, no? Non ti fa piacere?»
«No, mi fa piangere.» E riattacca.

Giovedì, 14 giugno

Pippi Calzelunghe e le cause perse

In questi giorni Elasti-mamma sta leggendo allo hobbit grande le avventure di Pippi Calzelunghe, la sera prima di dormire. Lo fa

per contrastare la nefasta influenza di Mister Wonder che vorrebbe fare di suo figlio un cavaliere Jedi.
« Pippi e i suoi amici Tommy e Annika stanno giocando ai naufraghi e sono approdati su un'isola deserta... » racconta Elasti-mamma.
« Ci sono cannibali nell'isola? » chiede lo hobbit.
« Non so. Andiamo avanti e vediamo... Pippi monta la tenda, calano le tenebre e scoppia un temporale... i tre bambini si rifugiano nella tenda, si tengono per mano e si fanno coraggio... che bello! Una vera avventura... »
« Adesso arrivano i cannibali e se li mangiano? »
« No, nano, smettila. Non è una storia di cannibali », lo zittisce Elasti-mamma.
« Ah », sospira deluso.
« A un certo punto il signor Nilsson, la scimmietta di Pippi... »
« Mamma... » la interrompe nuovamente lo hobbit.
« Dimmi... »
« Ma Pippi... ha grandi tette? »

Venerdì, 15 giugno

Helene, la bambina che aspetta

Da qualche tempo lo hobbit grande insiste per essere accompagnato alla scuola materna alle otto invece che alle nove.
« Ti prego mamma, mi porti al pre-scuola? » implora il nano appena sveglio.
Per giorni nessuno ha capito perché.
Stamattina Elasti-mamma ha accompagnato lo hobbit alla scuola materna alle otto.
Arrivati in classe lo hobbit è stato colto da sconforto e le si è aggrappato come un koala al suo bambù. Dal fondo dell'aula una minuscola bimba coi capelli dritti come spaghetti e gli occhi a mandorla si è messa a correre in direzione del nano e si è sciolta anche lei nell'abbraccio lacrimoso.
« Ciao. E tu chi sei? » ha chiesto Elasti-mamma alla piccoletta.
« Io sono Helene », ha risposto, restando saldamente avvinghiata allo hobbit.

« Lei mi aspetta tutti i giorni alle otto, seduta su quel tavolino là in fondo, con le gambe accavallate », dice lo hobbit ricomponendosi. « Ora puoi andare mamma. Ciao », aggiunge virilmente.
Alle otto, tutte le mattine, c'è Helene che aspetta, seduta con le gambe accavallate.
Elasti-mamma ha finalmente capito tutto.

Sabato, 16 giugno

Mater semper certa est, pater numquam

Questa sera l'elasti-famiglia si è concessa una botta di vita.
Alle 19.30, come quattro *viveurs*, Mister Wonder, Elasti-mamma e i due hobbit entravano trionfalmente nella loro pizzeria preferita.
Il nano piccolo, varcata la soglia, si è diretto, con passo traballante ma senza esitazioni, verso il cameriere dello Sri Lanka. Raggiunto l'obiettivo si è fermato all'altezza delle ginocchia del malcapitato. Ha alzato uno sguardo adorante, ha sollevato le manine e, sorridendo estatico, ha esclamato « papà! » e non ha avuto pace fino a quando non si è ritrovato tra le possenti braccia del perplesso giovanotto.
Stranamente Mister Wonder non ha trovato l'episodio divertente.

Domenica, 17 giugno

Maledetta domenica

Mister Wonder parte per Londra.
Lo hobbit grande somatizza. « Mamma, ho male alla pancia e alla lingua. Quasi quasi *gomito*. »
Anche Elasti-mamma somatizza, è triste e vorrebbe *gomitare* pure lei, insieme al nano.
Lo hobbit piccolo se ne frega, ma approfitta della distrazione familiare per lanciare nel gabinetto le papere galleggianti, originariamente destinate alla vasca da bagno.
Domani è già lunedì.

Lunedì, 18 giugno

Privilegi di categoria e tecniche di logoramento

Quella dei giornalisti è senza dubbio una categoria privilegiata. I giornalisti hanno una cassa che paga dentista, omeopata e ostetrica a loro, al partner, ai figli e agli affetti più cari. I giornalisti hanno un Inps speciale, solo per le pensioni dei giornalisti. I giornalisti entrano gratis ai musei, alle mostre e a Gardaland. I giornalisti viaggiano su treni e aerei con lo sconto. I giornalisti hanno un tesserino che consente di usare l'auto superinquinante anche quando tutti gli altri la devono lasciare a casa.
A volte tuttavia qualcuno si accorge di tutti questi insensati privilegi. E decide che i giornalisti devono espiare.
Le conference call sono la vendetta divina contro la categoria dei giornalisti economici.
Le conference call sono incontri virtuali dell'amministratore delegato di una società con la comunità finanziaria. Per accedere a una conference call bisogna interagire al telefono con una signorina che si ostina a parlare solo inglese pur essendo di Carate Brianza.
Il giornalista viene poi lasciato mezz'ora ad ascoltare in loop Elvis Presley.
L'evento ha finalmente inizio e l'amministratore delegato illustra con certosino puntiglio centocinquanta agili pagine, dette *slide*, sulla società. La lingua d'ordinanza è sempre e comunque l'inglese anche se il manager capisce a fatica il significato della frase: «The cat is under the table».
Alla quindicesima slide il giornalista di buona volontà prende appunti con vigore.
Alla quarantottesima slide il suddetto giornalista combatte la narcolessia mandando sms di saluti a parenti e amici.
Alla centesima il professionista adocchia il Sudoku di «Repubblica» ma rinuncia subito perché è un gioco troppo matematico per un giornalista.
Alla centotrentesima il giornalista, stremato e ormai privo di freni inibitori, inveisce contro l'amministratore delegato e ne insul-

ta madre, moglie e sorella. Per un problema tecnico l'intera comunità finanziaria sente l'immondo sproloquio.
Sono ormai passate quasi tre ore e il giornalista, mortificato nell'intimo, non ha nemmeno più la forza di tenere sollevata la cornetta. Decide di abbandonare il campo qualche secondo prima che l'amministratore delegato annunci che ha sempre sognato di fare il pilota e che si comprerà Alitalia.
Il giornalista si buca così, dopo tanta pena, la notizia del secolo.
Elasti-mamma questa sera è reduce da una conference call ed è a pezzi.

Martedì, 19 giugno

Gianmaria testa di pizza

«Mamma, ho deciso. Voglio un altro fratellino. Maschio», annuncia lo hobbit seduto sul WC durante il rito serale.
«Voglio un maschio perché questa deve essere una casa di maschi... ma tu, mamma, puoi rimanere anche se sei femmina», prosegue.
«Ah, bene. Sei gentile...» dice Elasti-mamma che ha perso le parole.
«Si chiamerà Gianmaria questo fratello e avrà la testa piatta come una pizza», sproloquia il nano.
«La testa come una pizza? Povero! E perché si chiamerà proprio Gianmaria?»
«Perché è il nome di un santo importante, ma molto molto cattivo.»
Forse ha ragione Mister Wonder. L'elasti-famiglia non è ancora pronta per un terzo hobbit.

Mercoledì, 20 giugno

Teletubbylandia, cubi e il ricco Nordest

Nel ricco Nordest c'è un posto che sembra Teletubbylandia, l'allucinato mondo dei Teletubbies.
Nella Teletubbylandia del Nordest i prati sono verde fosfore-

scente, il cielo è blu come i puffi e il sole è giallo e sorride. Nella Teletubbylandia del Nordest, tra conigli e fiorellini parlanti, c'è un cubo nero che sembra una prigione e svetta tra le morbide colline. Davanti alla prigione nera e cubica c'è un'enorme vasca di acqua cristallina. Viene voglia di berla o almeno di toccarla ma è severamente vietato.

«Sono di Parigi. Mi avevano detto: "Vieni a lavorare in Italia che è bellissimo". Sono nel cubo da tre anni. Ho cambiato personalità e senza il mio psicanalista non vado nemmeno a fare la spesa», dice Chantal, in veneto stretto.

Il bunker all'interno è sterminato. Ci sono sale riunioni, aule didattiche, uffici, macchinette del caffè, auditorium e corridoi senza fine. C'è un gran silenzio ma pare che qui dentro lavorino migliaia di persone. Elaborano dati, dice qualcuno.

Elasti-mamma oggi ha fatto una gita di lavoro nella Teletubbylandia del Nordest. È stata sei ore nel cubo dove si riunivano gli azionisti della società che ha costruito questo kafkiano splendore.

Quando è tornata a casa, di nascosto dagli hobbit, ha preso tutte le videocassette dei Teletubbies, le ha messe in un sacco nero e le ha lanciate fuori dal balcone.

Giovedì, 21 giugno

Il vortice riso-pesce-uovo sodo

«Sono inquieta. Devo dare una svolta alla mia vita. Da oggi smetto di mangiare pane, pasta, lievito, salumi, latticini, verdure e frutta», ha detto qualche giorno fa Cecilia, collega-amica di Elasti-mamma.

«Sei impazzita? Tu sei una donna gaudente. Non sopravviverai mai», ha risposto Elasti-allarmata.

«Tranquilla. Mi stordirò con riso e pesce nei giorni feriali e la domenica mi concederò un uovo sodo», ha risposto lei, con un luccichio insano nello sguardo.

«Se va bene ti deprimi, se va male diventi violenta.»

«Dammi una settimana e sarò una donna nuova», ha concluso Cecilia categorica.

Elasti-mamma è un soggetto suggestionabile, ad alto rischio follie alimentari.
Se Cecilia non rinsavisce in tempi rapidi, anche Elasti-mamma verrà risucchiata nel vortice riso-pesce-uovo sodo e diventerà una depressa violenta. Altro che donna nuova.

Venerdì, 22 giugno

Donne di mondo si nasce, Elasti-mamma non lo nacque

« Pronto, Elasti... stamattina dovresti andare a una tavola rotonda. Incontrerai lo splendido amministratore delegato della multinazionale del superlusso. Mi raccomando mettiti in ghingheri. »
Questo messaggio, lasciato in segreteria telefonica dalla collega che si occupa di lusso e moda, ha gettato nel panico Elasti-mamma.
Lei non si è mai occupata di settori glamour e viene colta da un terribile senso di inadeguatezza. Come si veste una giornalista di moda e lusso? Di strass e paillette?
Elasti-mamma, in preda al panico, si infila un improbabile tubino color ruggine, comprato anni fa nel delirante intento di emulare Audrey Hepburn, si arrampica su un paio di sandali-trampoli, dalla cui vetta soffre di vertigini e si trucca come immagina facciano le donne di mondo.
Affronta così un superlussuoso ignoto, goffa e impavida come Super Pippo.
Driiin.
È di nuovo la collega.
« Elasti, scusa. La tavola rotonda è stata annullata. Puoi toglierti i tacchi, infilarti i jeans e venire in redazione. »
Troppo tardi. È già per strada.
Per colpa di un destino cinico e baro Elasti-mamma oggi, chiusa in redazione, ha rischiato un centinaio di volte di sfracellarsi dalla vertiginosa altezza di un tacco 7, è rimasta oltre dieci ore intrappolata in un tubo color ruggine, trattenendo il respiro per nascondere la pancia, e ha capito che donne di mondo si nasce.

Sabato, 23 giugno

Quando torni svegliami di baci

Ieri sera Elasti-mamma e Mister Wonder sono andati alla festa di compleanno dell'amica Alice. Hanno lasciato gli hobbit a casa con Valentina.
« Mamma, quando torni svegliami di baci », dice il nano grande.
« Va bene, ti bombarderò di baci. »
« Se per caso con i baci non mi sveglio, scuotimi, capito? »
« Va bene, ti scuoterò. E se non ti svegli nemmeno così? »
« Dammi pure mazzate. L'importante per me è svegliarmi. »

Domenica, 24 giugno

Mister Wonder fa l'occhio da triglia

Alla festa dell'amica Alice Mister Wonder ha passato circa due ore conversando amabilmente con una venticinquenne inglese bella-che-di-più-non-si-può. Lo splendore conteneva un piccolo inglese, probabilmente anch'egli splendido, prossimo a uscire da una pancia smisurata.
« Ti sei innamorato? » ha chiesto Elasti-mamma a Mister Wonder, che aveva appena distolto uno sguardo da triglia dalle morbide grazie nordiche.
« Faceva un sacco di tenerezza. Pensa... non parla una parola di italiano, il suo fidanzato l'ha mollata sola alla festa per andare a un raduno della squadra di pallacanestro e lei è così giovane... » ha risposto Mister Comprensione.
Prima di prendere a randellate Mister Wonder, Elasti-mamma vorrebbe approfondire alcuni spunti di riflessione che potrebbero concedergli qualche attenuante:

1. Mister Wonder ha una nostalgia tremenda della sua famiglia inglese.
2. Mister Wonder vorrebbe un terzo figlio e ogni pancia esercita su di lui un irresistibile fascino.
3. Mister Wonder vorrebbe una figlia femmina che possibilmente sia già sopravvissuta all'adolescenza e sta pensando di adottare la fanciulla inglese.

4. Mister Wonder è colto, con una quindicina di anni in anticipo, da crisi di mezza età.
5. Mister Wonder ha messo in atto una sofisticata tecnica per ingelosire Elasti-mamma e vivacizzare così un rapporto dominato dagli hobbit.

Lunedì, 25 giugno

Siamo tutti un po' svedesi

Lo hobbit piccolo si è innamorato di Sagosten, una mostruosa istrice gonfiabile di plastica olefinica (?). Lo hobbit grande si è infilato dentro Ps Lömsk e ha iniziato a girare vorticosamente. Quando è uscito gli veniva da *gomitare*. Elasti-mamma ha messo gli occhi su una Storm per il comodino.

«Non voglio una lampada fallica in camera nostra», ha detto Mister Wonder inibendo l'acquisto.

Elasti-mamma ha dovuto quindi ripiegare su un'innocente Grönö, per la bellezza di 4,99 euro.

Mister Wonder non si è comprato niente perché il signor Ingvar Kamprad, padrone di questo paese dei balocchi, sfrutta i lavoratori e quando aveva 16 anni, nel lontano 1942, si iscrisse a un gruppo nazista.

Nessuno però ha resistito alle fantastiche polpette con la marmellata di mirtilli rossi.

Nonostante tutto, l'Ikea è proprio un bel posto.

Martedì, 26 giugno

Consigli di suocera

Elasti-mamma ha avuto la pessima idea di raccontare a Towanda che Mister Wonder ha fatto il bellimbusto con una panciuta venere dello Yorkshire alla festa di Alice venerdì.

«Elasti, sei un disastro, la tua tattica è perdente. Ti insegno le regole base:

1. Con gli uomini mai mostrare gelosia.

2. Se tuo marito fa gli occhi da triglia a un'inglese strafiga tu infrattati con un siciliano conturbante.
3. Sii provocante sempre.
4. Mettiti sul mercato.
5. Fottitene della famiglia, almeno ogni tanto.»

Se persino la suocera si sente in dovere di darle certi trasgressivi consigli, Elasti-mamma forse deve cambiare radicalmente strategia.

Mercoledì, 27 giugno

Romantiche conversazioni hobbit

«Puoi venire a casa mia a giocare ma mi devi promettere che non fai i soliti capricci quando il tuo papà viene a prenderti.»
«Mmm... te lo prometto.»
«Brava. Sei comoda nella mia macchina?»
«Sì... sai che i dinosauri una volta esistevano veramente poi sono morti tutti e li hanno rifatti di plastica?»
«Lo so benissimo. La mia bisnonna Memé che è vecchissima ha visto i dinosauri veri. Per questo ora ha i superpoteri.»
«Ah. Ci baciamo adesso?»
«Va bene.»
...
«Certo che fa caldo...»
«Ora c'è il vento, ora c'è il sole... non ci si capisce niente...»
«Io da grande farò la ballerina e la cavallerizza.»
«Io l'elfo, il cavaliere Jedi e il mago.»

Questa conversazione si è svolta oggi alle ore 18.00 sui sedili posteriori dell'elasti-automobile, di ritorno dai giardini, tra lo hobbit grande e Isabella, la principessa dello hobbit, favorita dell'harem.
Elasti-mamma, davanti, guidava e taceva.
Arrivati a casa, lo hobbit ed Isabella si sono precipitati in camera dei nani, stranamente pulita e ordinata, almeno agli occhi di Elasti-mamma.

« C'è un bel caos qui dentro », è stato il laconico commento della principessa.
Elasti-mamma non è ancora pronta per una nuora.

Giovedì, 28 giugno

Elasti ricomincia da Christine

Elasti-mamma ha deciso, diventerà una donna nuova.
Ricomincia da Christine.
Christine è il nuovo ministro dell'Economia francese, sposata, due figli, prima donna in un dicastero da maschi. Per quindici anni ha fatto il superavvocato in America.
« Trattare con gli uomini non è complicato. A quelli che sono belli bisogna dire che sono intelligenti e a quelli che sono intelligenti bisogna dire che sono belli », dice Christine.
Semplici ma geniali parole.

Venerdì, 29 giugno

Accoglienza hobbit

Questa sera a casa degli hobbit è arrivata Clara.
Clara ha i capelli rossi, gli occhi verdi e una gonna lunga e colorata. Starà con gli hobbit, la nonna K e Artù al castello, la prossima settimana. Nel frattempo Mister Wonder e Elasti-mamma saranno a Milano a sollazzarsi in solitudine e libertà dopo mesi di schiavitù.
Clara non conosceva gli hobbit, fino a questa sera, quando ha bussato alla porta dell'elasti-casa.
Lo hobbit piccolo l'ha accolta a piedi nudi, in body bianco sbrindellato, l'aria torva e diffidente. Lo hobbit grande l'ha accolta in pigiama, con il volto coperto da un casco integrale dei Power Ranger, la spada di legno in una mano e la pistola dei pirati nell'altra.
Clara non ha detto « Scusate, ho sbagliato famiglia », come Elasti-mamma temeva. Clara ha teso la mano verso i due nani in assetto bellico e si è presentata, sorridendo.

Sabato, 30 giugno

La Venere dei camionisti

È iniziata l'era della seduzione.
Mister Wonder deve convincersi che Elasti-mamma è la creatura più desiderabile del pianeta.
Elasti-mamma, in missione *femme fatale*, stamattina si è messa un vestitino a fiorellini, svolazzante e scollacciato, e scarpe da Lolita. Così agghindata, è partita con tutta la famiglia alla volta del castello di Artù, il fidanzato della fortunata nonna K.
L'elasti-famiglia ha fatto il pieno dal benzinaio.
« Vai tu a pagare », ha detto Mister Wonder a Elasti-mamma.
« Perché? »
« Perché in questa versione "Venere dei camionisti" se il benzinaio ti vede magari ti fa uno sconto. »
Da stamattina Elasti-mamma si chiede se "Venere dei camionisti" sia un complimento.

Elasti-digressione 6
Elasti-amori

Nonna Memé, la bisnonna degli hobbit, divide le donne in due categorie: « ferme-ferme » e « leggerine ».
Le ferme-ferme sono integerrime, sono angeli del focolare, sono le madri infaticabili e le mogli devote. Le ferme-ferme non hanno dubbi, non cadono in tentazione, vivono di luminose e incrollabili certezze. Le ferme-ferme a quindici anni hanno incontrato il loro unico amore e lo hanno riconosciuto da lontano, a diciannove anni l'hanno sposato, a venticinque avevano già tre bambini e tutti i loro desideri realizzati.
Le leggerine sono tutte le altre. Quelle che esitano, quelle che piangono, quelle che cambiano fidanzato, quelle che scappano davanti all'altare, quelle che i figli: boh? È ancora presto e poi non sono mica obbligatori. Le leggerine hanno un guizzo lucifero nello sguardo e quando ridono scoprono i denti. Le leggerine fanno pasticci, bruciano l'arrosto, non cuciono i cappiolini agli stracci e a volte non rifanno il letto.
Nonna Memé vuole bene a Elasti-mamma e lei non ha mai avuto il coraggio di rivelarle di essere una donna della seconda categoria.
Il primo elasti-amore fu un pescatore dodicenne di Ginostra. Si chiamava Bartolino, aveva gli occhi verdi e parlava solo dialetto eoliano.
« Vogliamo vivere in sintonia con la natura, vogliamo staccare la spina, vogliamo stare nudi e liberi », avevano spiegato nonna K e i suoi amici a Elasti-dodicenne, sbarcando sull'isola.
A Ginostra non c'era luce elettrica né acqua corrente. Calavano le tenebre e un'ombra nera e minacciosa si posava sui villeggianti.

Elasti passò i primi tre giorni a piangere, poi conobbe Bartolino e la vacanza prese un'altra piega.
A quattordici anni Elasti si innamorò perdutamente di un trentacinquenne svizzero con i baffi e una moglie bionda. Erano al mare e lui la strinse a sé di nascosto e la baciò con voluttà. Elasti decise che gli svizzeri non le piacevano.
Tre anni dopo conobbe Ivan, che si faceva le canne, predicava l'amore libero e non si faceva mai la doccia. Con lui partì in treno per la Scandinavia anche se nonno T non era d'accordo.
L'elasti-prima volta fu al Circolo polare artico. Subito dopo Elasti si alzò in piedi e vomitò sul tappeto dell'ostello. Ivan ci rimase un po' male ma non le serbò rancore.
Raggiunta la maggiore età Elasti incontrò il grande amore: era bello come il sole, studiava da medico e voleva sposarla. Dopo due anni Elasti capì che era troppo perfetto per poter funzionare e scappò in moto con Aldo che la sedusse e la abbandonò per telefono.
Poi ci furono un pittore narciso, un vigile urbano che l'aspettava sotto casa in divisa, un fantino che quando non galoppava andava a vela e giocava a golf.
Ogni volta Elasti annunciava di avere incontrato l'uomo della vita e ogni volta a nonno T spuntava qualche capello bianco.
Poi lei incontrò Mister Wonder e lo portò a casa.
« È simpatico, è abbastanza carino... stiamo a vedere che succede », disse con noncuranza.
« Questo mi piace! Vedi di non fare idiozie. Vedi di non fartelo scappare. Sappi che se non lo sposi tu lo sposo io! » disse nonno T.
Elasti se lo tenne stretto.

LUGLIO

Domenica, 1° luglio

Cazziate, delusioni e fratelli

« Ho detto basta! Guai a te se alzi la voce! Ti ho detto mille volte che quando ti sgrido non devi rispondere! E non fare l'offeso che non serve a niente! Mi hai deluso moltissimo, fratello. »
Elasti-mamma non ha ancora capito di quali orrende colpe si sia macchiato lo hobbit piccolo, dotato di un vocabolario di tre o quattro parole, per meritare una sfuriata del genere dallo hobbit grande, stamattina all'alba, nell'intimità della camera dei nani al castello di Artù.

Lunedì, 2 luglio

Pinzimonio per tutti

Nina e Giorgio sono una coppia di amici di Elasti-mamma e Mister Wonder. Appartengono alla categoria dei cosiddetti « dink », *double income no kids*, due stipendi, niente figli. Sono simpatici e gaudenti. Girano il mondo, vanno al cinema e coltivano mille passioni.
Elasti-mamma ogni tanto vorrebbe essere al loro posto.
« Pronto, ciao Nina, sono Elasti. Sai, Mister Wonder e io siamo senza bimbi tutta la settimana. Ci farebbe piacere vedervi. »
« Elasti, che bella idea. Quando? »
« Quando volete. Magari usciamo a cena. »
« ... »
« Ci sei ancora? »

« Be', veramente Giorgio e io stiamo facendo una dieta depurativa. Venerdì, sabato e domenica beviamo solo acqua e centrifugati, lunedì e mercoledì mangiamo solo fibre, giovedì digiuno disintossicante... potremmo fare martedì per un bel pinzimonio a casa nostra! Vi va bene? »
Avere figli rimbecillisce, non c'è alcun dubbio. In alcuni casi anche non averli.

Martedì, 3 luglio

Fantasmi hobbit

Elasti-mamma stasera è sola a Felicity Place, per la prima volta in vita sua. Niente hobbit, che sono con la baby sitter Clara al castello di Artù, niente Mister Wonder che arriverà domani.
Fa una doccia interminabile, si cosparge di una disgustosa crema al burro di arachidi, fa zapping trash, resiste alla duplice tentazione di una maratona di *Lost* seconda serie e di un quintale di gelato abbandonato nel freezer.
Elasti-mamma è felice, inebriata dalla libertà. È tardissimo quando crolla addormentata.
Felicity Place è un posto tranquillo e anche un po' pauroso di notte, da quando, tempo fa, un ladro visitò l'elasti-famiglia dormiente.
È notte fonda. Un rumore metallico e intermittente squarcia il silenzio. Elasti-mamma si ritrova già in piedi, al buio. È un suono sgradevole e familiare. Un suono che prende le viscere, come la sveglia del mattino.
Lo stato confusionale prevale sul panico. Elasti-mamma come la biglia di un flipper schizza da un interruttore all'altro, come se tutte le luci accese insieme potessero zittire quel rumore infernale. L'elasti-biglia si ferma, prende fiato e, in un lampo di lucidità, entra in camera degli hobbit.
Il cubo multiattività ha colpito, nella notte, di sorpresa, infame che non è altro.
Prima o poi finirà in un cassonetto.

Giovedì, 5 luglio

Programmi kamikaze ed elasti-perplessità

Tra una decina di giorni l'elasti-famiglia partirà per un viaggio.
« Facciamo un viaggetto tutti e quattro insieme? Proviamo a fare questo esperimento kamikaze di cui potremmo pentirci amaramente? » chiese tempo fa Elasti-mamma a Mister Wonder.
« Sì che bello. In Italia o all'estero? » disse Mister Wonder.
« All'estero! All'avventura. Se deve essere un'esperienza estrema che lo sia fino in fondo », rispose Elasti-incauta.
« Benissimo. Andremo in Scozia perché io sono scozzese dentro e lì mi sentirò a casa », annunciò il pater familias.
Ora è fatta. Il viaggio è stato organizzato minuto per minuto dal volitivo Mister Highlander. Si tratta solo di partire.
Elasti-mamma, tuttavia, ha recentemente scoperto che in Scozia:

1. Le temperature minime toccano i 3 gradi centigradi anche in luglio.
2. Piove sempre.
3. C'è una base di Al Qaeda.
4. Per risparmiare, Mister Wonder ha affittato la macchina più piccola noleggiabile.
5. Una mamma e un papà in vacanza, due hobbit in esilio forzato, un passeggino e le sette valigie per affrontare la gelida estate nordica non entreranno mai in una Opel Corsa.

Sabato, 7 luglio

Letture un po' diverse

Il castello di Artù, dove gli hobbit stanno trascorrendo due settimane, sta nei pressi di una cittadina valdostana che festeggia oggi il suo patrono. Le celebrazioni prevedono una solenne processione, un'invasione di cavalli e butteri maremmani, frittelle di mele in piazza e un trenino che trasporta bambini e diffonde musica assordante. Stamattina l'elasti-famiglia si è unita ai cittadini in festa.
Elasti-mamma e gli hobbit sono rapiti da tanto pirotecnico folklore. Mister Wonder, invece, è inquieto.

« Devo assolutamente trovare un'edicola », ripete camminando tra la folla.
Raggiunto l'obiettivo, Mister Wonder chiede a gran voce a un'anziana giornalaia: « Ha per caso l'ultimo numero del mensile "Critica marxista"? »
La malcapitata arretra diffidente e indica in alto.
« I giornali un po' diversi sono lassù », sussurra in un fiato, distogliendo lo sguardo. Lassù, tra riviste pornografiche e dvd hard, un trionfante Mister Wonder ha scovato anche « Critica marxista ».

Lunedì, 9 luglio

Presa di coscienza e timori hobbit

« Mamma! » ha esclamato lo hobbit grande dopo una settimana con la nonna K, la baby sitter Clara, lo hobbit piccolo e tutti gli altri variopinti personaggi che popolano il castello di Artù.
« In questi giorni senza te e papà ho capito due cose: le femmine mi stressano e il fratellino è un buono a nulla. »

Clara è partita e gli hobbit trascorreranno la seconda settimana al castello insieme a Valentina Diolabenedica.
Valentina ha un fidanzato, Mattia, alto e muscoloso, che lo hobbit guarda con timore reverenziale e ammirazione sconfinata.
« Mamma... ma Valentina starà in camera con me questa settimana? »
« Sì, nano. Con te e con il fratellino. »
« Ah... » lo hobbit è pensieroso.
« Mamma », prosegue, « ma Mattia non è geloso se io e Valentina dormiamo insieme? »

Martedì, 10 luglio

Indefessa socialità e elasti-cedimenti

Da quando gli hobbit hanno lasciato Felicity Place, Elasti-mamma è preda di un'indefessa e compulsiva socialità fatta di aperitivi, ristoranti e baccanaliche serate con amici.

In queste due settimane Elasti-mamma ha deciso che deve rifarsi di un intero anno di serate casalinghe e solitarie. Sarebbe tutto molto divertente se Elasti-mamma non dovesse essere in redazione tutte le mattine alle sette. Da quando gli hobbit villeggiano al castello di Artù, Elasti-mamma cammina su una china di gaudente autodistruzione.
Domenica prossima, quando la famiglia partirà per l'uggiosa Scozia, l'Elasti-mamma sarà l'ombra di se stessa.

Mercoledì, 11 luglio

Dink, outsourcing e sensi di colpa

Ieri sera Elasti-mamma e Mister Wonder sono andati a cena a casa di Nina e Giorgio, gli amici *dink*, belli, ricchi, in carriera e abbronzati.
«Stiamo facendo una dieta depurativa, però possiamo invitarvi per un bel pinzimonio», aveva detto Nina.
Poiché l'indefessa socialità di due supereroi in libera uscita non si ferma davanti a niente, Mister Wonder e Elasti-mamma erano pronti a immolarsi sull'altare del ravanello scondito.
«Siamo troppo stressati per i centrifugati», ha spiegato Giorgio, avventandosi su un piatto di lardo di Colonnata.
«Abbiamo rinviato la depurazione all'equinozio d'autunno», ha bofonchiato Nina, con la bocca piena di fiori di zucca fritti.
La serata è stata piacevole. Fino a quando Nina, portando a tavola una mousse di cioccolato bianco con nocciole e crema al caffè, ha posto un legittimo interrogativo: «Dove sono gli hobbit?»
«Come dove sono? Li hanno dati in outsourcing per due settimane», ha prontamente risposto Giorgio.
Ha detto proprio *outsourcing*.
Elasti-mamma, al pensiero di due piccoli nani in outsourcing in Val d'Aosta, è stata assalita da mostruosi sensi di colpa e non è nemmeno riuscita a mangiare la mousse al cioccolato bianco con nocciole e crema al caffè.

Giovedì, 12 luglio

Vampir-hobbit

Avvocato-preferito è un grande amico di Elasti-mamma, nonché uno dei maggiori conoscitori dell'elasti-famiglia.
«Quest'anno alle vacanze ci ha pensato Mister Wonder. Ha organizzato tutto lui», racconta Elasti-mamma.
«Gli hai lasciato carta bianca? Sei impazzita?» chiede turbato avvocato-preferito.
«Già, ho sbagliato, lo so. Ha deciso che si sente Highlander e andiamo tutti in Scozia», dice Elasti-mamma, con l'ansia che cresce di giorno in giorno.
«Vi è andata bene...» l'elasti-amico sembra molto sollevato.
«Insomma, in Scozia fa un freddo cane e piove in continuazione.»
«Devi solo ringraziare che Mister Wonder sta invecchiando. Qualche anno fa avrebbe portato te e gli hobbit a lavorare nelle piantagioni di caffè in Nicaragua, per sostenere la lotta dei compagni sandinisti.»
«Hai ragione, l'ho scampata bella.»

Mentre Elasti-mamma conversa con l'avvocato-preferito e rivaluta la Scozia, al castello di Artù un grido squarcia il silenzio.
Proviene dalla stanza dei nani.
Valentina accorre.
Un efferato delitto si è consumato tra le pareti dell'antica dimora.
Sulla scena del crimine, nella penombra, si stagliano le figure di due hobbit. Uno piccolo, che canticchia con indifferenza, e uno grande, che urla a pieni polmoni il suo dolore. Nel centro esatto dello hobbit grande, poco sopra l'ombelico, una goccia di sangue fa capolino.
«È un pazzo! È un pazzo! Mi ha scarnificato la pancia», urla il piccolo mitomane ferito.
L'occhio esperto di Valentina individua immediatamente l'impronta di quattro minuscoli denti, chiaro segno del passaggio di un micro-vampiro. La dinamica del cruento episodio resterà un mistero per l'umanità.

Lo hobbit piccolo si è chiuso in un mutismo assoluto.
« Io stavo facendo il vicepapà e lui si è ribellato », è stata l'unica, laconica dichiarazione dello hobbit grande, una volta ripresosi dallo shock.

Venerdì, 13 luglio

Conversazioni barbiere

Ezio ha una criniera leonina, è calabrese, ultimo di quattordici fratelli. Ha un negozietto spoglio, ereditato dal suo papà e rimasto identico a com'era negli anni '50. Ezio è il barbiere dello hobbit grande.
Questo pomeriggio Elasti-mamma ha accompagnato lo hobbit a tagliarsi i capelli. Nascosta dietro il giornale ha origliato questa istruttiva conversazione tra uomini.

« Ciao Ezio, sono tornato a Milano. Mi tagli i capelli che prima devo andare in Scozia dove fa freddo e ci sono gli elfi e poi al mare dove fa caldo e ci sono i nonni? »
« Certo nano! Accomodati. »
« Forza Inter. »
« Sempre forza Inter. »
« Adesso sono comodo. Alla fine mi metti il profumo? »
« Ovvio che te lo metto. Come stai? Come stanno le tue fidanzate? »
« Bene, ormai le mie fidanzate sono *una miliarda.* »
« Perbacco. Sono tutte già in vacanza? »
« Non lo so. Adesso non penso a loro. In montagna da Artù andavo in piscina e ho incontrato due sorelle, Bianca e Viola. »
« Carine? »
« Molto, anche se erano un po' grandi. Avevano 5 anni e 7 anni e portavano il reggiseno. Ezio... »
« Dimmi, nano. »
« Io mi sono un po' innamorato di quelle ragazze. Quando le vedevo facevo gli occhi da pesce. »
« Capisco. »
I due uomini sospirano in una comunione di virili sensi.

Sabato, 14 luglio

Meno uno alla Scozia, preparazione spirituale

Domani sera l'elasti-famiglia sarà atterrata a Edimburgo.
Questo torrido sabato milanese è servito per la preparazione spirituale al viaggio. Dalla lettura della guida Elasti-mamma ha scoperto che la Scozia è popolata da bestiole assassine, grandi come moscerini. Si chiamano *midges*, si muovono in sciami e si abbattono implacabili sulla preda, preferibilmente il turista. La guida parla di «calvario dei viaggiatori, trasformati in elephant man» per colpa dei bastardi animalini.
Dall'amena lettura Elasti-mamma ha anche scoperto che in Scozia si fa una prima colazione da campioni che prevede, oltre a uova fritte con bacon e salsicce, filetti di aringa, merluzzo affumicato, salmone e sanguinaccio, per la gioia dei famelici e onnivori hobbit. Chi, non pago di aringhe e sanguinaccio, volesse esplorare territori gastronomici estremi, può concedersi a pranzo il must della Scozia: l'*haggis*.
Trattasi, spiega la guida, di «rumine di pecora ripieno di frattaglie della pecora medesima, cipolle, cereali», accompagnato tipicamente da purè di rape.
In compenso, d'estate, virili Highlander in kilt danno prova della loro possanza sfidandosi in varie prove di forza. Oltre ai banali lanci del tronco, del peso e del martello, le competizioni prevedono il lancio dell'*haggis*. Chi fa volare più lontano sette chili di rumine di pecora ripieno ha vinto.

Domenica, 15 luglio

Tutti pronti tranne uno

I bagagli sono pronti.
«Sono molto fiera di noi! Abbiamo pochissima roba!» ha detto Elasti-mamma guardando la montagna di borse, borsoni, zaini e zainetti, per un peso complessivo di trenta chili.
L'elasti-famiglia nel pomeriggio partirà per la gelida e piovosa Scozia. Tutti sanno cosa li aspetta. Tutti tranne uno.

Lo hobbit piccolo da stamattina si aggira per casa nudo, le pudenda coperte da un conturbante pannolino. Ai piedi porta un paio di scarpe da ginnastica Puma, del fratello, sette numeri più grandi del suo. Indossa infine un paio di occhiali da sole blu, che si è rifiutato di togliere persino per la nanna del pomeriggio.
Probabilmente pensa che la Scozia stia tra Ibiza e Formentera.

Lunedì, 16 luglio

Appunti da Edimburgo, mai senza salsicce

Mattina. L'elasti-famiglia è passata dai 42 gradi di Milano ai 15 di Edimburgo.
Durante il viaggio gli hobbit sono stati adottati da cinque sorelle scozzesi, dagli 8 ai 17 anni, che li hanno sbaciucchiati, coccolati, intrattenuti e viziati senza sosta.
« Mamma, io vado con loro. Ciao », ha detto il nano grande al tapis roulant che restituiva i bagagli, con la bocca piena di caramelle gommose fosforescenti. Il nano piccolo per fortuna era svenuto su Elasti-mamma e si è risparmiato strazianti addii.
« Ehi, ma non è tutta nostra questa casa? » ha chiesto ieri sera lo hobbit grande quando ha realizzato che avrebbe occupato solo una stanza del bed&breakfast.
« Ma come!? Non c'è la salsiccia e nemmeno l'aringa affumicata », ha esclamato stamane, molto deluso.
Elasti-mamma ha capito che ordinare la versione vegetariana della colazione scozzese è stata una pessima idea.

Sera. Annientamento hobbit.
È bastato visitare il castello di Edimburgo, in una mattina di pioggia, anzi no, di sole, anzi, molto ventosa.
Gli hobbit hanno dormito tutto il pomeriggio.
Devastati, annichiliti, massacrati, svenuti.

Martedì, 17 luglio

Malore alla St Giles Cathedral

Stamattina l'elasti-famiglia, bardata come per una spedizione sull'Himalaya, ha affrontato impavida e baldanzosa l'umido grigiore scozzese, alla volta della Cattedrale di Edimburgo.
« Qui si riuniscono i cavalieri nominati dalla regina », spiega Elasti-mamma alla famiglia riunita in una cappella coi soffitti a forma di cavolfiore (si tratta pur sempre di Gran Bretagna).
« Vediamo chi trova per primo i putti che suonano la cornamusa! » dice Mister Wonder scatenando la competizione.
« Sto male, ho mal di pancia, mi viene il *gomito*, mi scappa la cacca, voglio tornare a casa con la mamma », pigola lo hobbit grande terreo in volto.
Dopo alcuni test della verità, Mister Wonder e Elasti-mamma stabiliscono che il nano, nel frattempo in preda a contorcimenti, non mente.
L'elasti-famiglia si divide.
« Ho bisogno di coccole, di massaggi e di una camomilla con i Plasmon del fratellino sciolti dentro », biascica lo hobbit, trascinandosi con Elasti-mamma verso il bed&breakfast.
Raggiunta la stanza numero 6, lo hobbit si rianima.
« Sto già molto meglio, mamma. Vuoi giocare insieme a me a buoni contro cattivi? Tu sei i cattivi. »
In un momento di ludica distrazione l'infido nano ha rivelato di non avere mai avuto alcunché, « solo tanta voglia di stare un po' tranquillo senza gli altri maschi che ci disturbano ».

Tecniche di resistenza familiare.
Mister Wonder, Elasti-mamma e gli hobbit dormono tutti insieme nella stanza di un bed&breakfast. Non avendo vie di fuga, alle 21.30 quando il pater familias spegne le luci tutti dormono. O meglio, Elasti-mamma dorme, gli altri fingono. I maschi fanno resistenza, ognuno con la propria personale tecnica.
Mister Wonder si chiude in bagno con un articolo dall'accattivante titolo « Bolscevizzazione e tradizione socialista nel Partito comunista francese ».

Lo hobbit piccolo canta, imprigionato in un parallelepipedo colorato che funge da letto.
Lo hobbit grande si alza stizzito. « Voi non vi preoccupate. Riposate pure. Io mi metto in piedi davanti al lettino di questo rompiscatole. Quando apre bocca gli dico sssh. Se non funziona gli do mazzate. »

Mercoledì, 18 luglio

Degrado all'ora di pranzo

Grandi e piccini, seduti su una lurida moquette, intorno a un vassoio di legno. Mangiano pezzi di baguette, Brie, banane, yogurt al limone e hummus, una salsa a base di ceci e aglio. Bevono immondi succhi di frutta al gusto di mirtilli, lamponi e mango. Sembrano molto soddisfatti di questo miserabile banchetto su cui si avventano famelici e felici. Sono tre giorni che pranzano in questo modo.
« Basta. Non possiamo andare avanti così », dice Elasti-mamma in preda a materni sensi di colpa.
« Perché? È così bello! » rispondono in coro Mister Wonder e lo hobbit grande, mentre il nano piccolo, con yogurt nelle orecchie e hummus tra i capelli, non si perde in chiacchiere e addenta una banana.

Giovedì, 19 luglio

Second best

Edimburgo è una città gotica e romantica. Con il sole deve essere una meraviglia. Ma anche in questo luglio che sembra novembre non è male.
Edimburgo è piena di cose da vedere e da fare. Di caffè dove fermarsi a leggere e pensare, di musei, di passeggiate e di pub dove ascoltare musica e conoscere gli scozzesi che sembrano simpatici e ospitali.
Vista con tranquillità deve essere fantastica. Ma anche con un passeggino pieno di nani petulanti e uno zaino zeppo di biscot-

ti/succhi di frutta/macchinine/pannolini/salviette profumate non è male.

Venerdì, 20 luglio

Tu Voldemort io Legolas, amore fraterno

Visitando la camera di quella poveretta di Maria Stuarda, una delle regine più sfortunate della storia, nel Palazzo Reale di Edimburgo, lo hobbit grande ha avuto un'illuminazione non molto pertinente ma degna di nota.
« Finalmente ho capito! » ha esclamato di fronte al letto a baldacchino della sventurata. « Io sono Legolas, mio fratello è Voldemort. »
Per intendersi Legolas è lo splendido elfo del *Signore degli Anelli* che cammina sulla neve come se sciasse e ha sconfitto il troll delle caverne nelle miniere di Moria con la naturalezza con cui Elasti-mamma ammazza una zanzara.
Voldemort è l'orrido cattivo di Harry Potter, quello che fa talmente paura che non si può nemmeno nominare, quello che gli ha ammazzato i genitori quando era piccolo e che lo vuole vedere morto stecchito.

Sabato, 21 luglio

Britte e gli hobbit, differenze culturali

Britte è norvegese, ha due anni e capelli biondo cenere. La mamma di Britte ha tre metri di gambe e spalle da nuotatore. Il papà di Britte anche.
I tre sono pacati, composti e sorridenti. Sono dotati di un garbo tipicamente nordico. Entrano senza fare rumore nella « Discovery Zone » per bambini del National Museum of Scotland. Non camminano, fluttuano nello spazio.
Britte si siede al tavolino, prende il pennarello rosso e disegna, sorridendo in silenzio. Il suo papà e la sua mamma si tengono per mano, orgogliosi.
Hobbit grande e hobbit piccolo hanno cinque anni in due. Uno è

biondo, l'altro moro. La mamma e il papà degli hobbit, messi uno sopra l'altro sono alti quanto la gamba sinistra della mamma di Britte.

I quattro sono sovreccitati, ipercinetici e non stanno mai zitti. Il garbo e la compostezza non sanno nemmeno dove stiano di casa. Entrano come uno tsunami nella « Discovery Zone » per bambini del National Museum of Scotland. Non camminano, corrono come invasati.

Gli hobbit si siedono al tavolino e lo ribaltano, cadendo uno addosso all'altro urlanti. I loro genitori, detti anche Elasti-mamma e Mister Wonder, li raccattano da terra, esausti.

Domenica, 22 luglio

Infradito e cappotto

A Edimburgo il tempo fa schifo, praticamente sempre. A Edimburgo è un susseguirsi di giornate orribili, meteorologicamente parlando.

Le donne di Edimburgo, poverette, hanno pertanto stabilito che abbigliamento e temperatura sono variabili indipendenti. La mattina decidono se è estate o meno a seconda dell'umore e non delle condizioni atmosferiche.

Per le strade di Edimburgo s'incontrano fanciulle con infradito e pantaloncini inguinali, che incedono impavide sotto la pioggia, insieme a donzelle con anfibi e cappotti di lana che camminano intirizzite sotto i loro ombrelli.

L'estate è nella testa, prima che nel calendario, per le donne di Edimburgo.

Lunedì, 23 luglio

Bucolica felicità

L'elasti-famiglia ha lasciato Edimburgo, alla volta di lande più selvagge.

Questo pomeriggio Mister Wonder, Elasti-mamma e gli hobbit hanno raggiunto una fattoria, nella regione dei Trossachs, dove

alloggeranno nei prossimi quattro giorni. Lo hobbit grande ha incontrato Murrey, un piccolo lord di Cambridge di 6 anni che si è presentato comunicandogli il prestigioso nome della sua scuola elementare.
« Bene Mauro, amico mio! Andiamo a combattere in giardino », gli ha risposto lo hobbit, incurante degli abissi linguistici e culturali.
Lo hobbit piccolo è entrato subito in perfetta armonia con il bucolico mondo circostante. Posseduto da incontenibile amore universale, ha cominciato a distribuire baci. Ha baciato i sassi, i muri, le gambe di Mrs Rita, padrona della fattoria, e i nanetti all'ingresso.
Quando ha tentato di baciare l'immonda moquette della sala da pranzo, Elasti-mamma lo ha fermato, scatenando un raptus di furia cieca che ha spazzato via armonia e amore.

Martedì, 24 luglio

Corsa nel fango e altri giochi sotto la pioggia

Un bosco, una manciata di case e un enorme prato recintato di fronte a un lago. Intorno al recinto centinaia di famigliole che arrostiscono braciole e salsicce. Gli uomini sono rigorosamente in kilt, le donne in jeans, i bambini mezzi nudi. Dentro al recinto gli « Highlands Games » di Lochearnhead.
Gli Highlands Games sono giochi campestri. Estremi, trattandosi di Scozia.
Fa freddo e piove a dirotto fuori e dentro il recinto, ma non è un problema.
Un signore con un'enorme pancia e un immenso kilt, anima la festa e decreta i vincitori di ogni disciplina, urlando in un microfono.
Dal bosco, alla spicciolata, arrivano i partecipanti alla corsa nel fango, accolti da grida di giubilo. Sono coperti di terra e arrancano ansimanti verso l'umido traguardo.
Al centro del campo, degli energumeni in gonnella si sfidano nel lancio del peso. Fanno volare all'indietro dei cilindri arrugginiti

del peso specifico dell'uranio, rischiando a ogni lancio di colpire a morte cani e bimbi in transito.
In un angolo una giuria costituita da due vecchietti centenari in kilt, probabilmente sordi, esamina suonatori di cornamusa che si esibiscono in una litania ossessiva.
«Grazie a tutti di avere partecipato», dice il signore panciuto al termine della manifestazione.
«Grazie anche al tempo, che è stato clemente!» conclude soddisfatto e fradicio di pioggia.
«Quando il tempo non è clemente invece cosa succede?» chiede Mister Wonder grondante a un lanciatore di cilindri arrugginiti.
«L'anno scorso, per esempio, le macchine nel parcheggio sono affondate nel fango e abbiamo dovuto recuperarle coi cingolati.»

P.S. *Elasti-timori.* Da una settimana l'elasti-famiglia è in Scozia. Da una settimana lo hobbit piccolo chiama «mamma» Mister Wonder. Elasti-mamma teme che tutto questo freddo e tutta questa pioggia possano avere effetti nefasti sulla giovane mente del nano minuscolo.

Mercoledì, 25 luglio

Scozzesi dentro

Questa mattina c'era il sole. Proprio lui, quello vero, tutto giallo con il cielo azzurro intorno. Il sole e l'abitacolo dell'automobile a 40 gradi, come succede spesso nell'emisfero boreale in estate.
La campagna scozzese, con i laghi, i boschi, i prati sterminati, le pecore, i cavalli e le mucche è fantastica, sotto il sole. Ma poiché tutte le cose belle prima o poi finiscono, questo pomeriggio piove.
In compenso lo hobbit piccolo è uno hobbit felice. Quando gli hobbit sono felici mangiano come belve.
Questa sera a cena ha divorato otto bocconcini di pollo impanati e fritti, un piatto colmo di patatine, sempre fritte, riso in bianco, la pasta al ketchup del fratello, un contorno di carote cotte nel burro e nell'avena di Elasti-mamma, un bicchiere di latte e il gelato. Alla fine ha applaudito.

Mister Wonder è molto soddisfatto della vacanza. Ama la Scozia e i suoi abitanti. Da qualche giorno parla con un imbarazzante accento scozzese.
Questa sera a cena ha mangiato *haggis*. « Raramente ho mangiato cibo migliore », ha detto dopo avere ingurgitato la sbobba maleodorante.
Il 50 per cento della famiglia è scozzese dentro.

Giovedì, 26 luglio

La volta buona

Ieri l'elasti-famiglia ha affrontato il viaggio della speranza verso l'estremo Nord. È partita da Callander, nel centro della Scozia, per arrivare, dopo oltre quattro ore, a Ullapool, nelle Highlands settentrionali.
A poche miglia dalla meta l'automobile si era ormai trasformata in un ricettacolo di biscotti al burro, cartacce, pezzi di prosciutto e formaggio, briciole di pane, yogurt alla fragola, succo di arance, capricci e nevrosi. A poche miglia dalla meta, lo hobbit ha ripetuto, per la centesima volta, la solita vuota minaccia: « Adesso *gomito* ».
L'annuncio è stato accolto nell'indifferenza generale, come i precedenti novantanove.
Purtroppo era la volta buona.
Lo hobbit ha vomitato l'anima a sole sei miglia da Ullapool.

Ullapool è un villaggio di pescatori, nel Nord della Scozia. Ci sono gabbiani come a Milano ci sono i piccioni. Nel porticciolo abitano due foche che guardano curiose verso la spiaggia.
A Ullapool in estate il sole, quando c'è, tramonta a mezzanotte e sorge verso le quattro del mattino.
Questo pomeriggio, arrivata dopo un lungo viaggio attraverso boschi, laghi e colline prima rigogliose poi brulle poi ancora rigogliose, l'elasti-famiglia si è seduta in riva al mare, senza calze né scarpe ma con la giacca a vento.
Lo hobbit grande, lasciatosi alle spalle l'increscioso episodio del *gomito*, voleva fare il bagno nell'acqua gelida, lo hobbit piccolo

voleva lanciare i sassi ai gabbiani, Mister Wonder voleva dormire, Elasti-mamma voleva prendere il sole.
Per una ragione o per l'altra nessuno ha esaudito i suoi desideri, ma nel complesso erano tutti molto contenti.

Venerdì, 27 luglio

Parallelismi

L'elasti-famiglia si trova nelle Highlands settentrionali, terre aspre e selvagge: come le Murge, dice Mister Wonder.
Qui si parla gaelico e i cartelli stradali sono sempre in inglese e in gaelico. La parola « strada », per esempio, è « street » in inglese e « straith » in gaelico. Dopo una approfondita analisi filologica, Mister Wonder ha stabilito che il gaelico parlato nel Nord della Scozia è uguale al dialetto parlato a Bitonto, nel Nord barese.

Dilemmi senza risposta

« Cosa desiderate?
1. Uova fritte con salsiccia, bacon, fagioli e funghi.
2. Un pesce dal nome impronunciabile la cui unica caratteristica di rilievo è la quantità esorbitante di spine, con insalata russa.
3. Haddock affumicato con un uovo in camicia adagiato sopra. »

Questo insolubile interrogativo viene posto ogni mattina a colazione.
Elasti-mamma non ha ancora trovato la risposta esatta.

Sabato, 28 luglio

Puzza di morto e ultrasuoni

Un colpo di tosse, un repentino cambio di colore e lo hobbit piccolo ha vomitato *fish and chips*, banana, biscotti al burro, latte e formaggio.
È stato un attimo e la macchina che percorreva una splendida e tortuosa strada affacciata sul mare, si è trasformata nel set di un film splatter.

« Buah! Ha *gomitato* sulla ninja turtle », ha esclamato lo hobbit grande soffocato dal disgusto. « Buah, ha *gomitato* sul sedile, sui vestiti, sul pavimento, sul soffitto e sulle scarpe », ha proseguito incredulo. « Qui dentro c'è puzza di morto », ha concluso lapidario.
Le strade della Scozia non fanno per gli hobbit, ormai non ci sono più dubbi.

L'elasti-famiglia ha pertanto cambiato programma e ha optato per una gita in barca sul Loch Broom, davanti a Ullapool.
« Se siete molto fortunati incontrate i delfini », ha detto la signorina che vendeva i biglietti.
La barca è finita nel bel mezzo di un raduno di delfini. Erano una cinquantina e per un'ora intera hanno giocato intorno all'elasti-famiglia e agli altri passeggeri. I delfini hanno scatenato l'entusiasmo generale. Chi rideva, chi gridava e chi scattava fotografie senza requie. Tutti sembravano elettrizzati, delfini compresi.
Solo uno non ha perso il controllo. Solo uno è stato sempre serio. Solo uno ha emesso ultrasuoni incessantemente, senza mai lasciarsi andare: lo hobbit piccolo.

Domenica, 29 luglio

Molestia hobbit

In automobile.
« Siamo arrivati? »
« No, nano. Siamo appena partiti. »
« Ah... ho un caldo tremendo. Posso togliermi le scarpe, le calze, la felpa e restare nudo? »
« No. Piove, fa un freddo cane. Non puoi avere caldo. »
« Uffa. Giochiamo a Tex? Io sono Kit Willer, il papà è Tex Willer, la mamma è Kit Carson e il fratellino è Tiger Jack. »
« Va bene, nano. »
« Non sono nano, sono Kit. »
« Va bene Kit, scusa. »
« Tex, Kit Carson! Tiger Jack qui di fianco sta bevendo whisky e fumando sigarette che puzzano. Dobbiamo ucciderlo. »

« Tiger Jack è nostro amico, non si uccidono gli amici per così poco. »
Bam bam bam.
« Piantala di dare la bottiglia in testa a tuo fratello! »
« Non è mio fratello. È Tiger Jack ed è un Sciur Frignetti. »
« Non è un buon motivo per torturarlo, Kit. »
« Che noiosi. Mi sa che adesso *gomito.* »

Lunedì, 30 luglio

Foche e cozze nude

L'elasti-famiglia ha fatto una passeggiata su un sentiero nel mezzo di un magico nulla scozzese. Al termine del sentiero c'era una spiaggia affacciata su una baia abitata da foche e gabbiani. Non c'era nessuno. Solo Mister Wonder, Elasti-mamma, lo hobbit grande e lo hobbit piccolo, seduti in contemplazione.
Hanno aperto lo zaino, hanno tirato fuori pane, formaggio scozzese, prosciutto scozzese, succo di frutta ai mirtilli e cioccolata con dentro uvette e nocciole e hanno fatto un picnic, davanti alle foche curiose.
« Mamma, sai cosa mi è piaciuto di più di questa gita? » ha chiesto lo hobbit grande, al ritorno, trascinando sul sentiero la sua pancia piena.
« Cosa, amore mio? » ha chiesto Elasti-mamma ancora estatica.
« Quella cozza nuda, nera, grandissima che ha fatto il picnic con noi. »
Nella lingua hobbit le cozze nude sono lumache senza guscio, uno scherzo della natura piuttosto abominevole.

Gli amici del pub

L'elasti-famiglia, a Ullapool, ha adottato un pub, dove cena tutte le sere, gestito da una signora arcigna e dal suo rubicondo marito.
Gli avventori del pub sono un campione rappresentativo degli abitanti di questo posto: coppie di fidanzati occhi negli occhi, ra-

gazzi che giocano a freccette, pensionati che si bevono una birra prima di andare a dormire e vecchiette che chiacchierano mangiando banana split. Su un muro del pub troneggia la testa di un cervo, con tanto di corna, che ha suscitato l'ammirato interesse degli hobbit, notoriamente dotati di gusto discutibile.
Il primo giorno l'elasti-famiglia è stata accolta al pub con diffidente sospetto.
Il secondo giorno un signore ha preso in braccio il nano piccolo e gli ha regalato una patatina fritta, assicurandosi gratitudine eterna.
Il terzo giorno gli hobbit hanno fatto il giro dei tavoli, stringendo le mani a tutti gli amici, mentre la signora arcigna offriva a Elasti-mamma l'immangiabile Toffee Tart e a Mister Wonder una pinta di birra.
Alla fine della serata, a suggello della nuova amicizia, l'arcigna signora ha sussurrato nell'orecchio del rubicondo marito una parola magica. Lui si è diretto verso l'inquietante trofeo al muro e ha schiacciato un pulsante.
Davanti a due hobbit estasiati e ai loro genitori basiti, il cervo si è animato, ha aperto la bocca e ha cantato *Everybody needs somebody to love.*
Elasti-mamma non si è ancora ripresa dallo shock e non osa immaginare quali sorprese potrà oggi riservare l'ultima serata al pub.

Ognuno per i fatti suoi

« Papà, basta stare con il fratellino, lascialo un po' tranquillo per i fatti suoi », dice lo hobbit grande.
« Vuoi che stia un po' con te? » chiede Mister Wonder.
« No, grazie. Anche io devo stare un po' per i fatti miei. E anche la mamma », risponde il nano.
« Be', allora dobbiamo fare vacanze separate. »
« Ma no, viaggiamo pure insieme. Però, quando arriviamo in un posto ognuno va per i fatti suoi. »

Normali mai

A Edimburgo l'elasti-famiglia ha dormito nella guest house di Johanna che gestiva da sola il traffico di venticinque stanze, probabilmente grazie all'aiuto della cocaina. Johanna sorrideva sempre e dispensava preziosi consigli di vita.
A Callander l'elasti-famiglia è stata ospite della fattoria di Rita, una signora ciclotimica che un giorno era garrula e logorroica e un altro ombrosa e acida.
A Ullapool l'elasti-famiglia ha trovato l'alberghetto di Manfred, un tedesco trapiantato in terre aspre e battute dai venti, per amore. Manfred non sorrideva mai e se avesse potuto avrebbe volentieri fatto fuori gli hobbit.
Ad Aviemore l'elasti-famiglia soggiorna nel bed&breakfast di Laureen, nevrotica snob, uscita da un film di Woody Allen. Laureen usa lenzuola di lino e tovaglie ricamate ma a colazione lesina sul latte, non concede più di un toast a testa e quando lo hobbit grande le ha chiesto di avere una doppia razione di Choco Pops le sono venuti i sudori freddi e si è dovuta sedere.

Martedì, 31 luglio

Fraterne diversità

L'elasti-famiglia ha trascorso sette fantastiche ore nello Highland Folk Museum di Newtonmore, un museo all'aria aperta che ricostruisce case, negozi, scuola e fattorie dei primi del Novecento e un villaggio di contadini del Settecento con case di paglia, animali veri e personaggi-attori in costume.
Lo hobbit piccolo ha passato mezz'ora a osservare il funzionamento di un mulino ad acqua e ha emesso gridolini di piacere nel laboratorio del falegname. Lo hobbit grande ha toccato l'aratro manuale, il telaio e gli attrezzi per fare il burro poi ha chiesto se poteva toccare anche le tette della signorina bionda vestita da contadina del 1700.

Porno toilets

L'elasti-famiglia questa sera ha cenato in un pub di Aviemore. Lo ha scelto perché nell'insegna c'era scritto «Home cooking» e «Families welcome». Elasti-mamma, prima di sedersi al tavolo, è andata nel bagno delle donne, con lo hobbit grande, per lavarsi le mani.
«Mamma, cosa c'è in quella scatola?» ha chiesto il nano indicando uno di quei distributori automatici che vendono di solito assorbenti igienici o, al massimo, preservativi Settebello.
Il distributore dei bagni delle donne del pub amico delle famiglie e con la cucina casalinga offriva i seguenti, indispensabili articoli:

1. Pecora gonfiabile (*fun inflatable sheep*).
2. Vibratori doppi e singoli (*bunny lugs and vibrator*).
3. Manette (*handcuffs*).
4. Condom solo per rapporti orali (*blow-doms for the ultimate blow*).
5. Cioccolata al Viagra (*choc-agra, chocolate with natural stimulant*).
6. Tanga commestibile (*fun undies edible thong*).

Le famiglie scozzesi hanno orizzonti parecchio ampi.

Elasti-digressione 7
Italia-Brasile 2-3

Londra, 17 luglio 1994.
Sala TV di un fatiscente pensionato universitario. Un centinaio di studenti sta guardando la partita, in religioso silenzio. Italia-Brasile. Finale dei Mondiali di calcio.
L'80 per cento di loro ha la faccia pitturata di verde e giallo. Alcuni sono brasiliani, altri inglesi, altri tedeschi e francesi. Tifano tutti per il nemico.
Elasti-mamma è seduta per terra, in un angolo.
Si spalanca una porta in fondo alla sala. «Oooh! Vi ho trovati finalmente! Allora? Stiamo vincendo? Che succede? Cos'è questo mortorio?»
Sembra un folletto. Parla a voce altissima, in italiano, con un marcato accento barese. Nessuno lo capisce.
Ha uno sguardo spiritato e capelli ricci fuori controllo.
Questo è un pazzo, ha pensato Elasti-mamma dal suo angolo per terra.
Era Mister Wonder.

Elasti-mamma ha scelto Mister Wonder perché:
1. Quando alzò lo sguardo e lo vide, pensò anche «è lui e non c'è via di scampo».
2. Mister Wonder alla tenera età di nove mesi abbandonò il pannolino, anzi il ciripà, e iniziò a fare regolarmente uso del vasino. Questa è naturalmente una leggenda ma se fosse vera sarebbe senz'altro indice di intelligenza fuori dal comune.
3. Alla domanda «Quali sono le donne più sexy del sistema solare?», Mister Wonder risponde: «Elasti-mamma e Naomi Campbell», e il bello è che ci crede pure un po'.

4. Nonostante viva a Londra quattro giorni a settimana da quasi dieci anni, Mister Wonder non dice mai «Ti foruardo una meil», «Sei il mio benchmark», «Ho skippato la lezione». Parla italiano, con un marcato accento barese, ma comunque italiano.
5. Mister Wonder fa ridere Elasti-mamma e le ha insegnato a non prendersi mai sul serio. Se Elasti-mamma si prendesse sul serio sarebbe pesante come l'uranio.
6. Mister Wonder è inquieto e ha bisogno di un baricentro. E a Elasti-mamma fare il baricentro non dispiace affatto.
7. Mister Wonder è un uomo del Sud e Elasti-mamma è irresistibilmente attratta dagli uomini del Sud.

Elasti-mamma ha scelto Mister Wonder nonostante:
1. Sia un bacchettone, incapace di alcune sane trasgressioni come il cioccolato, la panna montata con le fragole, il salame e lo shopping compulsivo.
2. Soffra il mal di mare e rischi di vomitare persino sul brucomela dei giardinetti.
3. Abbia un deficit cromosomico che lo rende incapace di fare figlie femmine.
4. Faccia docce gelide e dorma con le finestre aperte 365 giorni l'anno altrimenti «ci si rammollisce».
5. Abbia un'insana passione per il *Signore degli Anelli*, per *Guerre Stellari* e per i fumetti, di cui ha una collezione da diecimila volumi che, come un blob, prima o poi, avrà il sopravvento sull'elasti-famiglia.

AGOSTO

Mercoledì, 1° agosto

Renne, zozzume e sensi di colpa

Nel 1944 un signore svedese venne in Scozia in luna di miele. Vide foreste, boschi e laghi che gli ricordavano il suo paese.
«In questo posto non possono non esserci le renne!» esclamò perentorio.
Detto fatto.
Il signore svedese dedicò gli anni successivi a trasferire le renne dalla Svezia alle Highlands centrali.
L'elasti-famiglia ieri mattina ha avuto un incontro ravvicinato con le renne che sono animali mansueti e simpatici. Gli hobbit hanno dato loro da mangiare e si sono fatti leccare dalla testa ai piedi. Mister Wonder e Elasti-mamma anche.
Terminata la gita tra le renne l'elasti-famiglia è andata a fare il solito picnic di mezzogiorno, su una gelida spiaggetta affacciata su uno dei mille laghi della Scozia.
«I am the lord of the beach», esclamava spavaldo il delirante Mister Wonder mentre preparava i panini all'elasti-famiglia.
Al termine del ricco banchetto a base di prosciutto di Parma, salame felino, parmigiano reggiano, pane, yogurt Muller al limone e mele del Trentino (il cibo scozzese è stato definitivamente bandito dalla dieta familiare), the lord of the beach è impallidito.
«No! Non ci siamo lavati le mani dopo l'incontro con le renne! Siamo degli zozzi schifosi, degli irresponsabili!» ha detto, divorato dal senso di colpa.
Non è escluso che nelle prossime ore il morbo della renna dispieghi la sua micidiale potenza e spazzi via la zozza elasti-famiglia.

Giovedì, 2 agosto

Bilanci di fine viaggio

La vacanza scozzese è finita. Oggi l'elasti-famiglia è tornata in Italia. L'esperimento « viaggia con gli hobbit » può dirsi riuscito. Viaggiare con bambini in età prescolare è possibile, a tratti è persino divertente, a condizione che:
1. Non si contempli il riposo.
2. Non si contempli la lettura.
3. Non si contempli il sesso.
4. Non si contempli il libero arbitrio.
5. Non si contempli l'audio-guida nei musei.

Ipocondria e panico

Sms da Elasti-mamma alla saggia dottoressa Tic Tic, pediatra degli hobbit: « Gli hobbit si sono fatti leccare dalle renne in Scozia, poi hanno fatto il picnic senza lavarsi le mani. Lo so, non si fa. Siamo due genitori degeneri. Da due giorni Mister Wonder è in preda al panico. Teme che il morbo della renna si abbatta contro gli hobbit facendone polpette. Possiamo fare qualcosa? »
Sms dalla saggia dottoressa Tic Tic a Elasti-mamma: « Non sarà successo nulla. State tranquilli. Non fate nulla e godetevi la vacanza ».
Mister Wonder ha finalmente ripreso a respirare.
Elasti-mamma vuole lasciare quell'uomo ansioso e ipocondriaco e sposare la dottoressa Tic Tic.

Venerdì, 3 agosto

Tutti al mare

L'elasti-famiglia è in partenza per Harmony Beach. Trascorrerà un mese con Towanda e Mister Brown. Soggiornerà in un bizzarro posto, dove le strade hanno nomi di fiori, le case sono bianche e tutti si conoscono.
Ad Harmony Beach:

1. Si va al mare.
2. Si prende il fresco in pineta.
3. Ci si aliena in piazzetta, guardando gli hobbit giocare.
4. Si spettegola sugli altri villeggianti.

E nient'altro.

Sabato, 4 agosto

Croci celtiche e integralismi

Ad Harmony Beach si conoscono tutti, ma proprio tutti.
Quest'anno, di fronte alla casa presa in affitto in via della Concordia numero 23, Mister Wonder ha scoperto che abita la « bbestia », con moglie e bestiole.
La bbestia è un uomo colossale e molto muscoloso, dallo sguardo ottuso e feroce. Ha capelli a spazzola e una croce celtica al collo. Ha una moglie ariana, Jessica, con l'aria afflitta e gli addominali scolpiti. Le bestiole sono tre, due bambine, Vittoria e Fiamma, e il Rottweiler Italo.
Elasti-mamma spera che gli hobbit non fraternizzino troppo con le piccole ariane e con Italo e che Mister Wonder non aizzi la bbestia, sventolandogli *Marxism and Democracy* sotto il naso.
In compenso in via della Concordia numero 25, accanto all'elasti-famiglia, ci sono ferventi teocon di Vicenza. Maria, la mamma, aspetta il settimo figlio e si occupa degli altri sei con l'abnegazione e la sollecitudine di chi è votato a una missione, ha uno sguardo estatico, a tratti allucinato. Giuseppe, il padre, legge la « Gazzetta dello Sport ».

Domenica, 5 agosto

Racconti scozzesi

« Come è andata in Scozia? » chiede la nonna allo hobbit grande.
« Benissimo. Io non capivo gli scozzesi e loro non capivano me », risponde compiaciuto.
« Allora sarai contento di essere tornato in Italia, dove tutti ti capiscono. »

«Insomma... in Italia se in mezzo a una strada urlo "Cacca fritta!" tutti mi guardano male. Se invece grido "Cacca fritta!" in Scozia, tutti mi sorridono e mi dicono anche *tenkiù*» risponde lo hobbit, e poi prosegue: «Nonna, sai che io ho visto anche la camera di Maria Stuarda in Scozia?»
«Veramente? E chi è Maria Stuarda?» chiede Towanda.
«È una regina scozzese sfortunatissima. Ha avuto un sacco di disgrazie», spiega mesto. «Per esempio aveva un portinaio, anzi no, un postino...» continua lo storico in erba.
«Era un segretario», lo interrompe Elasti-inopportuna.
«Vabbè, Maria Stuarda aveva un postino che le faceva molta compagnia. Ma suo marito lo ha ammazzato.»
«E perché lo ha ammazzato?»
«Era geloso. Quando il postino e la regina stavano mangiando, il marito di Maria è arrivato con i suoi uomini e, *tah tah tah,* lo ha colpito con cinquanta coltellate. Poveretto il postino. E poveretta anche Maria», racconta con tono grave.
La nonna è annichilita dall'orrore.
«Ma non è finita, cara nonna. Maria è scappata da sua cugina, regina d'Inghilterra, per farsi proteggere. Ma sua cugina l'ha messa in prigione e poi Maria è morta. Poveretta», conclude.
«Ma Elasti... era proprio il caso di raccontare al bambino queste storie cruente?» chiede Towanda turbata.

In Scozia lo hobbit ha visto i delfini, ha fatto un picnic con le foche, ha dato da mangiare alle renne e ha ascoltato le cornamuse. Perché alla nonna deve raccontare proprio dello sbudellamento del postino di Maria Stuarda?

Lunedì, 6 agosto

Il maniaco della spiaggia

È nudo come un verme e bianco come una mozzarella. Ha la bocca spalancata e l'occhio spiritato. Emette ululati di piacere a intermittenza. Corre scompostamente verso l'acqua, tra l'inquietudine dei bagnanti. Si getta incosciente tra le onde. È in estasi ma rischia di affogare.

Lo hobbit piccolo ha conosciuto il mare e se ne è innamorato.

Tutti alla baby dance

Ad Harmony Beach c'è una piazzetta. Intorno alla piazzetta ci sono il bar, l'emporio, il minimarket e l'edicola di Rosa e Nicoletta, le fascinose giornalaie.
Al centro della piazzetta, alle 22.00 in punto, c'è la baby dance. È un appuntamento imperdibile per tutti i bambini e i loro genitori. Sulle note di *Il coccodrillo come fa, Mambo n. 5* e dell'intramontabile *Gioca Jouer*, decine di minuscoli nani ancheggiano felici.
Elasti-mamma e Mister Wonder, gli anni scorsi, sono sempre riusciti a evitarla, considerandola abbrutente per grandi e piccini. Adesso tuttavia le pressioni esogene ed endogene aumentano.
«Ma come? Non venite alla baby dance!?» chiedono le elastiamiche.
«Siete due snob, i bambini si divertirebbero così tanto...» pensano, e talvolta dicono, gli altri genitori in spiaggia.
«Ne farete due diversi, due bacchettoni come voi», rincara un papà baby dance-dipendente.
«Mamma, Stella mi ha detto che lei la sera fa la *bebidens*. Posso farla anche io? Ma cos'è questa *bebidens*?» ha domandato stamattina lo hobbit.
Elasti-mamma e Mister Wonder vacillano.
Una di queste sere potrebbero presentarsi, in incognito, armati di hobbit, in piazzetta per l'appuntamento trash dell'estate.

Martedì, 7 agosto

Mater dolorosa

Mater dolorosa si trascina stancamente sulla spiaggia, pallida come un cencio. Spesso sospira e di tanto in tanto geme. Sarebbe molto bella se non fosse tanto afflitta. Ha una bimba con il costume rosa e un bimbo con il dito in bocca. Ha un marito alto e allampanato che gioca senza requie con i suoi figli.

Mater dolorosa sulla battigia si è avvicinata a Elasti-mamma.
«È durissima, vero?» le ha sussurrato guardando il mare.
«Scusa?» ha domandato Elasti-mamma senza capire.
«I figli, il lavoro, la casa, le vacanze, la suocera, la sabbia che si appiccica ai piedi. È durissima, vero?» ha spiegato in un lamento monocorde.
«A volte, effettivamente...» ha balbettato Elasti-accondiscendente.
Da quel momento Mater dolorosa ha deciso che lei e Elasti-mamma sono amiche del cuore, sorelle di sventura, unite nel martirio.

Vissani all'elasti-tavola

Da quando il suo palato ha conosciuto i suggestivi orizzonti della cucina scozzese, lo hobbit grande si sente un raffinato gourmet. Da quando ha assaporato il rumine di pecora, il merluzzo affumicato e il porridge si erge a giudice dell'elasti-cucina, con l'arroganza di uno chef presuntuoso.
«Mmm... sono robuste e solide, poco cotte ma dure... come dire?... salate!» sproloquia ispirato davanti alle cotolette impanate.
«Ah! Manca qualcosa... forse un sapore, forse una spezia... è senza gusto, senz'anima», dice assaporando i fusilli con tonno e olive, con la solennità di un sommelier che degusta un Bordeaux.
Se continua così Elasti-mamma lo spedirà in un collegio delle Highlands a mangiare salsicce e *fish and chips* sotto la pioggia.

Mercoledì, 8 agosto

Così non ti lamenti

Towanda, la nonna degli hobbit, detesta i ruoli secondari. Quando gioca con i nipoti lei è sempre il leader e difficilmente tollera la sconfitta.
Quando giocano ai tre moschettieri, Towanda è D'Artagnan, quando giocano agli indiani, Towanda è il capo, quando giocano ai cavalieri, lei è il re, talvolta l'imperatore.

« Nonna, ho pensato a un gioco », ha detto lo hobbit grande stamattina tra le onde.
« Ti ascolto. »
« Io ero Batman, tu eri Superman. Sono due supereroi, tutti e due fortissimi. Così non ti lamenti. »

Giovedì, 9 agosto

Peccati di gola e agrumi

« Che dici, ti piace questo? »
« Ma ce l'ha la panna? »
« No, però ha tantissimo cioccolato. »
« Non so. Magari è meglio quello con la crema e il croccante. »
« Ho trovato! Tartufo al cioccolato e all'arancia. Come ti sembra? »
« Fantastico. »
Dopo avere scelto la loro trasgressione, vanno alla cassa, mano nella mano, felici.
Sono Elena e Ivan.
Elena è proprio bella, un po' sorniona. Ivan è alto e muscoloso, il tipo d'uomo che sa cambiare le pastiglie dei freni dell'auto e montare le mensole in salotto. Dieci anni fa hanno avuto un bimbo. Erano ragazzini. Sembrò un errore ma non lo fu affatto.
Elasti-mamma li ha incontrati al minimarket di Harmony Beach. Ha osservato la loro complicità e li ha immaginati mentre, accoccolati sul divano, divorano insieme il tartufo, con un solo cucchiaino. Elasti-mamma è stata colta da un irrefrenabile desiderio di emulazione e ha deciso di proporre a Mister Wonder una trasgressione di gola, insieme, di nascosto, uniti nel peccato.
Mister Wonder tuttavia non ama il cioccolato, non ama il gelato, non ama la crema pasticcera, non ama le torte, non ama nemmeno il salame, le patatine fritte o le Pringles. Mister Wonder è un triste bacchettone, ma Elasti-mamma gli dà una possibilità.
« Amore, facciamo una trasgressione alimentare pazzesca, tu e io, soli, come Elena e Ivan, pecchiamo insieme? » chiede Elasti-tentatrice.

« Dai sì! Potremmo mangiarci uno Sterzing Vipiteno al limone! » risponde Mister Wonder entusiasta.
Di fronte al barattolo di yogurt sudtirolese al deprimente gusto agrumi, Elasti-mamma si arrende all'evidenza: Mister Wonder è una causa persa.

Venerdì, 10 agosto

Cattivi sentimenti

In spiaggia.
Un piccolo hobbit barcollante si avvicina con sguardo lubrico a un secchiello non suo e allunga la sua mano grassoccia. Il proprietario dell'oggetto del desiderio è un nano biondo con un pannolino impregnato di sabbia, acqua di mare e molto altro. Il nano biondo sta addentando un bombolone e non si cura del suo secchiello.
La madre, un'ossuta signora con occhiali da mosca, afferra il secchiello, lesta come una faina, e lo nasconde al piccolo hobbit che la guarda interrogativo.
« Insomma, Edoardo! Se non impari a dire "È mio" gli altri bambini continueranno a rubarti i giochi », dice la mosca al biondino, mentre ripone il secchiello in un sacco.
Elasti-mamma nei successivi dieci secondi valuta il da farsi:

1. Spiegare alla signora che la proprietà privata è un furto e che, quando ci sarà la rivoluzione, per quelle come lei non ci sarà spazio.
2. Prendere la pala di ferro dello hobbit grande e massacrare la signora e i suoi occhiali da mosca a palettate.
3. Coprirla di insulti.
4. Prendere lo hobbit per mano e andarsene con sprezzante signorilità, per poi tormentarsi per il resto della giornata pensando a tutto quello che si sarebbe potuto dire e fare e non si è né detto né fatto.

Naturalmente Elasti-mamma, rabbiosa come una iena ma repressa fino al midollo, ha optato per l'opzione 4 e ancora adesso si rode.

Sabato, 11 agosto

Supereroici risvegli e narcolessia

«Sono le 4 e 30 minuti, è ora di svegliarsi! Sono le 4 e 30 minuti, è ora di svegliarsi!»
A questa improbabile ora della notte, tutte le notti, una metallica voce femminile squarcia il silenzio dell'elasti-casa ad Harmony Beach. È la sveglia di Mister Wonder, che si infligge queste torture antelucane per lavorare.
«Tra le 4.30 e le 7.30 la mia produttività è alle stelle», dice.
Elasti-mamma invece è affetta da narcolessia. Dorme la sera, dorme la notte, dorme la mattina. Dorme anche il pomeriggio.
Appena gli hobbit si allontanano, Elasti-mamma dorme.
Dorme di un sonno incoercibile, senza sogni e senza pensieri.

Domenica, 12 agosto

La ricetta del mare

«Mamma, sai di cosa è fatto il mare?» chiede lo hobbit grande mentre fluttua tra le onde.
«No, dimmelo tu.»
«Il mare è fatto di acqua, di sale e di pipì.»

Amore e *carinezza*

«Mamma, mi sono innamorato», dice lo hobbit grande.
«Ancora?» chiede Elasti-mamma.
«Già. Mi sono innamorato di quella ragazza con le trecce che c'era ieri sera in piazzetta», prosegue assorto.
«Maddalena?»
«Sì.»
«Ma nano, lei ha dodici anni e tu ne hai quattro!»
«E allora? Ieri si è avvicinata e con tanta *carinezza* mi ha chiesto se volevo ballare. Come facevo a non innamorarmi?»

Lunedì, 13 agosto

Non sparate sull'animatrice

Ad Harmony Beach la sera non c'è pace. Alle 22.00, dopo che decine di nani abbronzati hanno ancheggiato al ritmo della baby dance, inizia l'animazione per i grandi.
Fino all'anno scorso l'animazione consisteva in:
1. Balli di gruppo, detti anche «social dance».
2. Gare di barzellette.
3. Corrida, ovvero: villeggianti allo sbaraglio.
4. Karaoke.

A guidare queste pirotecniche serate c'era un gruppetto di gioviali animatori, probabilmente cocainomani. Da quest'anno però si respira un'aria nuova. Da quest'anno Giovanna è il capo dell'animazione.
Giovanna porta occhialetti tondi come Gramsci, legge «il manifesto» e canticchia *Bandiera Rossa*. Giovanna vuole scardinare il sistema dall'interno e ha deciso che la rivoluzione proletaria deve partire da Harmony Beach e dalla sua animazione. Giovanna ha organizzato seminari pomeridiani sui rapporti tra l'arte bizantina e l'arte pugliese nel Medioevo. Ha occupato la chiesetta del villaggio, sfrattando prete e beghine, per farne un cineforum con dibattito obbligatorio annesso. Ha sostituito l'aerobica del mattino con il «saluto al sole» e il risveglio muscolare sulla spiaggia con un corso di tai chi chuan.
La sera, al posto della social dance, ci sono i *Monologhi della vagina* e invece della gara di barzellette si ascolta Mozart in silenzio. La corrida-villeggianti allo sbaraglio è stata eliminata in quanto umiliante e controrivoluzionaria.
Tuttavia la fervida intraprendenza di Giovanna raggiungerà il suo apice a Ferragosto.
Nella notte clou dell'estate ad Harmony Beach non si ballerà ubriachi sotto le stelle fino all'alba. Nella notte clou dell'estate Giovanna infliggerà ai malcapitati villeggianti una lezione dal titolo «Teatro e arti visive balcaniche».
Difficilmente Giovanna e la sua animazione alternativa arriveranno vive alla fine di questa estate.

Martedì, 14 agosto

La zia matta e il villaggio che non c'è

La zia matta è la sorella minore di Mister Wonder. Ha capelli biondi, l'aria angelica e la testa tra le nuvole. La zia matta è inquieta e fa l'antropologa. Ha avuto un'offerta per andare a lavorare in India, in un villaggio tribale che si chiama Paderu.
Paderu sulle carte geografiche non c'è. A Paderu non arrivano strade. A Paderu parlano una lingua che si chiama telugu. Paderu non si trova su Internet. Paderu forse non esiste.
« A Paderu c'è la malaria! » dice Towanda.
« A Paderu non c'è acqua potabile! » dice Mister Brown.
« A Paderu ci sono ospedali? » chiede Mister Wonder.
« Cosa si mangia a Paderu? » domanda l'ingordo hobbit grande.
« Paderu è un'opportunità magnifica », dice la zia matta radiosa che forse, tra qualche mese, partirà per il villaggio che non c'è.

Mercoledì, 15 agosto

Basta non dirlo

« Io amo Maddalena e voglio fidanzarmi con lei », dice lo hobbit grande a Towanda e alla zia matta, tornando dalla spiaggia. « Però ho bisogno di una tecnica per avvicinarla. »
« Potrei chiedere un consiglio allo zio con l'orecchino al naso che è un figo pazzesco, ma ora è lontano. Potrei chiedere a Legolas che è un elfo fortissimo del *Signore degli Anelli*, ma non esiste », si dibatte il nano.
« Perché non chiedi a papà? » azzarda la zia matta.
Lui la guarda di sottecchi. « Nooo! Non è adatto », dice prima di piombare in un mutismo pensieroso. « Vabbè. Chiederò al nonno », conclude rassegnato.
« Scusa, nano. Ma tu non hai già parecchie altre fidanzate? » chiede Towanda.
« E allora? » risponde senza capire.
« Non saranno gelose se tu ti fidanzi con Maddalena? » lo incalza la zia.

« Basta non dirglielo », si erge tronfio, nei suoi centodieci centimetri di bastardaggine.
« Ma scusa », domanda Towanda, « se tu sapessi che una delle tue ragazze si è fidanzata con un altro, che faresti? »
« Diventerei una bestia. »
Da quando lo hobbit ha esternato il suo becero pensiero, la nonna interroga di continuo Elasti-mamma. « Ma chi insegna queste cose al bambino? » ripete preoccupata.
Mister Brown, il nonno, impartisce lezioni di lealtà e sincerità a uno hobbit distratto, mentre la zia matta chiede con insistenza una nipotina femmina.

Giovedì, 16 agosto

Non strapparmi il cuore

Nino cattura i polipi e li sbatacchia sugli scogli.
« Nino arriccia i polipi. Io posso arricciare le cozze nude? » chiede ammirato lo hobbit grande.
Nino ha una moglie e due figlie, molto belle, altere e volitive.
« Nino, sbrigati! Nino, ti sei dimenticato di fare la spesa! Nino, sei un disastro! Nino, mi accompagni? Nino, voglio fare l'attrice. Nino, scordati che io mi sposi! Nino, ci vuoi bene? » dicono le donne di casa.
Nino scuote la testa, rassegnato al suo destino di soldato semplice.
Quando lo hobbit piccolo gioca in mare, Nino non lo perde mai di vista. Per lo hobbit piccolo Nino costruisce castelli, fa le boccacce e i versi degli animali e trova stelle marine.
Stamattina lo hobbit piccolo in spiaggia aveva sonno ed è crollato sulla spalla di Nino.
« Dammelo pure, lo prendo io », ha proposto Elasti-mamma.
« Tu vuoi strapparmi il cuore! » ha replicato Nino, stringendo il fagotto sudaticcio.
Lo hobbit piccolo ha dormito quasi un'ora spalmato sul povero Nino che, immobile, guardava l'orizzonte sorridendo, sotto un sole torrido.

Venerdì, 17 agosto

Semini e imbarazzi

Stamattina Elasti-mamma è in modalità logorio-e-sfinimento.
«Non sarebbe bello avere un terzo hobbit?» chiede melliflua a un Mister Wonder annientato da una notte brava di pizzica e tamburello.
Il supereroe mugugna inzuppando un cornetto alla crema nel latte.
«Dai! Sarebbe bellissimo e ci divertiremmo un sacco. Se facciamo il numero tre ti prometto che andiamo sempre in vacanza nei posti con il tempo orrendo, come piace a te. Dopo la Scozia potremmo andare nello Yorkshire, nel Galles, nel Surrey dove c'è la mucca pazza. Pensa che meraviglia», incalza Elasti-martello.
Mister Wonder affonda il naso nella tazza.
«Mamma, ma chi decide se nasce un fratellino o una sorellina?» chiede lo hobbit, inserendosi nell'elasti-monologo.
«Nessuno lo decide, dipende dal semino del papà, ma non si può scegliere.»
«Ah.» Lo hobbit è pericolosamente meditabondo. «Ma... il semino del papà...» prosegue implacabile.
Hai solo quattro anni e io non sono pronta. Quindi ti prego: non chiedermelo adesso. Ora non so rispondere. Ora non lo so come si fanno i bambini. Ci devo pensare. Ti prometto che mi informo, studio e ti stupirò con una spiegazione fantastica. Con la migliore spiegazione della migliore mamma del mondo. Ma ora no no no.
Elasti-mamma ha i sudori freddi e lo stomaco chiuso.
«Ma il semino del papà... come entra nella pancia della mamma?» chiede l'innocente creatura.
«Oh! Il piccolo ha fatto la cacca. Vado a cambiarlo!» dice Mister Vigliaccheria smaterializzandosi.
«Ehm. Il papà e la mamma si fanno moltissime coccole, si danno tanti baci e il semino entra nella pancia della mamma», balbetta Elasti-mamma.
«Ho capito. Il semino entra dalla bocca!» esclama trionfante lo hobbit.
«Non esattamente, nano.»
«Uh mamma guarda. C'è una cozza nuda sotto il tavolo!»

Elasti-mamma giura eterna gratitudine all'abominevole lumaca senza guscio.

Sabato, 18 agosto

Gli indesiderati effetti collaterali di faccia d'amore

Lo hobbit grande è innamorato di Maddalena che non lo degna di uno sguardo. Deluso dai consigli di Mister Brown che ha impartito una dotta lezione di cavalleria, lo hobbit ha fatto di testa sua. Per raggiungere l'ambito traguardo ha puntato a Giovannino, cuginetto di Maddalena.

Giovannino in quarantotto ore è diventato migliore amico, compagno di giochi, di bagni, di avventure e di merende dello hobbit.

Da due giorni l'elasti-famiglia ha perennemente al seguito un selvaggio quattrenne che:

1. Lancia bottiglie dalla scogliera.
2. Fa rutti e puzze.
3. Dice *fangulo* a ogni pie' sospinto.
4. Sputa per terra.
5. È convinto di essere Rey Mysterio, campione di Wrestling.

« Mamma, da quando sono amico di suo cugino, Maddalena mi guarda con faccia d'amore », dice languido lo hobbit mentre Giovannino la belva smonta con i denti il triciclo del nano piccolo.

Mister Brown si emoziona

Giovanna, l'animatrice intellettuale e rivoluzionaria della Harmony Beach, ha chiesto a Mister Brown di leggere, davanti a un pubblico di villeggianti assetati di cultura, l'incipit di *Cent'anni di solitudine.*

Mister Brown ha capelli e barba bianchi, un viso dolce e gli occhi buoni. D'estate fa il nonno degli hobbit, d'inverno insegna. Mister Brown è abituato a parlare davanti a centinaia di studenti, ma ieri sera, sul palco, di fronte all'elasti-famiglia, gli tremava la voce.

Domenica, 19 agosto

Nevrosi hobbit

I bambini sono feticisti. Lo hobbit piccolo ama le scarpe.
I bambini sono maniacali. Lo hobbit piccolo non tollera il disordine.
I bambini al mare giocano con la sabbia. Lo hobbit piccolo al mare raccoglie le scarpe. Raccoglie zoccoli, infradito, sandali e ciabatte e li consegna ai legittimi proprietari perché non sopporta che stiano scalzi. Brandendo trampoli con la zeppa lo hobbit piccolo scuote signorine in tanga leopardato stese sul bagnasciuga, sventolando Birkenstock insegue giocatori di racchettoni, agitando sandaletti colorati infastidisce nani a mollo nelle loro piscinette gonfiabili.
Feticista, maniacale e molesto. Prima o poi gli proibiranno l'accesso alla spiaggia.

Lunedì, 20 agosto

Puzza di lombrico

Oggi, a sorpresa, è arrivato lo zio con l'orecchino al naso, il fratello di Mister Wonder. È arrivato dopo un viaggio alla-spera-in-Dio in Marocco. È arrivato dopo una notte all'addiaccio in un aeroporto.
È arrivato, bello, sudato, abbronzato e più tamarro che mai. È arrivato carico di regali e racconti e ha trasformato la casa di Towanda e Mister Brown in un suk di meraviglie.
Lo hobbit grande gli è saltato al collo gridando di felicità e lo zio lo ha fatto volare.
« Zio... puzzi di lombrico », ha detto il nano perplesso, atterrando.

Martedì, 21 agosto

Cuore di mamma

Mater dolorosa, la signora dolente e afflitta che mette quotidianamente a parte Elasti-mamma delle indicibili fatiche di madre in vacanza, oggi era di buon umore.

« Vorrei raccontarti delle sofferenze inumane del parto », ha detto, dondolandosi avanti e indietro sulla battigia, con il suo nano piagnucoloso in braccio.
« Prego, fai pure », ha risposto Elasti-mamma, immersa nella lettura della pirotecnica vita erotica di Rupert Everett.
Dopo un'estenuante cronaca di travaglio, dilatazioni, spinte e dolori strazianti, « quando è uscito, Filippo era orribile: aveva enormi orecchie e un enorme pisello », ha concluso Mater dolorosa.
Il vendicativo Filippo, nel frattempo, ha fatto la cacca, addosso alla sua mamma.

Mercoledì, 22 agosto

L'irresistibile Carmen, ovvero: *tertium datur*

La zia matta ha invitato ad Harmony Beach la sua amica Carmen, di Barcellona.
Carmen ha forme morbide e rotonde, voce profonda e sensuale, fascino mediterraneo e un luccichio trasgressivo e beffardo nello sguardo.
« Deve essere mia, almeno per una sera », dice Riccardo, amico dell'elasti-famiglia.
« Scordatelo, l'ho conosciuta prima io », ribatte lo zio con l'orecchino al naso, in preda a bollenti spiriti dopo il viaggio in Marocco.
Carmen dispensa sorrisi e ammiccamenti ai due bellimbusti, in modo equo e imparziale.
« La voglio! Ha l'aria torbida e puzza d'inferno, proprio come piace a me », sospira Riccardo.
« Questa sera ci provo », gli fa eco lo zio.
« Giochiamocela a testa o croce! » propone Riccardo.
« Invitiamola a cena e poi si vede », replica lo zio.
« Vabbè, te la lascio, sono un cavaliere », dice Riccardo magnanimo.
« Sul serio!? Ma no dai, tu non batti chiodo da una vita, è tua », incalza lo zio.
Mentre questi esemplari di machismo italico si palleggiano la

donzella come fosse un frisbee, la bella catalana si materializza. È accompagnata da un energumeno pluritatuato, con un piercing che gli trafigge la nuca. Si tengono per mano e si scambiano occhiate roventi.
« Lui è Rocco, l'ho conosciuto questo pomeriggio in spiaggia. Non vi dispiace se viene con noi a cena, vero? » chiede l'irresistibile Carmen.

Giovedì, 23 agosto

Cerco un pelato che si chiama Aldo

Elasti-mamma e Mister Wonder si sono concessi la colazione al bar, mollando gli hobbit dai nonni. Stanno divorando voluttuosamente un cornetto crema e cioccolato e leggendo pigramente i giornali quando si materializza un minuscolo nano.
« Avete visto un pelato che si chiama Aldo? È il mio papà e l'ho perso », chiede.
« No, non abbiamo visto nessun pelato che si chiama Aldo, ma siamo due supereroi potentissimi e te lo troviamo all'istante », risponde baldanzoso Mister Wonder che parte alla ricerca di Aldo il pelato.
« Siediti qui che aspettiamo insieme il tuo papà », propone Elasti-mamma.
Il nano si accomoda. Si chiama Alessio, ha cinque anni, ama Superman ma anche i Gormiti e le lasagne, sa fare le capriole e sputare lontano. Andrà a scuola a settembre ma sa già contare fino a centomila. Da grande farà il subacqueo.
Proprio quando Alessio sta sfidando Elasti-mamma a braccio di ferro (« Sono campione atomico di braccio di ferro. Hai coraggio? »), un urlo fa tremare i tavolini del bar.
« Argh! Brutto scemo de un cretino! Te sto a cerca' da mezz'ora. Mo' te gonfio. »
È un signore furioso. È pelato e probabilmente si chiama Aldo. Solleva il campione atomico per un braccio e lo scaraventa per terra.
I due si smaterializzano, inghiottiti dall'ira funesta di Aldo.

Venerdì, 24 agosto

La guerra del pacifico Mister Brown

Mister Brown, il nonno degli hobbit, è un uomo buono e mite.
« Mister Brown, mi peli quaranta quintali di patate che voglio fare un purè per l'intera Harmony Beach? » chiede Towanda.
« Con piacere », risponde sorridendo.
« Papà, sono rimasto senza benzina a centocinquanta chilometri da casa. Mi vieni a prendere? » chiede lo zio con l'orecchino al naso telefonando alle quattro del mattino.
« Arrivo subito », dice il sant'uomo.
« Voglio andare a lavorare gratis in Messico, per aiutare le madri zapatiste. Anzi no, vado a Paderu, il paese che non esiste, lì hanno bisogno di me », dice la zia matta.
« L'importante è che tu sia felice », replica lui, rassicurante.
« Nonno, le pigne mi piacciono tanto. Ne raccogliamo una *miliarda*? » supplica lo hobbit grande.
« Certo, avevo proprio voglia di andare a prendere qualche pigna », dice Mister Brown, interrompendo la lettura del giornale.
Mister Brown non ha nemici, tranne uno.
Mister Brown odia, con tutte le sue forze, le cozze nude, le abominevoli lumache senza guscio che, con il calare del sole, si materializzano, disgustose e viscide, nelle case di Harmony Beach.
Mister Brown combatte da anni la sua guerra contro i piccoli mostri, con una ferocia e una crudeltà inaudite.
« Devono morire tra atroci sofferenze! » esclama il sadico Mister Brown. « Devo disintegrarle. Che dite? Potrei comprare un lanciafiamme », prosegue, assetato di sangue. « Mi fanno schifo », conclude al termine del quotidiano combattimento.
Mister Brown ieri sera ha scoperto il sale e il suo atroce effetto sulle cozze nude.
« Il sale le scioglie all'istante. Il sale disintegra quelle creature sataniche. »
Mister Brown ha vinto la sua guerra.
Esultando, cosparge la casa di sale grosso, come i romani fecero con Cartagine.

Sabato, 25 agosto

Non è servito a niente

Lo hobbit grande continua a essere innamorato di Maddalena. Maddalena continua a ignorarlo.
Lo hobbit continua a frequentare Giovannino, bambino selvaggio, cugino dell'amata, nella segreta speranza di fare breccia nel cuore della famiglia.
«*Fangulo! Fangulo! Fangulo!*» urla Giovannino mentre lancia proiettili di sabbia ai bagnanti.
«Mamma di Giovannino, Giovannino dice le parolacce!» dice l'infido hobbit spione.
La mamma rivolge al cielo uno sguardo rassegnato. «Quello dice sempre parolacce. L'altro giorno gli ho persino fatto uscire il sangue dalla bocca per farlo tacere. Non è servito a niente.»

Tutto da soli

«Zio con l'orecchino al naso, puoi dare un'occhiata agli hobbit mentre vado a comprare il latte?» chiede Elasti-mamma.
«Certo, non preoccuparti. Ti aspettiamo qui in piazzetta», risponde rassicurante lo zio.
Quando Elasti-mamma torna, lo hobbit piccolo è immerso fino al pannolino nel secchio della condensa dell'aria condizionata del negozio di frutta e verdura.
Lo hobbit grande si è schiantato al suolo dopo un salto mortale da un tavolino del bar e piange disperato.
«Hanno fatto tutto da soli!» si giustifica l'irresponsabile con l'orecchino al naso.

Domenica, 26 agosto

Tanto si lava

Giovannino, in uno dei suoi frequenti raptus di violenza cieca, si è lanciato a velocità massima con la sua bicicletta contro lo hobbit, scaraventandolo per terra.

«Giovannino, non si fa!» ha detto la mamma della diabolica creatura.
Giovannino, ora ti disintegro, ha pensato Towanda soccorrendo lo hobbit che giaceva piagnucolante a terra.
Giovannino non ha fatto una piega.
«Giovannino, è peccato! Se fai cadere il nano gli fai male e gli esce il sangue!» ha aggiunto la persuasiva mamma.
«E che fa? Se esce il sangue poi si lava», ha concluso Giovannino lapidario, pedalando lontano.

Lunedì, 27 agosto

Differenze di genere e grandi amori

Adele e Davide sono due amici di Elasti-mamma e Mister Wonder. Adele ha lunghissimi capelli corvini, gonne ampie da zingara, fascino mediterraneo e sguardo acuto. È combattiva e seduttrice. Davide ama il calcio, i tatuaggi e il diritto del lavoro. Ha un sorriso virile e dolce. È uno dei pochi esseri umani al mondo in grado di fare la lotta con gli hobbit per ore, divertendosi.
Adele e Davide sono appena tornati dai paesi baschi.
«Questo fanatico mi ha portata in pellegrinaggio negli stadi, al San Mames di Bilbao e al Mendizorrotza di Vitoria-Gasteiz. Ha persino preteso che imparassi i nomi e le formazioni delle squadre basche. Un incubo», dice Adele, tormentando la testa riccia di Davide con le sue dita sottili e nervose.
«E che dovrei dire io? Questa invasata a Bilbao mi ha trascinato alla mostra *Kiss kiss bang bang* sui quarantacinque anni di storia del femminismo... ero l'unico maschio nel raggio di chilometri, a parte quelli fatti a pezzi nelle opere d'arte», ribatte Davide, inforcando un paio di enormi occhiali a specchio.
Incredibile ma vero, Adele e Davide si amano follemente.

Martedì, 28 agosto

Due mostri alla nostra tavola

Ieri sera la zia matta e lo zio con l'orecchino al naso hanno invitato un amico bello, famoso e musicista, insieme alla fidanzata

dai boccoli biondi, a cena a casa dell'elasti-famiglia. L'ansia da prestazione era alle stelle.
« Elasti, tu occupati solo degli hobbit, alla cena pensiamo noi », hanno detto gli zii accendendo il fuoco per la brace.
Il musicista famoso e la fidanzata bionda si sono presentati, belli come il sole, con un'enorme torta, lo zio a torso nudo arrostiva salsicce e braciole, mentre la zia matta aveva disposto candele profumate ovunque per scaldare l'ambiente.
Gli hobbit sono generalmente creature amichevoli, a tratti simpatiche, talvolta divertenti. Nel corso della cena ieri sera sono successe le seguenti cose:

1. Lo hobbit piccolo, urlando come un invasato, ha tentato più volte di tuffarsi tra i tizzoni ardenti della brace.
2. Lo hobbit grande, sedendosi a tavola, ha chiesto: « Mamma, cosa vuol dire "cazzo"? »
3. Gli augusti ospiti sono stati colpiti da: un'ascia, varie frecce, costumi da bagno fradici e un tamburello.
4. Il nano piccolo ha infilato mani e avambracci nella sublime torta di panna gentilmente offerta da musicista e signora.

Al termine di questa performance, Elasti-mamma in grande imbarazzo si è ritirata con i suoi due mostri in camera da letto.
La serata è quindi potuta proseguire senza ulteriori incidenti.

Mercoledì, 29 agosto

Saturazioni

« Mamma, Giovannino mi ha detto *caccaingulo*. Cosa vuol dire *caccaingulo*? » chiede lo hobbit grande.
Soltanto l'imminente rientro a Milano impedisce a Elasti-mamma di scaraventare quel selvaggio di Giovannino dalla scogliera.

Un bel discorsetto

« Mamma, tra poco partiamo. Domani farò un bel discorsetto a Maddalena. Un discorsetto d'amore », dice lo hobbit con fare cospiratorio.

«Non sono sicura che sia una buona idea. Maddalena ha dodici anni. È molto più grande di te. Magari ha già un fidanzato e si imbarazza se le fai un discorsetto d'amore», dice Elasti-mamma che vorrebbe evitare che lo hobbit fosse esposto al pubblico ludibrio tra le ragazzine di Harmony Beach.
«Mamma, Maddalena è stata sposata, poi lei e il marito litigavano sempre. Ora si sono separati e lei è pronta per il mio discorsetto.»

Giovedì, 30 agosto

Ricordi

Domani l'elasti-famiglia lascerà Harmony Beach, saluterà Towanda e Mister Brown, lo zio con l'orecchino al naso e la zia matta e tornerà a Felicity Place.
Towanda, la nonna degli hobbit, è donna di grandi passioni. Da qualche giorno si aggira funerea, lanciando sguardi lacrimosi ai nipoti e maledizioni contro un destino spietato che li porterà presto nelle brumose pianure del Nord. Mister Brown, nonno mite ed equilibrato, è meditabondo e silenzioso, dietro la sua barba bianca e i suoi occhi buoni. Lo zio approfitta di queste ore per impartire gli ultimi trasgressivi insegnamenti ai ricettivi hobbit e portarli definitivamente sulla via della perdizione. La zia matta si è guadagnata sul campo la venerazione dei nani e si gode le ultime ore da divinità hobbit.
«Oh come farà la tua nonna senza di te?» sospira Towanda, struggendosi.
«Nonna! Basta fare la noiosa. Avremo i nostri ricordi! Io avrò i tuoi ricordi e tu avrai i miei ricordi, no?» la zittisce lo hobbit grande.

Venerdì, 31 agosto

Trascurabili differenze

Le vacanze sono finite. L'elasti-famiglia è tornata a casa. Il nonno T è all'aeroporto ad aspettare gli hobbit, Mister Wonder e Elasti-mamma.

«Nonno, ho una nuova fidanzata», ha detto lo hobbit grande, appartandosi con lui.
«E come si chiama?»
«Si chiama Maddalena. È bionda, ha gli occhi azzurri, porta il reggipetto e ha dodici anni», si confida compiaciuto.
«Dodici anni? Certo che c'è una bella differenza tra te e lei», esclama il nonno.
«A me non importano le differenze, quando ci si ama. Guarda te, per esempio. Tu sei un po' cicciottino e sei sposato con Matilde che è alta e magra...»

Elasti-mostro ovvero mea culpa

«Elasti bentornata! Vi ho preparato le polpette, l'insalata, vi ho comprato latte e biscotti e nel frigorifero c'è una sorpresa», dice garrula nonna K, felice per il ritorno a casa dell'elasti-famiglia.
«Grazie», grugnisce l'ingrata figliola, aprendo il frigorifero.
Nell'ultimo ripiano in basso troneggia un enorme pacchetto.
Sull'enorme pacchetto il nome di una pasticceria sublime.
«Non avrai mica comprato una torta?» chiede Elasti-acida aggredendo la povera nonna K.
«Be', sì. È la torta gialla, che ti piace tanto. Ho pensato anche ai bambini e a Mister Wonder.»
«Ma come ti è venuto in mente!? Io devo dimagrire, Mister Wonder non mangia dolci e gli hobbit... be', agli hobbit non piacerà sicuramente.»
La trasformazione di Elasti-mamma in Elasti-mostro è compiuta.
Nonna K è annichilita. «Avevo anche fatto scrivere "Bentornati" sulla torta...»
Per fortuna a cena Elasti-mamma ha assaggiato la torta gialla, ne ha divorate due enormi fette, si è tranquillizzata e si è scusata con nonna K.

Elasti-digressione 8
Ay Nicaragua, Nicaraguita

Elasti-mamma, prima di conoscere Mister Wonder, trascorreva vacanze molto borghesi. Nonna K le offriva estati di barca a vela, sci sui ghiacciai, corsi di inglese in California e di francese in Costa Azzurra.

Poi arrivò lui.

« Dove ti piacerebbe andare in vacanza? » chiese Elasti-incauta la prima estate del loro amore.

« In Nicaragua. »

« Scusa? »

« Vorrei andare in un campo di lavoro in Nicaragua, per dimostrare la nostra solidarietà ai compagni sandinisti. »

« Vorresti passare le vacanze lavorando? Con i sandinisti? »

« Esatto. Mi sono già informato. Lavoreremo alla ristrutturazione di un piccolo ospedale, in una zona depressa e paludosa nel Sud del paese. Alloggeremo presso famiglie sandiniste locali. Sarà bellissimo, vedrai. »

Elasti-mamma aveva qualche perplessità, ma non voleva sembrare controrivoluzionaria agli occhi dell'amato. Pertanto accettò.

« Non ti dispiace se stiamo in due famiglie separate, vero? Solo così riusciremo a vivere intensamente questa esperienza e a calarci completamente nella realtà nicaraguense », chiese Mister Wonder quando ormai era troppo tardi per cambiare il corso degli eventi.

Lui fu accolto da una famiglia allegra, aperta e rivoluzionaria. Aveva un papà nicaraguense bello, colto e sorridente, una mamma dolce e spiritosa che gli insegnava lo spagnolo e gli preparava deliziosi manicaretti. Aveva poi tre deliziose sorelline che si

innamorarono perdutamente di lui, ingaggiando una gara virtuosa per compiacerlo.
Elasti-mamma si trovò sola, in una stanzetta con il tetto di lamiera e scarafaggi grandi come topi, ospite di una famiglia di latifondisti filoamericani.
La padrona di casa la guardava in cagnesco, il padrone di casa girava armato di machete e le lanciava occhiate lubriche. Avevano due figli, maschi, che uccidevano gli scorpioni con la tenaglia e torturavano i gatti. C'era anche una cuginetta, rimasta orfana, accolta in quella casa di mostri come bambina delle pulizie, una sorta di Cenerentola nicaraguense.
Mister Wonder e Elasti-mamma lavoravano dalle 6.00 alle 16.00 imbiancando l'ospedale insieme ad altri italiani solidali e fanatici.
La vacanza durò un mese, al termine del quale Mister Wonder era felice, aveva sviluppato una dipendenza per *arroz y frijoles*, un piatto tipico a base di riso e fagioli fritti, e sapeva tutte le canzoni e gli inni della rivoluzione sandinista.
Elasti-mamma invece aveva mal di fegato per colpa delle uova strapazzate, probabilmente avvelenate, che la padrona di casa ostile le propinava tre volte al giorno, aveva imparato ad amare gli scarafaggi che popolavano la sua stanza e la notte sentiva i passi della *taconuda*, una signora morta vent'anni prima che, secondo le leggende locali, con i suoi tacchi, camminava senza pace sul tetto di lamiera.

SETTEMBRE

Sabato, 1° settembre

Ammazza la gallina

Mister Wonder è già partito per l'Inghilterra. Elasti-mamma è nuovamente sola con il nemico.

« Mamma, non riesco a dormire. Ti prego stai con me, ti supplico! » chiede il melodrammatico hobbit grande.

« Nano sono stanca. Sei grande per fare queste sceneggiate. Dormi ora », risponde Elasti-implacabile.

« Mamma no! Non te ne andare! Ti devo dire tre cose », dice il diabolico insonne tra i singhiozzi.

« Va bene. Dimmi tre cose e poi si dorme tutti quanti. »

« Prima cosa: un pacchetto di fazzoletti sotto il cuscino non mi basta, ne voglio cinque. »

« Non dire stupidaggini! Nessun bambino dorme con cinque pacchetti, per un totale di cinquanta fazzoletti, sotto la testa. »

« Vabbè. Seconda cosa: mi fa male il cuore. »

« Dormi e ti passa. »

Il piccolo ipocondriaco scoppia in lacrime. « Terza cosa », singhiozza, « per piacere tranquillizzami. »

Ecco. La dipendenza nevrotica da fazzolettini la combatto, il mal di cuore lo affronto ma la richiesta « per piacere tranquillizzami » mi annienta. Malefica creatura. Hai vinto.

« Vieni, amore mio. Vieni qui che la tua mamma ti coccola e ti fa passare tutti i brutti pensieri. Cicci cicci pucci pucci », dice Elasti-budino.

Lo hobbit vittorioso si rannicchia tra le braccia della sua elastischiava e gongola.

« Ah, mamma! Volevo dirti anche una quarta cosa... »
« Dimmi tesoro mio adorato. »
« Cosa vuol dire "amassa la galeina"? »

Domenica, 2 settembre

Felice rientro

Elasti-mamma, in preda a sconforto da rientro, telefona alla collega-amica Cecilia.
« Ciao collega-amica, sono Elasti. Domani torno in redazione, dopo le mie scandalose vacanze. Com'è l'atmosfera lì? Ti prego sii positiva, menti se è necessario. »
« Mah... »
« Non puoi cominciare con un mah... devi essere incoraggiante. Io vorrei suicidarmi e tu mi dici mah. »
« Be', la giornata lavorativa è di otto ore, per vivere ce ne sono altre sedici... e poi c'è il fine settimana e tra un po' ci saranno le vacanze di Natale. »
« Dai! »
« Lo vuoi proprio sapere? »
« Sì. »
« 1. C'è uno strisciante ma palpabile rancore verso tutte quelle madri scansafatiche che, con il pretesto della maternità, sono state in vacanza una vita lasciando i colleghi nella cacca.
2. È stata annunciata una ristrutturazione che ha creato sconforto, malumori, talvolta panico in redazione.
3. Si litiga per i giornali, si litiga per gli orari, si litiga per l'aria condizionata.
Per il resto va tutto abbastanza bene. »
« Grazie Cecilia. A domani. »
Ora sì che Elasti-mamma è pronta per tornare a lavorare.

Lunedì, 3 settembre

Chi ben comincia è già a metà dell'opera

Ore 5.30. Lo hobbit piccolo si sveglia e urla la sua rabbia contro la fine delle vacanze.

Ore 6.30. Lo hobbit grande apre gli occhi: « Mamma, vero che oggi il fratellino sta con quella puzzona milanista di Valentina Diolabenedica mentre io vado a godermi la vita con la nonna K? »
Ore 8.45. Elasti-mamma entra in redazione. C'è più brio in un ricovero per ultracentenari. Il collega H legge annunci mortuari mentre la collega I, rientrata anche lei da una lunghissima maternità, guarda catatonica lo schermo del computer.
Ore 11.00. L'atmosfera si scalda. Il resto della mattinata trascorre serena tra baci, abbracci e cronache di viaggi.
Ore 13.00. Elasti-mamma si dichiara a dieta e si concede spinaci al vapore tra colleghi gaudenti che si rimpinzano di ogni leccornia.
Ore 15.00. I morsi della fame consumano Elasti-mamma che, nonostante la vista annebbiata, scrive un appello circolare e disperato all'intera redazione: « Qualcuno di voi ha scorte di cibi dietetici, tipo carote, ravanelli o barrette di miglio disidratato? » Essendo donna d'acciaio rifiuta gentili offerte di: caramelle mou gusto liquerizia, tavoletta di cioccolato bianco pralinato, salame felino tagliato a fette spesse.
Ore 16.30. Mister Max si avvicina a Elasti-mamma. « Come sono andate le tue eterne vacanze, stronza? Mentre tu ti sollazzavi con i tuoi piccoli mostri io ho fissato una *client visit* per la *customer satisfaction*. Saremo tu, io e il cliente insoddisfatto. È un'idea simpatica, non ti sembra? »
Ore 18.00. Elasti-mamma decide che può bastare. Come prima giornata poteva andare peggio.

Martedì, 4 settembre

Elasti, me lo ha chiesto

Valentina Diolabenedica, astro dell'elasti-vita, è tornata dagli hobbit dopo le vacanze.
« Come stai Valentina? Ti vedo raggiante... »
« Sto bene grazie, Elasti. Sì effettivamente sono molto contenta... » dice arrossendo. « Elasti... » riprende.
« Dimmi. »
« Elasti... me lo ha chiesto! »

«Ma chi? Ma cosa?»
«Mattia! Di sposarlo!»
«Ah! Racconta!»
«Mi ha accompagnata a casa l'altra sera e... insomma me lo ha chiesto. Mi ha anche regalato un anello, un diamante, come lo volevo io...» Trema la voce a Valentina, che di solito è una dura.
«E tu cosa gli hai detto?»
«Ho pianto, ho pianto e ho pianto. Non sono stata capace di fare altro.»
Anche Elasti-mamma si è fatta un piantino, pensando a Valentina e Mattia e a Mister Wonder lontano che glielo aveva chiesto in bagno, mentre si lavava i denti. Valentina Diolabenedica si sposerà tra due primavere, in chiesa, con un fidanzato che ha conosciuto da piccina e che ama da sempre. Andranno ad abitare in una casa che hanno comprato tempo fa in costruzione e che ora è già pronta, ma aspetterà ancora un po'.

Mercoledì, 5 settembre

Bentornata mamma

«È tornata la mamma! Ehi! È tornata la mamma. Dove siete nani?» Elasti-mamma entra in casa.
Tutto tace.
«Ehiii! C'è nessuno?»
Dopo un po' lo hobbit piccolo e feticista fa capolino dalla scarpiera. Ai piedi ha delle Clark blu numero 42 che sta cercando di infilare in un paio di aggressivi stivali in pelle nera. È molto concentrato e non degna di uno sguardo Elasti-mamma.
«Già qui? Non devi fare la spesa?» esclama lo hobbit grande uscendo dalla sua stanza.
«Be', veramente pensavo di stare un po' con voi...» dice Elasti-mamma piccata.
«Uffa. Stavo giocando a Biancaneve con Valentina. Io ero il principe e lei era Biancaneve a terra svenuta. Se non venivi a disturbarci, adesso la stavo baciando...»
Per fortuna squilla il telefono. È Mister Wonder, infiltrato in un convegno di scienziati politici a Manchester.

«Sono strani questi scienziati politici, sai?» dice senza preamboli. «Sono tutti un po' grigi e tristoni», prosegue meditabondo. «Invece voi economisti siete una categoria di simpatici burloni...»
«In compenso...»
«In compenso cosa?»
«In compenso, a differenza delle economiste, le scienziate politiche sono proprio bône.»
(Essendo barese Mister Wonder chiude la «o» di bône, pronunciandola come la «o» di «grezzo».)

Giovedì, 6 settembre

Pubblico è meglio

L'anno scorso lo hobbit piccolo frequentava un asilo privato con pareti morbide e avvolgenti da cui usciva profumo di camomilla e musica new age.
Le maestre erano Teletubbies e insegnavano il gioco euristico, l'inglese, l'informatica e i segnali stradali. Quest'anno no. Quest'anno lo hobbit piccolo è stato preso in un nido pubblico e, nell'elasti-visione del mondo, pubblico è meglio.
Elasti-mamma oggi è andata alla riunione dell'asilo pubblico, alle quattro del pomeriggio perché, si sa, le mamme che mandano i bambini al nido a quell'ora del giovedì sono libere, belle e disponibili.
L'asilo che frequenterà lo hobbit ha pareti scrostate, un po' bianche e un po' marroni. Nelle due stanze che occuperanno i nani si respira odore di segatura e minestrone. Le maestre non sono Teletubbies. Sono tutte laureate e tutte precarie. Insegneranno ai nani a impastare la farina gialla, a colorare con le mani e i piedi e a disegnare con le lattughe. Insegneranno a mangiare con la forchetta, a cantare tutti insieme e a fare la pipì nel vasino.
Alla riunione dovevano esserci dieci bambini con rispettivi genitori.
Oltre allo hobbit piccolo erano in tre:
1. Ramona. Un anno, 20 chili per 75 centimetri. Più che una bam-

bina una macchina da guerra. Accompagnata dai fratelli Javier, 13 anni e sguardo da duro, e Gladis, 11 anni e treccine nei capelli.
2. Aisha. 23 mesi e l'appetito di un alano adulto. A intervalli regolari lanciava un grido, spalancava le fauci e si avventava sulla tetta scoperta della sua mamma velata.
3. Viola-diventerò-una-stronza, con i suoi genitori, due stronzi.

Venerdì, 7 settembre

Mi vuoi sposare?

Da quando Mattia ha chiesto la mano di Valentina Diolabenedica lo hobbit grande non è più lo stesso.
« Valentina, tu sposi me », dice imperioso.
« Mattia me lo ha chiesto in modo gentile e romantico. Mica me lo ha ordinato come un generale ai suoi soldati. »
« Ho capito. Lasciami riflettere...
Oh Valentina, sei la più brava a cantare,
sei la più brava a guidare,
sei la più brava a ritagliare
quindi mi devi sposare! » declama fiero lo hobbit.
Non c'è alcun dubbio. Valentina sta vacillando.

Sabato, 8 settembre

Gaaaal!

Lo hobbit piccolo ha cominciato l'inserimento nel nido pubblico. Durante l'inserimento mamma e nano arrivano per mano. La mamma si siede in un angolo e non disturba. Il nano fa quello che gli pare perché deve ambientarsi.
Ieri c'erano:
1. Jess, filippino violentone.
2. Tatiana, peruviana, aggrappata come una cozza alla sua placida e morbida mamma.
3. Viola-diventerò-una-stronza, aggrappata come una cozza a Elasti-mamma, sotto lo sguardo sgomento dello hobbit geloso.

4. Mathias, polacco, figlio di una fotomodella anoressica.
5. Paolo, rumeno che canta *Fratelli d'Italia* senza sosta.

Aisha e Ramona arriveranno la prossima settimana.

Lo hobbit piccolo è entrato, ha dato una rapida occhiata a Jess e al resto della banda, ha afferrato una palla e per i successivi sessanta minuti l'ha presa a calci. Ogni tanto chiudeva i pugni, alzava le braccia e gridava trionfante «Gaaaaal!»

«Per oggi può bastare», ha detto la maestra a un certo punto.

Elasti-mamma e lo hobbit hanno salutato e hanno tolto il disturbo.

Varcato l'uscio, il nano ha alzato le braccia e ha gridato «Gaaaaal!» per l'ultima volta.

Domenica, 9 settembre

Elasti-cedimenti

Ore 6.30. Sveglia per volere dello hobbit piccolo.

Ore 8.00. Spesa al supermercato.

Ore 9.30. Redazione. Perché quando cercavano un volontario che lavorasse la domenica, Elasti-mamma, affetta da cronico senso di colpa, non è riuscita a non alzare la mano.

Ore 17.00. Elasti-mamma, tornata a casa, viene trafitta da un mal di testa perforante e crolla sul letto.

Ore 17.05. Il letto si popola.

Arriva un preoccupato Mister Wonder che si accoccola ai piedi del letto e si immerge nella lettura della voce «Exploitation» della *Stanford Encyclopedia of Philosophy*. Arriva lo hobbit piccolo portando in una mano uno stivaletto giallo da pioggia e nell'altra un libro musicale che fa i versi degli animali. Arriva lo hobbit grande: «Mamma, posso cantare una canzone che mi ricorda il mare? Lu tamburellu meo vinne de Roma... lu tamburellu meo vinne de Roma... beatu ci lu sonaaaaa».

Ore 17.10. «Devo andare in bagno», dice Elasti-mamma.

«Ooh! Mamma, devi *gomitare*? Andiamo tutti in bagno con la mamma! Oh, mamma sei tutta bianca, non dirmi che *gomiti*! Povera mamma...»

Ci sono momenti in cui il senso dell'umorismo viene meno, il senso della famiglia anche.

Lunedì, 10 settembre

Il « sì » di Zeta

L'elasti-amica Zeta si sposa. Si sposa sabato prossimo, a casa sua, giù giù nel tacco dello stivale, dov'è nata.
Zeta parla al computer, gli fa le boccacce e quando è di buon umore gli canta anche una canzone. Zeta non sa cosa vuole fare da grande, detesta le mondanità e lo sport, ha lo sguardo trasognato e perplesso di chi è capitato qui per sbaglio.
Si sposa con Winnie che è americano e ha tanta pazienza, che beve l'olio d'oliva come se fosse acqua, che detesta il cioccolato e che ha camminato per novecento chilometri tra le Alpi e Roma « perché lì c'è un sentiero ».

« Come ti senti? » chiede Elasti-mamma a Zeta.
« Mi sento che piango. Sto piangendo ininterrottamente da un mese », risponde Zeta.
« Ma cosa ti fa piangere precisamente? »
« Il "sì". Mi terrorizza parlare ad alta voce davanti a tutti. Mi immagino la scena e mi si asciuga la gola. Avrò le gambe di burro e sarò senza voce. Il "sì" non uscirà e io non mi sposerò. »
Sabato mattina, all'alba, Mister Wonder e Elasti-mamma partiranno per il tacco dello stivale e andranno ad ascoltare il « sì » di Zeta, sperando che riesca a uscire.

Martedì, 11 settembre

Non si finisce mai di imparare

Oggi, in redazione, il collega ha spiegato che se si fanno pensieri cattivi, se si dà libero sfogo alla propria perfidia, se si gode degli errori altrui, si perdono « punti karma », e quando i punti karma sono finiti è un vero pasticcio.
La collega V oggi, in redazione, ha detto che nel lavoro è fondamentale avere delle « top hits ». Mentre lo diceva chiudeva il pugno e alzava il pollice.
« Elasti! Elencami le tue top hits », ha esclamato.
Elasti-mamma stava già perdendo parecchi punti karma quando

ha scoperto che la collega V aspetta un bambino. E di fronte a una pancia abitata Elasti-mamma diventa molto indulgente.
Oggi, in redazione, la collega C ha raccontato a Elasti-mamma dell'enneagramma, una dottrina babilonese di venticinque secoli fa.
«Tu sei chiaramente un tipo due. Sei altruista e compiacente perché vuoi essere accettata. Hai un ego ipertrofico e un orgoglio smisurato», ha detto C convinta.
Certi giorni il lavoro è molto più istruttivo della scuola.

Mercoledì, 12 settembre

Un caffè con Helenka

L'inserimento all'asilo nido pubblico del nano piccolo procede, lento ma inesorabile. Lunedì e martedì è stato il turno di Elasti-mamma che per un'ora e mezzo, seduta per terra senza scarpe in un angolino, ha osservato in silenzio nani allo stato brado e le loro maestre.
Oggi toccava a Mister Wonder.
«Com'è andata?» ha chiesto Elasti-mamma.
«Benissimo. Siamo arrivati e mi hanno detto che potevo lasciare lo hobbit da solo e andarmene per un'ora.»
«E tu in quell'ora cosa hai fatto?»
«Ho sorseggiato caffè con Helenka, la modella anoressica, mamma di Mathias, il bambino polacco.»
Elasti-mamma è giunta alla conclusione che se mai, per gestire il complesso ménage familiare, accoglierà in casa una ragazza alla pari, sarà un androide asessuato.

Giovedì, 13 settembre

Maledetti cappiolini

Continua l'inserimento all'asilo nido pubblico dello hobbit piccolo.
All'asilo nido pubblico mancano: carta igienica, fazzolettini, sal-

viettine umidificate, fogli per disegnare, giocattoli, libri, pannolini e un sacco di altre cose.
« Elasti, questo asciugamano che avete portato per lo hobbit piccolo non va bene », ha detto la maestra.
« Perché? »
« Perché non ha il cappiolino per appenderlo. »
« Ah... »
« Abbiamo assolutamente bisogno del cappiolino. »
« Non potete appenderlo senza cappiolino? »
« No, Elasti. L'assenza del cappiolino è un problema. Lunedì per cortesia presentati con il cappiolino, altrimenti, come ho detto, è un problema. »
Elasti-mamma non è capace di cucire cappiolini agli asciugamani.
Lo hobbit piccolo, per colpa dell'inettitudine della sua Elasti-mamma, rischia di diventare un diverso e di creare un sacco di problemi all'asilo.

Venerdì, 14 settembre

Salento a ostacoli

Domani Zeta si sposerà con Winnie, nel profondo Salento. Ci sarà una grande festa e si ballerà la pizzica sotto gli ulivi. È tutto pronto da mesi.
Zeta ha anche prenotato un agriturismo con la piscina dove Elasti-mamma e Mister Wonder potranno dormire, sollazzarsi e coccolarsi, come accade piuttosto di rado. Valentina Diolabenedica e il suo fidanzato-promesso sposo Mattia verranno ad abitare per trentasei ore nell'elasti-casa e staranno con gli hobbit. Un'organizzazione perfetta.
Questo pomeriggio lo hobbit piccolo ha gli occhi lucidi, le guance paonazze e un po' di febbre. Se la situazione precipitasse, il weekend matrimoniale andrebbe a farsi benedire. Sarebbe la seconda volta in meno di un anno che gli hobbit si ammalano sul più bello. Quando si dice la sfortuna.

Sabato, 15 settembre

In gita

Si parte. Lo hobbit piccolo stava solo mettendo in atto una diabolica tattica per distrarre i genitori dall'imminente fuga. Elastiastuta non c'è cascata.
« Ma tu ce l'hai un pegno? » ha chiesto Mister Wonder sul pullman per l'aeroporto.
« Un pegno? »
« Sì, un pegno. Lo hobbit grande non ti ha dato nessun pegno per questi due giorni? »
« No. A te invece sì? »
« Sì », ha detto Mister Wonder.
Nello zaino Mister Wonder custodiva gelosamente un numero imprecisato di pegni, tra cui: un pezzo di polistirolo da imballaggio, un filo verde, la gamba destra di Gandalf, quattordici figurine Panini dei Mondiali di Germania 2006, un sasso, un biglietto del tram, la chiave della cantina, la testa del Power Ranger giallo.

Al matrimonio di Zeta sono stati invitati vari colleghi di Elastimamma.
Zeta ha prenotato per tutti un agriturismo, dove le follie della redazione si sono trasferite per trentasei ore.
« Escludo di mettermi in costume davanti ai colleghi. La sola idea che mi vediate in mutande mi agghiaccia », ha detto la collega C.
« Il sole mi fa schifo. L'abbronzatura mi repelle. Starò tutto il tempo sotto un albero », ha detto la collega P, con un enorme cappello di paglia e un paio di occhiali da mosca.
La collega F e la collega S hanno deciso di rimanere nel Salento. Hanno affittato una macchina e sembrano Thelma e Louise. Non si sa se torneranno a casa. La collega I ha lasciato bambini e marito a casa ed è in preda a incontenibile euforia. Il collega G, che si lamenta di avere perso diversi punti karma, ha inspiegabilmente vinto la suite dell'agriturismo e, durante la festa di Zeta, ha ballato per quattro ore senza mai fermarsi. Il collega M, la cui vita privata è oggetto della morbosa curiosità delle colleghe che

lo sottopongono a interrogatori implacabili, è stato circuito da un'intraprendente signorina in rosa. Talmente intraprendente che M ha avuto paura e ha chiesto aiuto a F e S.
Poi sono andati tutti quanti al mare.
C si è spogliata, P no, ma si è abbronzata lo stesso. F e S hanno messo a punto la loro fuga salentina senza ritorno. I ha detto: « Vado a fare una nuotata » e per poco non è arrivata in Albania. S era felice perché il Taranto ha vinto. M è stato sottoposto al solito implacabile interrogatorio sulle sue fidanzate.
Tutti insieme hanno fatto una lunghissima partita di pallavolo nell'acqua. Hanno scoperto che i giornalisti non sono dotati per lo sport, ma hanno riso alle lacrime, come succedeva da piccoli.

Domenica, 16 settembre

Zeta ha detto « sì »

Zeta ha detto « sì ».
Aveva le gambe di burro, ma la voce è uscita. Adesso è la moglie di Winnie.
Winnie un giorno ha detto « Ciao, io vado » e ha camminato da solo per quasi mille chilometri. Poi però è tornato.
Zeta aveva un vestito color tortora. « Tortora no! Ti prego. Non mi puoi sposare in tortora », aveva implorato Winnie ma lei non lo ha ascoltato e ha fatto bene.
Zeta è inquieta e si tormenta ma sabato, in una notte gelida tra gli ulivi, ballava scalza con lo sguardo trasognato e gli occhi che ridevano.

Lunedì, 17 settembre

Un weekend da leoni

Mentre Elasti-mamma e Mister Wonder erano in gita, gli hobbit erano con Valentina Diolabenedica e il suo fidanzato Mattia.
« Mamma. È stato un weekend pazzesco », ha detto lo hobbit accogliendo Elasti-mamma.

« Racconta. »
« Ho aiutato Mattia a fare l'elettricista, gli passavo gli attrezzi e lui diceva "Grazie aiutante, senza di te non ce la farei". Ho mangiato tre piatti di lasagne, due gelati e ho visto un film bellissimo, spaparanzato sul divano con il papà di Valentina e il suo cane che mi baciava in bocca. Ho preso l'aperitivo con gli amici al pub. Mi sono divertito anche se non c'erano molte ragazze. Poi sono andato alla festa di Livio, il nipote di Mattia. Una festa fantastica. Quando è finita mi sudavano anche i capelli. E poi... poi ho conosciuto Caterina... e mi sono innamorato! »
« È carina Caterina? »
« Moh! È spaziale! » esclama lo hobbit, con lo stesso accento barese trucido del suo papà.

Martedì, 18 settembre

Hobbit di rappresentanza

Questa sera l'amica Nina e la sua bambina Chicca sono venute a trovare gli hobbit e Elasti-mamma.
Chicca ha poco più di tre anni, boccoli biondi, occhi blu e veste rigorosamente di rosa. Usa il cerchietto con i fiorellini appiccicati sopra, guarda il mondo dietro ciglia chilometriche ed è aristocratica dentro.
« Uah! Sono nudo!! Ehi! Sono nudo. Vieni! » ha urlato lo hobbit grande dalla vasca da bagno appena Chicca ha varcato la soglia dell'elasti-casa.
« Ho fatto una scureggia », ha esclamato il selvaggio durante la cena.
« Brindiamo a questa bella serata con le ragazze! » ha detto alzando il bicchiere colmo d'acqua, rivolto a Chicca e alla sua mamma.
« Ciao bellezza. Questa volta non ti bacio, magari la prossima, se vieni ancora! » l'ha salutata prima che uscisse.
Chicca probabilmente non tornerà prestissimo.

Mercoledì, 19 settembre

Abbrutimento serale

Ore 19.00. Elasti-mamma arriva a casa dal lavoro.
Lo hobbit grande la accoglie sulla porta: «Mamma! Vuoi giocare alla battaglia dei Nazgul? Fai l'orco?» Lo hobbit piccolo corre verso l'Elasti-mamma con le braccia in alto e il labbro tremulo. È la rappresentazione dell'infanzia abbandonata. Valentina Diolabenedica si smaterializza.
Elasti-mamma prende in braccio il nano infelice. Lo hobbit grande, in preda a gelosia incoercibile, si dimena urlando. «Tu non mi coccoli mai! Tu non mi saluti mai! Tu guardi solo quel Sciur Frignetti che fa tanto il buono ma quando ti giri, *sbam,* ti dà il flauto di legno in testa!»
Elasti-mamma posa il piccolo e abbraccia il grande. Il piccolo strabuzza gli occhi e crolla a terra ansimando. Elasti-mamma li solleva entrambi di peso e li porta sul divano.
«Adesso ci coccoliamo qui tutti insieme», dice sbaciucchiando i nani indemoniati. Lo hobbit piccolo scaglia il telecomando in testa al grande. Il grande gli dà un cazzotto. Il piccolo piange, il grande piange. Elasti-mamma approfitta della distrazione generale e li denuda.
«Che bello! Andiamo a fare il bagno che rilassa», squittisce Elasti-mamma che vorrebbe scappare, lasciando che le due creature si sbranino in solitudine.
Ore 19.30. Nella vasca da bagno il grande tenta invano di affogare il piccolo.
Ore 20.00. A tavola. I due si avventano sulla cena come belve fameliche. Il piccolo ruba il cibo dal piatto del grande. Sono la rappresentazione vivente dell'espressione «homo homini lupus».
Ore 21.00. Le belve dormono. Mister Wonder è lontano. Elasti-mamma, digiuna, ha bisogno di compensazioni ma si è imposta un regime di austerità alimentare. Sdraiata sul divano davanti alla TV, ha divorato un enorme sacchetto di popcorn salati cotti nel microonde sorseggiando yogurt indiano da bere, gusto mango, nell'illusione che tutto questo non ingrassi.

Giovedì, 20 settembre

Differenze di genere

Cecilia è stata investita da una macchina che non ha rispettato uno stop. Era in bicicletta e si è fatta male. Oggi, dopo qualche giorno di assenza, è tornata in redazione zoppicando, appoggiata a un elegante bastone che era del suo bisnonno.
« Come stai collega-amica? » ha chiesto Elasti-mamma.
« Abbastanza bene. Mio marito Tobia invece è uno straccio », ha raccontato.
Cecilia è stata quattro giorni immobile sul divano, dolorante. Tobia ha preparato da mangiare, ha lavato i piatti, ha fatto le lavatrici, ha steso il bucato e ha stirato. Tobia si è occupato della piccola Paola, la loro bambina. Ogni mattina ha dibattuto a lungo con lei sul vestito, le calze e le scarpe da indossare. Le ha fatto i codini e l'ha portata all'asilo per poi precipitarsi in ufficio. È andato a prenderla nel pomeriggio, fuggendo dal lavoro come un ladro. Le ha fatto il bagno e insieme hanno giocato fino all'ora di cena.
Per novantasei interminabili ore, Tobia ha fatto quello che molte mamme fanno tutti i giorni per anni interi.
Tobia oggi è l'ombra di se stesso.

Sabato, 22 settembre

Afghanistan, Talebani e riflessioni hobbit

L'elasti-famiglia è in macchina, con la radio accesa.
« Mamma, cosa vuol dire Afghanistan? » chiede lo hobbit grande.
« È un paese lontano, poverissimo e sfortunato. »
« Perché? »
« Perché è stato attaccato e invaso tantissime volte. »
« Da chi? »
« Da Persiani, Greci, Mongoli, Arabi, Turchi, Russi... e poi hanno comandato i Talebani che sono terribili. »
« Cosa fanno di terribile? » dice lo hobbit la cui attenzione è direttamente proporzionale al livello di crudeltà e disperazione della storia.

« Dicono che è vietato cantare, è vietato ballare, è vietato leggere, è vietato andare al cinema, è vietato essere felici. Dicono che le donne devono stare in casa senza mai uscire, mentre gli uomini devono portare la barba lunga e pregare sempre. »
« E perché dicono tutte queste cose? »
« Perché credono che Dio voglia così, ma non è possibile. »
Lo hobbit tace, guarda fuori dal finestrino e riflette. « No, non è possibile. In un paese così Dio è sicuramente morto », conclude con sicurezza.
Lo hobbit piccolo da mezzora ripete ossessivamente « brum brum brum ».
Elasti-mamma propone una pausa gelato.

Domenica, 23 settembre

Potenza distruttrice e vendette hobbit

Mister Wonder ultimamente frequenta più Londra che l'elasti-famiglia. Elasti-mamma e gli hobbit covano nell'ombra il loro vendicativo rancore.
Mister Wonder è tornato per il fine settimana. Lo hobbit piccolo lo ha abbracciato, ha chiuso gli occhi e ha pronunciato sognante « Papà! », assaporandone il suono. Poi ha fatto tre starnuti, proprio in faccia al suo idolo, ed è tornato a giocare.
« Senza di te eravamo una mamma, un vicepapà e un vice-vice-papà. Siamo stati bene », ha detto lo hobbit grande. « Ieri però mi veniva da *gomitare* », ha aggiunto baciando distrattamente Mister Wonder.
I nani, si sa, sono portatori di germi, batteri, virus e altri microscopici mostri. La mancanza di consuetudine con la loro potenza distruttrice rende il contatto con gli hobbit piuttosto rischioso.
« Ho i brividi, mi fa male la gola e mi cola il naso. Ora che ci penso ho anche un po' di nausea », dice stasera Mister Wonder, sorseggiando camomilla mentre prepara la valigia per ripartire.

Lunedì, 24 settembre

Un relitto sul divano

Alle sette Elasti-mamma e gli hobbit, ciondolando in pigiama, vanno in cucina per fare colazione.
Con la coda dell'occhio intravedono un corpo inerte sul divano in sala. È Mister Wonder, che giace tra i cuscini, pallido come un cencio, il respiro affannoso, lo sguardo vitreo.
« Ehi! Ma non dovevi andare a Londra tu? Non hai sentito la sveglia? Hai perso l'aereo? E poi, perché sei sul divano? » lo aggredisce Elasti-mamma.
« Sto male. Non parto. Gli hobbit mi hanno attaccato i loro germi mortali. Lasciatemi qui da solo nel mio dolore », risponde con un soffio di voce il cadavere.
A mezzogiorno Elasti-mamma, dalla redazione, telefona al relitto sul divano. « Pronto. Come stai? »
« Malissimo. Stavo dormendo. » *Click*. Mister Wonder ha riattaccato.
Nel pomeriggio Elasti-mamma ci riprova.
« Pronto. Come stai? »
« Male. Ho la *frullosi*. Non riesco a parlare. »
« Hai febbre? »
« No. »
« Vuoi che ti prenda del cibo da malati? Mele? Tè? Biscotti secchi? »
« Non lo so. Voglio soffrire da solo. »
Un altro giorno così e Elasti-mamma spedisce Mister Wonder dalla sua famiglia di Londra, a combattere il morbo hobbit su un pulcioso divano inglese.

Martedì, 25 settembre

La mazza della polizia

« Pronto, Elasti? »
« Sì, sono io. »
« Sono La Mazza, della Polizia. »
« Scusi? »

«Sono l'agente La Mazza, del Commissariato di Polizia.»
Perché quando si ha a che fare con le forze dell'ordine ci si sente immediatamente in colpa? Perché quando si parla con un poliziotto, che per giunta ha un nome alquanto imbarazzante, lo stomaco si chiude?
«Mi dica signor poliziotto La Mazza.»
«Lei esattamente dodici mesi or sono smarrì un telefono cellulare.»
«In effetti sì...»
«Bene, l'abbiamo ritrovato, venga pure a ritirarlo. Chieda di me.»
«Grazie.»
Elasti-mamma è un po' confusa, ma anche compiaciuta dell'efficienza della Polizia di Stato che veglia sui cittadini, sui loro telefonini smarriti e che a distanza di anni, come un infaticabile segugio, trova, scopre, smaschera, recupera...
Elasti-mamma si veste da sciuretta milanese perché al Commissariato bisogna avere l'aspetto di persone per bene e bussa all'ufficio dell'agente La Mazza. «Buongiorno signor agente. Sono Elasti. Mi aveva cercata per la restituzione di un telefonino smarrito...»
La Mazza spunta da una scrivania coperta di fascicoli e grugnisce. Elasti si siede e tace rispettosa.
«Questo telefonino, che lei sostiene essere suo, risulta sequestrato. Si tratta di un sequestro penale.»
«Oddio. E allora?»
«Allora mica te lo posso dare così», dice lui alterato.
La Mazza, mi sono messa pure la gonnellina per sembrare una vera signora. Cos'è questa storia che ci diamo del tu?
«Ci vuole l'autorizzazione del magistrato, altrimenti il tuo Nokia te lo scordi, bbella!» aggiunge sventolando sotto l'elasti-naso il cellulare perduto.
«Vabbè. Ma come mai è sotto sequestro penale?»
«Ti piacerebbe saperlo, bbella... mica vengo a dirtelo attè!»

Elasti-mamma ha rinunciato al suo telefonino e anche alla sua visione romantica della polizia e dell'agente La Mazza.

Giovedì, 27 settembre

Serie B

Mister Wonder è a Felicity Place.
Quando non è a Londra lavora a casa, asserragliato nella camera da letto-studio.
« Porta questa maglietta al nido dello hobbit piccolo, butta la carta e il vetro, paga la signora delle pulizie, compra il latte e ricordati di andare a prendere il nano grande all'asilo questo pomeriggio che glielo hai promesso », gli dice Elasti-mamma uscendo di casa per andare a lavorare.
« ... » Mister Wonder guarda fisso nel vuoto.
« Hai capito? » chiede Elasti-mamma sulla porta.
« No. Il mio *attention span* è molto limitato. Non mi ricorderò mai tutte queste cose. »
Non ci sono dubbi: i maschi sono la serie B del genere umano.

Venerdì, 28 settembre

Oggetti transizionali hobbit

L'oggetto transizionale è un peluche, una coperta, un ciuccio a cui i nani si affezionano. Rappresenta un sostituto della mamma e del papà da tenere vicino quando loro sono lontani. Persino Eduard Estivill, il pediatra catalano nazista che ha inventato un metodo per fare dormire i bambini, dice che l'orsacchiotto transizionale è consentito e consigliabile.
I bambini normali amano gli oggetti transizionali. Lo hobbit piccolo, come quasi tutti i bambini del mondo, ha il suo oggetto transizionale. Si chiama Pippo ed è un coniglio arancione di pezza.
Quando lo hobbit piccolo viene adagiato sul suo lettino candido per fare la nanna trova il soffice Pippo che lo aspetta, con le sue orecchie lunghe e gli occhi di vetro. A quel punto lo hobbit piccolo si siede tra le sbarre del letto, afferra Pippo, lo guarda con disprezzo e lo scaraventa sul pavimento rabbioso. Solo quando Pippo giace riverso sul parquet, lo hobbit piccolo si rilassa e può finalmente addormentarsi.

Sabato, 29 settembre

Coop e polipi

Stamattina tutti alla Coop.
« Non puoi ostinarti ad andare al supermercato dietro l'angolo! » ha detto Mister Wonder.
« Ma è più vicino! » ha risposto Elasti-mamma.
« Sì, ma non ha programmi di educazione al consumo consapevole! » ha rincarato lui.
« Ma costa meno... »
« Certo! Sfruttano i lavoratori... »
« Ma c'è Idris, con la pelle di ebano che mi chiama madame e mi parla in milanese con accento francese... »
« Oggi Ipercoop! » conclude il pater familias senza ammettere repliche.
L'elasti-famiglia ha così trascorso oltre due ore del sabato nella bolgia infernale dell'ipermercato. Mister Wonder teneva a bada lo hobbit piccolo, mentre Elasti-mamma scorrazzava tra gli scaffali con il grande, facendosi largo a spintoni tra le folle oceaniche.
« Mamma, mi compri il polipo? » ha chiesto lo hobbit, spaparanzato dentro un maxicarrello.
« Il polipo? E cosa ne vuoi fare? »
« Voglio arricciarlo sbattendolo fortissimo sul pavimento della mia stanza. E poi me lo mangio. Crudo. »
« Mi sembra un'idea bellissima. L'unico problema è che secondo me il polipo a te non piace. »
« Certo che mi piace. Lo mangiavo sempre a Bologna, con il nonno T, con il formaggio molle e il cioccolato fondente. »

Domenica, 30 settembre

Mille giri di giostra

Oggi Giada ha compiuto sei anni e l'elasti-famiglia è stata invitata alla festa.
La sadica mamma di Giada, per celebrare la sua creatura, ha comprato una giostra, per due lunghissime ore. Dalle quattro al-

le sei del pomeriggio una ventina di nani indemoniati ha cavalcato puledri rosa, guidato locomotive, pilotato Puffi volanti e sfrecciato su Harley Davidson, in un movimento perpetuo circolare, al ritmo ossessivo di *Heidi ti sorridono i monti*.
Tra i nani c'era anche lo hobbit piccolo, invasato tra gli invasati, che, data la tenera età, necessitava di accompagnatore per accedere all'inferno rotante. Mister Wonder e Elasti-mamma si sono alternati sulla pedana semovente, verdi in volto e con lo stomaco in subbuglio.
Per una decina di minuti *Heidi ti sorridono i monti* ha ceduto il posto a *Tanti auguri a te*. Il tempo per una fetta di torta fosforescente a forma di Winx danzante.

Elasti-digressione 9
Nonni

Lei da ragazza era un po' smorfiosa e a tutti i maschi che si avvicinavano diceva « no, grazie ». Un giorno è andata a Parigi, in gita insieme a tanti altri amici. Con loro c'era anche lui.
Lui l'ha vista, un po' smorfiosa, e le ha chiesto « Andiamo al bar? »
Lei ha risposto « Perché no? » e sono entrati.
Al bar lui le ha accarezzato la testa, ma la mano gli tremava perché era timido. Lei se ne è accorta e ha detto « Allora ti sposo ».
E si sono sposati e lei non è stata più smorfiosa e lui non è stato più timido.

Lei non conosce la cellulite, fa strage di cuori ed è sempre elegantissima.
Il suo primo figlio a sei mesi faceva la cacca nel vasino e a due anni leggeva la « Gazzetta del Mezzogiorno » ad alta voce.
Dopo di lui sono nati i gemelli. Si dice che lei, dopo un parto rapido e indolore, avesse la pancia rientrante e la pelle di porcellana. I gemelli per tre anni non hanno mai dormito, ma lei ha approfittato delle notti insonni per leggere la *Recherche* di Proust, gli autori russi e per imparare a memoria la *Divina Commedia*.
Lei prepara pranzi per venti persone in dieci minuti, pulisce la casa più volte al giorno senza alcuna fatica, lavora la mattina, fa acqua gym il pomeriggio e la sera va spesso al cinema. Lei ha moltissimi amici.
Lei è Towanda, la mamma di Mister Wonder, la donna che farebbe sentire un impiastro qualsiasi nuora.

Lui ha la barba bianca, gli occhi buoni e una passione per i film degli anni '30 e per la geografia. Lui è l'equilibrio, la serenità, la pacatezza. Ama il buon vino, la cucina pugliese e la vita. Lui sorride al mondo e non conosce egoismo, cattiveria, invidia. È contento quando gli altri intorno a lui sono contenti. È privo di senso pratico e quando va a fare la spesa al posto del latte e del pane compra due « gratta e vinci ».

Lui è Mister Brown, il papà di Mister Wonder, talmente disarmante da sembrare finto.

OTTOBRE

Lunedì, 1º ottobre

Rose rosse per te

Ore 14.00. L'elasti-redazione è avvolta da un torpore post prandiale.
Chi si lima le unghie, chi scrive messaggini con il telefonino, chi naviga sul sito del Club Med nella sezione Villaggi VM 18.
Driinn. La porta.
Mai visto niente di simile. È immenso, altissimo, splendido. Evoca passioni roventi, amanti focosi, lussuria. Il suo ingresso scuote l'ufficio. Le donne della redazione accorrono incredule. Per un attimo ognuna si sente la fortunata destinataria di quell'enorme mazzo di rose rosse vatusse. Ognuna per un secondo si sente una diva del cinema. Ognuna si trasforma in una irresistibile femme fatale.
« Estoy buscando la señora Irene. » Un ometto rubicondo fa capolino tra le spine.
Irene? Dov'è Irene? Chi avrà mandato questa meraviglia alla collega Irene? Perché proprio Irene e non io? Ma Irene ha un amante? Ireneee? Dove ti sei cacciata?... Oh oh, c'è un biglietto. Un biglietto? E di chi? Dai prova a leggere attraverso la busta. Ma sei pazza? Ma lascia stare, saranno fatti di Irene. Be', anche nostri visto che questo ben di dio è arrivato qui. Certo che Irene... l'avresti mai detto? E brava Irene la santarellina. Un marito, due figli e zac! Le rose rosse. Sssh. Eccola!
Irene, ignara, entra in redazione. Alla sua scrivania un anomalo assembramento di colleghe che si disperde rapidamente senza toglierle gli occhi di dosso.
Irene si avvicina al lussureggiante splendore, apre il bigliettino

sotto gli sguardi di quindici scimmie curiose. Intorno a lei un silenzio carico di attesa.
« Mio marito! » esclama, intenerita.
Sospiri di sollievo. Quindici cornette si alzano in contemporanea.
« Bastardo, tu a me non hai mai fatto una cosa simile! » dicono in coro quindici fidanzate/mogli invidiose ai loro colpevoli partner all'altro capo del telefono.

Martedì, 2 ottobre

Occhiate hobbit

« Mamma, sai come si chiamano le Winx? » chiede lo hobbit di ritorno dalla psichedelica festa di Giada.
« No. Non conosco le Winx. »
« Si chiamano Flora, Bloom, Stella... »
« E tu come lo sai? »
« Be', quando le ragazze parlano, io lancio sempre un'occhiata con le orecchie. Così sono informato dei gusti delle femmine. »

Mercoledì, 3 ottobre

Madre degenere

« Mamma, non ce la posso fare », dice lo hobbit grande stamattina appena sveglio.
« Sbrigati », risponde Elasti-mamma mentre veste lo hobbit piccolo.
« Mamma... ho freddo. »
« Copriti. »
« Mamma mi fa male tutto! »
« Piantala e vieni a fare colazione. »
« Mamma! Ho un dolore tremendo alle mani. »
« Sei un Sciur Frignetti. »
« Ma no! Mammaaa! »
Elasti-crudelia, incurante del melodramma hobbit, esce di casa

alle otto come una furia trascinandosi due nani riottosi che vengono consegnati ai rispettivi asili.
Alle nove squilla il telefono in redazione.
« Elasti, sono Dominatrix, la maestra dello hobbit grande. È qui che piange e si dispera. Ha 39 di febbre. Qualcuno deve venire a prenderlo. »
Noooo!
Elasti-mamma non può muoversi dall'ufficio. Mister Wonder è a Londra. La gaudente nonna K è in vacanza in barca con il suo fidanzato Artù. Il nonno T non risponde al telefono. Towanda e Mister Brown sono a mille chilometri di distanza. Lo zio con l'orecchino al naso e la zia matta sono a un rave party a Roma. Valentina Diolabenedica è irreperibile.
A volte la vita è piuttosto complessa.

Giovedì, 4 ottobre

Hobbit telefonico

Lo hobbit piccolo è affetto da logorrea. Parla in continuazione, con Elasti-mamma, con Valentina Diolabenedica, con lo hobbit grande che lo ignora, con lo specchio che non gli risponde, con le scarpe nella scarpiera.
Di recente ha scoperto il telefono. Lo ha battezzato « nonna ».
« Amooore! Sono la nonna! » cinguetta Towanda.
« Nonna! » esclama lo hobbit guardando estasiato la cornetta.
« Sìiì! Tesoro. Sono proprio io, la nonna. Mi hai riconosciuta! » dice commossa.
« Nonna! »
« Ti vuole bene la nonna tua, lo sai? »
« Qua qua! »
« Ma certo amore. E tu vuoi bene alla nonna? »
« Brum brum brum! »
« Grazie! La nonna è tanto triste senza il suo nipotino. »
« Pappa! »
« Topotopotopo! E tu, sei triste senza la tua nonna? »
« Nonna-quaqua-brumbrum-pappa-coccodè! »

«Smak smak smuak», la nonna, priva di freni inibitori, manda baci.
«Smak... cacca!»
Sbam!
Lo hobbit scaraventa la cornetta sul parquet e interrompe sul più bello l'avvincente conversazione.

Venerdì, 5 ottobre

Sponsorship hobbit

Lo hobbit grande e Valentina Diolabenedica conversano sul divano. Lo hobbit piccolo, rannicchiato nella scarpiera, coltiva il suo feticismo. Elasti-mamma origlia.
«Valentina, ma se tu e Mattia vi lasciate, tu cerchi un altro fidanzato?» chiede lo hobbit.
«Non so. Forse sì», risponde la Diolabenedica meditabonda.
«Non hai bisogno di cercarlo. Ci sono qui io!»
Lui non si arrende. Anello di fidanzamento, promessa di amore eterno, casa e mutuo insieme non fermano l'ostinazione hobbit.
«Il problema, nano, è che tu sei un bambino e io sono grande. Non possiamo fidanzarci.»
«Ah...» Lo hobbit riflette in silenzio qualche secondo. «Be', puoi fidanzarti con mio zio!» riprende ostinato.
Se Valentina non può essere sua che almeno rimanga in famiglia.
«Lo zio con l'orecchino al naso?» domanda lei ridendo.
«Sì! proprio lui. Guarda che è molto muscoloso.»
«Ah be', allora...»
«L'unico problema è che tu sei a Milano, mentre lui sta a Roma. Come si può fare?»
«Nano, non preoccuparti. Tanto se io e Mattia ci lasciassimo io non vorrei un fidanzato subito. Me ne starei un po' di tempo da sola.»
«Be', insomma. Lo zio è sempre lì. Quando hai bisogno lo chiami e lui risponde immediatamente.»
Esiste un'asse tra lo hobbit grande e lo zio con l'orecchino al naso. Ci sono devianze che vanno represse sul nascere prima che degenerino.

Sabato, 6 ottobre

Ipercinetici si nasce

Nonna K è tornata da una vacanza in barca con il suo fidanzato Artù. È tornata garrula e felice.
« Pronto, Elasti? Sono arrivata ora. Posso venire a Felicity Place a trovare gli hobbit che mi sono mancati moltissimo? »
« Certo mamma. Ti aspettiamo. »
Nonna K si materializza, abbronzata e sorridente. « Amori miei! Come ero triste senza di voi! » esclama entrando.
« Ops! Ma è tardissimo. Devo scappare. Tra due ore ho il pullman! » dice quattro minuti dopo.
« Ma sei appena arrivata! Dove devi andare? »
« Vado a fare la Perugia-Assisi, la marcia per la pace! »
« La marcia per la pace!? Ma sono venticinque chilometri e tu, be' tu... »
« Che vuoi che sia? Sai, mentre venivo qui ho incontrato la mia amica Irma che mi ha chiesto di accompagnarla alla marcia. Ho pensato: perché no? In fin dei conti sono in pensione e non ho gran che da fare. Scusate. Ora devo proprio andare », dice, già fuori dalla porta.
Poco dopo squilla il telefono.
« Pronto, Elasti? Sono Artù. Hai saputo che quella pazza di tua madre vuole andare a marciare per venticinque chilometri? »
« Sì... »
« Senti, Elasti... ma lei è sempre stata così... irrequieta o è una cosa che le è arrivata con l'età? »
« Tranquillo, Artù. Ipercinetici si nasce. »

Domenica, 7 ottobre

Sorprese

Ieri, a sorpresa, è arrivato a Felicity Place da Roma lo zio con l'orecchino al naso. È venuto a trovare l'elasti-famiglia per il fine settimana. È stato accolto da gaudio e tripudio. Si è presentato con un paio di enormi occhiali scuri e carico di regali per gli hobbit.

«Sono stato tutta la notte in un locale a ballare indie-rock. Alle sei sono passato da casa, ho fatto una doccia, ho preso la macchina e sono partito. Ora sono un po' stanco», ha spiegato.
Poi ha portato lo hobbit grande davanti allo specchio, si è messo in posa da bullo e ha detto: «Ripeti con me: sono fico e buzzurro come lo zio!»
Lo hobbit, molto ricettivo, ha ripetuto.
Adesso zio e nipote, ugualmente fichi e buzzurri, giacciono svenuti sul divano. E russano in coro.

Lunedì, 8 ottobre

Una luce in fondo al tunnel

«Ho una fantastica notizia. Mi hanno invitato in Giappone, a dicembre. Per un seminario a Tokyo. Ospitano anche mia moglie, che poi saresti tu. Andiamo?» dice Mister Wonder, al telefono da Londra.
Elasti-mamma deglutisce. Si apre il cielo sopra la sua testa. E si richiude istantaneamente. «Non posso. Non possiamo lasciarli una settimana. Lo hobbit piccolo è troppo piccolo...» deglutisce ancora Elasti-martire.
«Come vuoi. Decidi tu. Pensaci ancora un po'», dice Mister Comprensione.
Facile per te. Se non vengo io ci vai con l'altra moglie, quella inglese. Facile per te che non vivi con il senso di colpa cronico. Io mi sento in colpa quando mangio l'ovetto Kinder di nascosto dai nani, figurati se me ne vado in Giappone, mi stordisco con sushi e manga erotici per una settimana e lascio loro a Milano ad avvelenarsi con Plasmon e polveri sottili.
Facile per te che non conosci la vertigine notturna dei risvegli a scacchiera. Facile per te che non sei stato inghiottito dal gorgo degli hobbit. Facile per te, che non ti sei rimbecillito del tutto e mantieni ancora un briciolo di lucidità.
«Va bene, ci penso.»
Il Giappone. Una settimana, Elasti-mamma e Mister Wonder, soli.
Elasti-mamma ha le palpitazioni e i sudori freddi, ha bisogno di

qualcuno che le dica cosa fare. Idea geniale. La dottoressa Tic Tic! La pediatra dei nani. Chi meglio di lei?
«Pronto, dottoressa Tic Tic, sono Elasti, la mamma degli hobbit.»
«Buongiorno, mi dica, come stanno?»
«Ascolti. Mi sento malissimo. Sono quasi cinque anni che non faccio un viaggio vero con mio marito.»
«...» Silenzio perplesso dall'altra parte.
«E poi dottoressa Tic Tic, il Giappone, capisce, il Giappone. Quando ci ricapita una occasione del genere? Dottoressa, io ho una vita complicata e se gli dico di no, a Mister Wonder, lui si porta quella stronza dell'altra moglie, l'inglese. E lo hobbit piccolo? Non è troppo piccolo? Se lo lascio tutto quel tempo penserà che lo voglio abbandonare, che sono una madre orrenda...»
«Elasti, stia calma. I bambini sono felici se lo sono i loro genitori. Il Giappone è un'occasione unica. Ci vada e quando tornerà sarà una madre migliore.»
«Grazie dottoressa Tic Tic, grazie... dottoressa... non gliel'ho mai detto, ma io la amo.»

Martedì, 9 ottobre

Uno sporco lavoro

Oggi Elasti-mamma in redazione deve fare il commento sull'andamento della Borsa di Milano. Le tocca chiamare gli operatori. Gli operatori di Borsa sono personaggi bizzarri che guadagnano moltissimi soldi. Per fare l'operatore di Borsa non è necessario essere intelligenti, basta sentirsi tali. Non è necessario conoscere il mercato, non è nemmeno necessario leggere i giornali o conoscere le società quotate. Per essere un buon operatore di Borsa il mercato «lo devi sentire dentro», almeno così dicono.
«Pronto, operatore A? Ciao sono Elasti. Come va la borsa?»
«Una merda. La morte civile. Non si fa un cazzo. Adesso però ho da fare.» *Click.*
«Pronto, operatore B? Ciao, sono Elasti. Avresti un minuto per un commento del mercato?»

« Vaffanculo giornalista di merda, ho il cliente dall'altra parte. » *Click.*
« Pronto, operatore C? Sono Elasti. Posso... »
« Uau! Hai una voce bellissima... ma sei fidanzata? »
« Ehm... no, al momento effettivamente no. Come va il mercato? »
« Mmm... ti piacerebbe saperlo, eh? E se io te lo dico tu cosa mi dai? »
« ... » *Click.*
« Pronto, operatore D? Sono Elasti. Hai qualche idea sul perché Banca Flop perda il 7 per cento? »
« Be', perché Banca Flop è un titolo che fa cagare. Andrebbe buttato nel cesso. Del resto l'intero mercato italiano andrebbe buttato nel cesso. »
« Ah, e come mai Banca Flip guadagna il 23 per cento, secondo te? »
« Perché c'è un complotto pluto-giudaico-massonico per drogare il mercato. »

Elasti-mamma diligente prende appunti.
Al termine di queste stimolanti e istruttive conversazioni, scrive:
Seduta fiacca oggi a Piazza Affari in un mercato sottile e svogliato. Gli operatori lamentano la mancanza di spunti operativi e si limitano al piccolo cabotaggio. Gli indici oscillano incerti tra denaro e lettera, mentre Banca Flop si aggiudica la peggiore performance del listino.
« È un titolo che non dà grosse soddisfazioni », commenta un trader.
In territorio positivo svetta Banca Flip con un balzo del 23 per cento.
« È un titolo interessante, preso di mira da aggressive mani compratrici », spiega un dealer di una banca d'affari.

Poi si dice che i giornalisti mentono.
I giornalisti edulcorano, almeno quelli finanziari.

Mercoledì, 10 ottobre

Una Venere in seno

Irene ha un marito, due bambini e, da tre giorni, una ragazza alla pari.

È tedesca, si chiama Brigitte, ha 19 anni, è alta 180 centimetri, ha gambe da gazzella, seno da pin-up, sorriso da bambina.
« È bella come il sole », dice Irene.
« Mio marito si aggira per casa con un sorriso ebete. Qualsiasi cosa dica Brigitte lui risponde "Sure, darling" », racconta.
« Gli amici si autoinvitano a casa per vedere il fenomeno », aggiunge.
« Al supermercato quando passa lei i carrelli si fermano. »
« È una venusiana », conclude sconsolata.

Elasti-mamma, che un giorno forse sarà costretta a entrare nell'insidioso mondo delle *au pair*, ha già scelto sul catalogo on-line quello che fa per l'Elasti-famiglia: « Tyson, ventunenne di Sydney. Amo lo sport, cucinare e mettere in ordine. Adoro conoscere persone nuove ».

Giovedì, 11 ottobre

Hobbit esploratore

Lo hobbit piccolo ha occhi grandi per guardare meglio il mondo. Non parla ma è convinto del contrario e se nessuno lo capisce si infuria. Lo hobbit piccolo va per la sua strada, che tu lo segua o no. È tollerante perché curiosità e intolleranza non vanno d'accordo. Lo hobbit piccolo non dà mai la mano perché gli esploratori viaggiano da soli. Balla davanti allo specchio ed è convinto di essere in due. Ride a gola spiegata perché la prima volta le cose fanno più ridere.
Un anno e mezzo è proprio una bella età.

Venerdì, 12 ottobre

L'occorrente e i dinosauri

« Elasti... ma... mancate solo voi! » dice Mariella, la maestra dell'asilo nido dello hobbit piccolo.
« Manchiamo solo noi? In che senso? » risponde Elasti-mamma affetta da cronico senso di colpa.

« Siete gli unici a non avere ancora portato l'occorrente! » la rimprovera la maestra.
« L'occorrente per cosa!? »
« L'occorrente per l'*attività*! »
L'*attività*, ovvio. Come non ricordarsi l'occorrente per l'*attività*?
« Ehm... e cosa servirebbe per l'attività? » chiede contrita la madre sciagurata.
Entro domattina Elasti-mamma deve portare all'asilo dello hobbit:

1. Una scatola da scarpe ricoperta di carta colorata.
2. Tre bottiglie di plastica da 1,5 litri (vuote).
3. Due chili di farina bianca.
4. Tre chili di farina gialla.
5. Cinque tappi di bottiglia.
6. Tre anime della carta igienica (che poi sarebbero i cilindri di cartoncino).
7. Tre anime del rotolo di Scottex.
8. Un album di fotografie della famiglia.
9. Due canovacci da cucina (rigorosamente con cappiolino).
10. Un gomitolo di lana.
11. Una lattuga.

Altro materiale di riciclo a piacimento.
Bah.
Con tutto questo occorrente lo hobbit piccolo, Jess il filippino, Paolo il rumeno, Tatiana la peruviana, Mathias il polacco, Aisha l'egiziana e Viola la stronza potrebbero persino costruirsi cinturine esplosive per kamikaze in erba.

Elasti-inadempiente saluta Mariella e, con lo hobbit piccolo, va alla scuola materna a prendere il grande.
« Elasti... devo parlarle un attimo », dice Dominatrix accogliendola sulla porta della classe.
« Mi dica », risponde Elasti-mamma.
La maestra racconta...
« Il mio papà mi ha detto che i dinosauri sono tutti morti », dice Gregorio, amico e compagno di wrestling dello hobbit grande.
Gli altri nani tacciono, impressionati.
« Ma morti come? » chiede qualcuno.

« Morti! Gli è caduta una meteorite in testa e sbleng! Tutti morti stecchiti, i dinosauri! » spiega il giovane paleontologo.
« Oh poveri dinosauri! » esclama lo hobbit grande un po' scosso.
« Già. Poveri dinosauri », dicono gli altri nani archiviando il dossier « grandi rettili preistorici » e passando ad altre attività.
Lo hobbit grande resta immobile. Gli occhi gli si riempiono di lacrime. Il dramma dell'estinzione del dinosauro lo ha sconvolto.
Scoppia in singhiozzi.
« Buaaah! Poveri dinosauri che sono morti colpiti dalla meteorite... e povero me che non ho nemmeno fatto in tempo a conoscerli! »
« Signora Elasti... suo figlio ha pianto disperato per un sacco di tempo. E ripeteva "poveri dinosauri e povero me!" Non sapevamo come calmarlo », conclude Dominatrix.
La maestra si aspetta che Elasti-mamma adesso faccia qualcosa, per i dinosauri e per lo hobbit.
Elasti-mamma è in seria difficoltà.

Sabato, 13 ottobre

Missing

Questo fine settimana Mister Wonder non è tornato a Felicity Place.
« Sono stato invitato a intervenire a un seminario di filosofi marxisti a Londra », si è giustificato.
« Ma che c'entri tu, triste economista senza fantasia, tra pensatori rivoluzionari? »
« Non lo so, infatti sono nel panico. Mi massacreranno. »
Il telefonino di Mister Wonder suona a vuoto da ore. I casi sono due:

1. I filosofi hanno fatto a pezzi l'economista e ne hanno gettato i resti nel Tamigi.
2. Non esiste alcun seminario marxista. L'economista sta in realtà festeggiando un'imperdibile ricorrenza con la sua famiglia inglese, per esempio l'anniversario di matrimonio con la sua slavata moglie londinese.

Martedì, 16 ottobre

Nodi hobbit

Elasti-mamma, reduce da un weekend sola con gli hobbit, esce baldanzosa di casa e accompagna lo hobbit grande alla scuola materna. All'ingresso della classe verde il nano scoppia in singhiozzi e si aggrappa disperato all'Elasti-mamma.
«Questo bambino è troppo sensibile. Ha un problema.»
Elasti-mamma alza lo sguardo e incontra un paio di stivali di pelle nera lucida.
«Una volta piange perché i dinosauri sono estinti, una volta perché c'è il minestrone, un'altra perché è assente il suo compagno di wrestling... ogni scusa è buona per essere infelice», dice Dominatrix. «A questo bambino manca la figura paterna!» sentenzia dall'alto del suo tacco 8.
«Mah... veramente la figura paterna c'è e anche piuttosto ingombrante...» balbetta Elasti-mamma.
«È qui che si sbaglia. Il padre sta a Londra, mi pare, e il bambino soffre. Questo bambino ha dei nodi! Elasti, deve fare qualcosa e in fretta!»
Prima di essere schiacciata sotto il tacco del sadico stivale, Elasti-mamma si congeda.
Per placare lo hobbit urlante gli lascia in pegno una bellissima sciarpetta, l'Elasti-sciarpetta preferita, con cui il nano problematico e pieno di nodi, si soffia immediatamente il naso moccoloso.

Mercoledì, 17 ottobre

Una ragazza da marciapiede

Oggi Elasti-mamma ha passato sei ore su un marciapiede, davanti a un portone. Aspettava, insieme ad altri disperati come lei, che uscissero i consiglieri dal consiglio di amministrazione di una grande banca. Quando il consiglio è finito il portone si è aperto.
Elasti-mamma e i suoi amici, con le gambe anchilosate e il freddo nelle ossa, si sono agitati sul marciapiede, sventolando i loro taccuini. I consiglieri sono usciti chiusi nelle loro automobili sen-

za proferire parola. I loro autisti guardavano le marionette impazzite oltre il finestrino, pensando: che mestiere orrendo, il giornalista, e sgommavano via.
Elasti-mamma, avendo toccato con mano l'inutilità del suo lavoro e la totale irrilevanza del suo ruolo nella società, era a pezzi, ormai tutt'uno con il cemento del marciapiede. Poi, dal portone ormai deserto, è uscito il presidente del consiglio di amministrazione.
Monsieur le Président, che viene dalla Francia e guadagna milioni di euro l'anno, che ha a cuore il sacro valore dell'italianità ma si rifiuta di parlare la nostra lingua, che ha più di ottanta anni ma si sente un leone, che tira fila e tesse trame da una vita.
Monsieur le Président che «après moi le déluge».
Il presidente ha inarcato il sopracciglio, ha sollevato uno sguardo grigio e tronfio verso quel che restava di Elasti-mamma e ha detto: «Bonjour mademoiselle. Ça va?»
Elasti-mamma si è innamorata. Le ragazze da marciapiede sono così, è più forte di loro.

Giovedì, 18 ottobre

Sadiche richieste barbiere

Approfittando dell'assenza di Mister Wonder, stamattina Elasti-mamma ha portato lo hobbit piccolo a tagliarsi i capelli dal barbiere Ezio, quello con la criniera leonina che, in una comunione di virili sensi, discorre di donne e Inter con il nano grande.
«Prima di cominciare, devo dire due paroline a Ezio», ha detto lo hobbit grande lungo la strada.
«Ezio! Questo è mio fratello. Te lo affido», ha esclamato in tono epico, entrando nel negozio.
«Bene nano, grazie», ha risposto il barbiere.
«Aspetta, ascoltami! Devi farlo tutto pelato. Io lo preferisco così e lui si toglie il pensiero dei capelli.»

Venerdì, 19 ottobre

Autogestione

In redazione. I capi sono chiusi in un acquario per una riunione chilometrica.
Elasti-mamma riceve un messaggio dalla collega C: « Basta. Spezziamo le catene. Dichiariamo autogestione e organizziamo un seminario sui bonsai e un altro sulla luminosa figura del Che ».
Elasti risponde alla collega C: « Accolgo la mozione autogestione. Il seminario sui bonsai mi pare tuttavia una palla micidiale ».
C risponde a Elasti: « Effettivamente i bonsai non sono il massimo. Non possiamo tuttavia fare sempre le tristone impegnate a parlare di Chiapas e droga libera ».
Elasti risponde a C: « Propongo un seminario sul make up: come trasformarti in una star di Hollywood usando la tua squallida trousse del trucco ».
C risponde a Elasti: « Proposta accolta. Adesso okkupiamo la redazione e il più è fatto ».

Dopo sei minuti i capi riemergono. Elasti-mamma cancella ogni traccia del carteggio con C e telefona al solito trader di Borsa psicopatico per chiedere come mai Banca Flop stia perdendo il 4 per cento.

Sabato, 20 ottobre

Con il tempo

« Nano, questa sera vengono a cena Emilia e Fulvio, con la loro bambina Greta », dice Elasti-mamma allo hobbit grande.
« Ah. Quanti anni ha Greta? »
« Quasi quattro anni. È poco più piccola di te. »
« E com'è? »
« Era molto carina. È un bel po' di tempo che non la vedo, però. »
« Chissà se è ancora carina... sai, con il tempo... »
« Con il tempo cosa!? »
« Be', con il tempo si può anche peggiorare. »

Lunedì, 22 ottobre

Imbarazzanti tagliandi pediatrici

Gli hobbit vanno a fare il periodico tagliando dalla dottoressa Tic Tic, la pediatra.
Elasti-mamma vorrebbe che la deliziosa Tic Tic fosse sua amica, sua sorella, talvolta anche la sua psicanalista. Vorrebbe soprattutto che la Tic Tic fosse folgorata dagli hobbit e li considerasse creature adorabili e uniche.
Lo hobbit piccolo entra nello studio dell'amata dottoressa, senza degnarla di uno sguardo. Si impossessa di una palla, la lancia, urla «Gaaaal» e fa la cacca, smerdandosi fino al collo.
Naturalmente Elasti-mamma si è dimenticata il cambio.
Arriva il turno dello hobbit grande, irritato per la precedente mezzora di protagonismo pediatrico del fratello.
«Ciao, nano. Accomodati sulla sedia!» dice la Tic Tic sorridendo da dietro la sua enorme scrivania.
Lo hobbit si sdraia per terra, davanti alla sedia. «Fammi pure le domande. Mi sento comodo a risponderti da qui sotto», le dice dal pavimento.
«Come stai?» chiede lei senza scomporsi.
«Male, grazie.»
«Hai amici?»
«No, nemmeno uno.»
«Ti lavi i denti?»
«Mai, la mamma non vuole.»
«Mangi frutta e verdura?»
«No.»
«Vai ai giardini?»
«No, non mi porta nessuno.»
«Ti piace andare alla scuola materna?»
«No, perché ci sono il minestrone e i malloreddus con i piselli.»
«Cosa ti piace fare?»
«Il cameriere», conclude lui, spalmato sul marmo.
«Sono sani come pesci!» dice la dottoressa Tic Tic alla fine delle visite.
«Mi dispiace. Sono stati orrendi», si scusa Elasti-mamma, sognando piccoli lord che recitano poesie e fanno la riverenza,

che fanno la cacca solo nell'intimità del bagno di casa e non raccontano montagne di idiozie sdraiati sul pavimento di uno studio medico.

Martedì, 23 ottobre

Stanca

Stanca.
Stanca di svegliarsi all'alba per uno hobbit piccolo mattiniero.
Stanca di saluti strazianti alla scuola materna sotto lo sguardo severo della maestra Dominatrix.
Stanca di dover portare all'asilo nido improbabili ingredienti come zafferano, cacao, sale grosso, sale fino e «coloranti naturali liquidi» per la follia di una educatrice creativa.
Stanca di correre come una biglia impazzita sentendosi sempre nel posto sbagliato.
Stanca di tornare a casa quando è buio, di perdersi i pomeriggi hobbit, il bagno e a volte persino la cena.
Stanca di partenze e assenze.
Stanca di considerare la baby sitter Valentina Diolabenedica la colonna portante della vita.
Stanca dell'ansia che striscia, del senso di colpa che schiaccia, della fatica che spegne.
Stanca della sindrome di quella stronza di Pollyanna che comunque c'è chi sta peggio, che comunque sei fortunata, che comunque taci e sorridi.
Elasti-mamma è proprio stanca.
Poi le passa.

Mercoledì, 24 ottobre

Nonna K e il moto perpetuo

«Pronto? Ciao. Come stai?» chiede nonna K, appena rientrata da un weekend a Parigi con il suo fidanzato Artù, dopo la marcia della pace tra Perugia e Assisi, alla fine di una settimana in barca.

« Sono stanca, gli hobbit sono pestiferi, Mister Wonder è lontano e io ho le ansie », risponde Elasti-lamentosa.
« Be', adesso se vuoi possiamo stare un po' insieme... » dice magnanima e affettuosa la nonna.
« Sì, dai. Magari domani ci vediamo... »
« No, io dicevo adesso. Qui e ora. Domani parto. »
« Come parti? Ancora? Dove vai? »
« In Ecuador, alle dieci ho il volo per Quito. »

Venerdì, 26 ottobre

Molesta felicità

Ore 12.00. « Pronto, Elasti. Sono Mister Wonder. Sono atterrato a Milano. »
« Evviva! Sei tornato. Che bello. Non mi sembra vero. Mi sei mancato tanto. Ci sentiamo dopo. » *Click.*
Ore 12.10. « Pronto? »
« Pronto Mister Wonder, sono Elasti... »
« Dimmi. »
« No, niente. Volevo solo dirti che sono proprio contenta che tu sia tornato. » *Click.*
Ore 12.17. « Sì? »
« Sono ancora io. Sono così felice che tu sia qui. Ci vediamo stasera! »
« Va bene, Elasti. Anche io sono contento. » *Click.*
Ore 12.24. « Ehm. Sono sempre io. »
« Quindi? »
« No, niente. Avevo voglia di sentirti. »
« Ma non devi lavorare? »
« Sì, ma tu sei tornato... » *Click.*

Elasti-mamma quando è felice riesce a essere ancora più molesta di quando è triste.

Sabato, 27 ottobre

Sulla via della perdizione

« È pronto », ha detto Mister Wonder.
« No! È ancora piccino! » ha supplicato Elasti-mamma.
« Ma che piccino! Vedrai, gli piacerà », ha sentenziato il pater familias.
Lo hobbit piccolo, superati da qualche giorno i diciotto mesi, è stato ammesso alla visione del *Signore degli Anelli*, contro il volere della sua Elasti-mamma.
Mister Wonder, lo hobbit grande e lo hobbit piccolo, schierati sul divano uno accanto all'altro, hanno guardato la battaglia tra i buoni della Compagnia dell'Anello e gli orrendi orchi Urukai.
« Clop clop clop », diceva lo hobbit piccolo ai cavalli che rischiavano il massacro. Al montare della furia guerresca, il nano si è messo in testa l'elmo da centurione romano.
Quando gli Urukai hanno attaccato Frodo Baggins, lo hobbit piccolo, con l'elmo in testa, è andato a prendersi la spada nella cesta dei giochi. Quando sono arrivati sul campo in volo i terrificanti Nazgul, spietati fantasmi alati, lo hobbit piccolo ha esclamato « qua qua qua! » pensando fossero papere.

Domenica, 28 ottobre

Nonna K batti un colpo

Nonna K l'ipercinetica è partita qualche giorno fa per Quito.
È partita da sola « perché il mio fidanzato Artù vuole riposarsi un po' e poi - vuoi mettere? - l'America Latina va vista in solitudine ».
Dall'aeroporto ha spedito un sms garrulo: « Causa overbooking mi hanno promossa in classe business. Viaggerò come una principessa! »
Poi il silenzio. Della principessa in viaggio nessuna notizia.
Oggi Elasti-mamma ha telefonato ad Artù.
« Artù, sai qualcosa di quella matta di nonna K? Ti sembra possibile che non si sia ancora fatta viva? » ha chiesto Elasti-preoccupata.

« Che vuoi fare? La conosci quella ragazza. Si starà divertendo e si sarà scordata di chiamarci. »

Cara ragazza che viaggi sola perché soli c'è molto più gusto, capisco che l'America Latina abbia un grande fascino, capisco che voi giovani quando vi divertite chissenefrega di tutto il resto, ma sei pur sempre una mamma, una nonna e la fidanzata di Artù.
Quindi, cara ragazza, tra una Salsa e una Cumbia, per cortesia, batti un colpo.

Lunedì, 29 ottobre

Ragazze di oggi

« Mamma, oggi a scuola materna Martina mi ha chiesto se poteva sedersi a mangiare di fianco a me », racconta lo hobbit grande. « Io ero già di cattivo umore perché c'erano i malloreddus con i piselli che mi fanno schifo », prosegue.
« E come mai Martina si voleva sedere vicino a te? » chiede Elasti-mamma.
« Ha detto che mi doveva parlare. »
« E quindi? »
« Quindi mi ha detto: "Sono perdutamente innamorata di te". »
« Accidenti! Te lo ha detto davanti ai malloreddus, a tutti i vostri compagni e alle maestre? »
« Sì. »
« E tu? »
« Io le ho detto: "Mi dispiace Martina, io non ti amo per niente". »
« Oddio oddio povera Martina. »
« Perché povera? Lei ha detto: "Pazienza, me ne prenderò un altro", e si è messa a ridere. »

Se un giorno Elasti-bambina avesse trovato il coraggio di dire a un nano maschio « Mi sono perdutamente innamorata di te » e quel bastardo di un piccoletto avesse risposto « Io non ti amo per niente », lei si sarebbe accartocciata su se stessa e, con le forze residue, sarebbe andata in bagno a *gomitare*.

Le ragazze di oggi invece dicono «pazienza!» e addentano un malloreddu. Le ragazze di oggi non si accartocciano su se stesse ma esclamano energiche e volitive «me ne prenderò un altro!»
Le ragazze di oggi non *gomitano* ma ridono e se ne fregano.
Le ragazze di oggi, se continuano così, conquisteranno il mondo.
Speriamo.

Martedì, 30 ottobre

Sovrascarpe e pannocchie

Nell'asilo nido dello hobbit piccolo è vietato entrare con le scarpe. All'ingresso c'è un cestino di sovrascarpe azzurre di plastica consunta da infilare prima di varcare la soglia.
«Elasti, abbiamo avuto una bellissima idea per l'igiene», esclama Mariella.
«Dimmi, maestra creativa e fantasiosa», risponde Elasti-mamma che alle 8.15 ha già accompagnato alla scuola materna lo hobbit grande, tra mezzora deve essere in ufficio e per oggi ha già vissuto abbastanza.
«Per due euro io ti vendo un pacchetto di dieci paia di sovrascarpe. Tu le tieni in borsetta e quando arrivi sei già attrezzata», dice la vulcanica creatura.
«Secondo te io, oltre ai pannolini del nano, i Gormiti, le automobiline, i Tampax, i trucchi che non mi trucco ma non si sa mai, il portafoglio, le calze antiscivolo, le salviette umidificate, le penne e il bloc notes perché sono pur sempre una giornalista, dovrei tenere in borsa dieci paia di sovrascarpe?» domanda Elasti-incredula.
«Certo. È per l'igiene!» risponde l'inarrestabile invasata.
Elasti-mamma paga due euro, si ficca in borsa sovrascarpe per una squadra di calcio e si avvia a grandi passi verso l'uscita.
«Elasti, dimenticavo!»
«...»
«Non avete ancora portato le pannocchie che vi ho chiesto.»
«Pannocchie? Avete bisogno di pannocchie all'asilo nido?»
«Certo, per l'attività! La prossima volta che andate in un campo di grano rubate cinque o sei pannocchie. Che ci vuole?»

« Campo di grano? Furto? Pannocchie? Attività? Effettivamente che ci vuole? Avrai quello che hai chiesto, basta che ora mi lasci andare. »
Quando, alla prossima richiesta della diabolica educatrice, Elasti-mamma sarà colta da crisi isterica, almeno calzerà igieniche sovrascarpe di proprietà.

Mercoledì, 31 ottobre

La vertigine di un sì

« Vuoi? » chiede Elasti-mamma al nano piccolo.
« Sì », risponde lui sgranando due occhi tondi.
« Mamma! Hai sentito? Ha detto "sì" », urla lo hobbit grande.
« Ehi? Cosa hai detto? Hai detto "sì"? Con la S del serpente che sibila e la I del cavallo che nitrisce? Hai detto "sì"!? Tu sai dire "sì"? » chiede l'Elasti-incredula.
Lo hobbit piccolo arretra e tace. Forse si è sbagliato. Forse non è pronto.
Perché dire « sì » non è come dire « mamma » o « cacca ».

Caro nano piccolo,
se dici sì apri una porta.
Se dici sì ti impegni, per oggi e forse anche per domani.
Se dici sì il mondo ti sorriderà ma ti chiederà di dirne altri.
Se dici sì tendi una mano e qualcuno la prenderà.
Se dici sì smetti per un momento di giocare e ti metti in gioco.
Se dici sì diventi grande perché la generosità e l'altruismo sono fatti di sì.
Pensaci bene, nano piccolo. Se dici sì inizierai a vivere sul serio.

Lo hobbit piccolo deve averci ripensato.
Dopo quel timido « sì » sono usciti solo dei perentori « no ».

Elasti-digressione 10
La vita poteva essere una Sim

Elasti-mamma, finita l'università, si sentiva molto portata per la Borsa e la finanza. Vedeva per sé un avvenire radioso tra azioni, futures, opzioni su derivati e warrant. Non che sapesse esattamente cosa fossero, ma quando la vocazione chiama ci si tuffa tra le sue braccia senza porsi troppe domande.
Il posto per lei era una Sim, società di intermediazione mobiliare, e lì finì.
Nella Sim tutti si sentivano come nel film *Wall Street*: belli, ricchi, vincenti e squali.
Il cuore pulsante della Sim si chiama sala operativa e nella sala operativa se fai soldi, tutto è permesso.
Era un periodo in cui anche Ciccio Pasticcio avrebbe guadagnato in Borsa, pertanto la sala operativa era una specie di casa delle libertà dove anche i rutti e le puzze erano universalmente accettati e considerati spiritosi. L'assenza dell'elemento femminile conferiva a un ambiente già di per sé bestiale un tocco militaresco e triviale. In compenso giacca e cravatta erano d'obbligo, anche per chi trascorreva undici ore al giorno con l'occhio fisso davanti a uno schermo pieno di numeri a fare soldi e rumori molesti. I simpatici colleghi della sala operativa decisero che Elasti-mamma, in quanto unica donna, avrebbe portato sfortuna, a meno di non fare finta che fosse pure lei un maschio.
Dal secondo giorno di lavoro Elasti-mamma venne ribattezzata «Giovanni».
A Giovanni furono assegnati una sedia e un citofono. Il citofono serviva a farsi insultare da Cosimo il pazzo, un grosso cliente di

una potente banca d'affari a Londra. Giovanni era la schiava del pazzo. Giovanni guadagnava 250 euro lordi al mese, Cosimo 250 euro netti al minuto, bonus esclusi.

« Cazzo cazzo cazzo. Veloce-che-sei-lenta compramene 20 a 40.000, rapida! Rapida! Fatto? Vaffanculo. » *Click.*

Lei eseguiva, cliccava sul mouse più veloce della luce e muoveva in un battito di ciglia 20 futures, per un totale di 800.000 euro.

« Cazzo vendi! Vendine 35 a 40.200. Non ce l'hai fatta? Ti odio, sei una cretina incapace. Vaffanculo. » *Click.*

Giovanni, a intervalli regolari, andava nel bagno delle donne - aveva una suite solo per lei mentre quaranta maschi dovevano sgomitare nel cesso per maschi - e dava dei pugni fortissimi al muro, per scaricare la tensione. L'improponibile alternativa era spiegare al pazzo di Londra dove si poteva ficcare il suo citofono e i suoi futures.

Mentre elasti-Giovanni combatteva la sua lotta quotidiana contro l'incipiente esaurimento nervoso e gli insulti di Cosimo, intorno a lei la follia regnava sovrana.

Sotto il tavolo del capo viveva una tartaruga Ninja che quando l'indice Mibtel oscillava troppo emetteva gemiti e mugolii orgasmici ad altissimo volume per avvisare i commilitoni della Sim che il gioco si faceva duro.

A volte senza preavviso, tutti i soldatini della sala operativa e le loro cravatte, come un sol uomo, si alzavano e cantavano in coro la *Macarena,* dimenando a ritmo braccia e anche. Per poi risedersi e tornare a lavorare, come se nulla fosse.

Un giorno il capo, detto il Ciccione, decise che era troppo grasso, e che quindi tutti erano troppo grassi.

Impose alla sala operativa la « dieta di merda ». Per rafforzare lo spirito di squadra ed eliminare l'adipe in eccesso, a pranzo toccava a tutti ingurgitare la « zuppa di merda », una sbobba giallognola a base di cipolla.

Mentre i colleghi nel fine settimana andavano a prendere l'aperitivo a Montecarlo e a giocare a golf al Marbella Country Club, Elasti-mamma passava quarantotto ore a dormire, a digerire la zuppa di merda e a sognare Cosimo e il citofono.

Ha resistito tre mesi, poi una fata con i baffi le telefonò e le disse che stava cercando una persona (non un Giovanni) nella sua redazione come giornalista (non come schiava).
Da allora Elasti-mamma è una donna libera, o almeno si sente tale.

NOVEMBRE

Giovedì, 1° novembre

Mamma, ignora il fascista

Lo hobbit piccolo oggi è un Sciur Frignetti, molesto e prepotente. Elasti-mamma sta leggendo sul divano. Il nano arriva a testa bassa mugugnando e tenta di spingerla via.
« Si può sapere che vuoi? » chiede Elasti-infastidita.
« Mamma, ignoralo. È un fascista », interviene lo hobbit grande.
« Scusa? »
« Non devi nemmeno guardarlo quello, quando fa il fascista. I fascisti vengono e dicono "Qui ci sto io. Spostati subito!" La cosa migliore è lasciarli perdere. »
Dal nulla si materializza Mister Wonder.
« Côre d'papà », esclama in barese stretto, estasiato di fronte alla maturità politica del suo primogenito.

Venerdì, 2 novembre

Un film dell'orrore

Elasti-mamma ha ricevuto questo messaggio di posta elettronica: « Ciao! Siamo la M e la M. Vi ricordate? Prima fila a destra della cattedra. Stiamo organizzando una pizzata amarcord con la mitica terza F. L'appuntamento è per martedì prossimo alla pizzeria Vesuvio ».
Elasti-mamma vacilla. Sono passati quasi vent'anni dalla terza F.
« Guarda qui cosa mi è appena arrivato! » dice Elasti-mamma alla collega E, mostrandole il messaggio.

«Sembra l'inizio di un film dell'orrore. Fossi in te non ci andrei», commenta E.

Domenica, 4 novembre

L'insostenibile leggerezza del «prima»

I weekend con gli hobbit sono maratone. I weekend con gli hobbit sono sveglie all'alba, corse ai giardini, festicciole rigorosamente under five, wrestling, canzoncine idiote, goal (anzi gaaaal) in corridoio. I weekend con gli hobbit sono un massacro, fisico e non solo. I weekend con gli hobbit rendono il lunedì mattina un'ambita meta.

«Ma noi, prima, cosa facevamo?» chiede Mister Wonder lanciando il pallone allo hobbit grande al parco.
«Prima di che?» chiede Elasti-mamma cavalcando un gigantesco coccodrillo di legno, aggrappata dietro lo hobbit piccolo.
«Prima di loro», risponde lui lanciando un'occhiata ostile ai due nani.
«Già. Cosa facevamo noi nel fine settimana prima di questi due?» si interroga Elasti-disorientata.
«Boh, andavamo al cinema.»
«E poi?»
«Ci svegliavamo tardi la mattina...»
«E facevamo colazione in pasticceria con i giornali.»
«E poi tornavamo a casa e ci rimettevamo a letto.»
«E ci coccolavamo e dormivamo ancora un po'...»
«E poi vedevamo gli amici...»
«E io andavo in piscina e tu leggevi *Tex, Nathan Never, Dylan Dog, Julia* e tutti i tuoi stupidi fumetti...»
«Ah! Che bella vita!»
«Che vita fantastica...»
«Papà! Papà! Oh la palla!» urla lo hobbit grande, mentre il piccolo approfitta della elasti-distrazione per leccare il dorso terroso del coccodrillo.

Lunedì, 5 novembre

Mister Wonder e il gioco della paletta

Questo pomeriggio Mister Wonder e Elasti-mamma, mano nella mano, sono andati alla riunione della scuola materna dello hobbit grande. Alla riunione c'era anche la mamma di Clementina. Elasti-mamma nei novanta minuti di riunione ha imparato che Clementina:

1. Non mangia zucchine.
2. A tavola si mette il bicchiere in testa.
3. È emotivamente immatura.
4. Ama il giallo e il rosa.
5. Fa spesso cacca molle.
6. Fa il bagno una volta alla settimana.
7. Vuole essere la capa delle Winx.
8. È bellissima.

Durante il monologo della mamma di Clementina, Elasti-mamma dava segni di insofferenza, mentre Mister Wonder si guardava intorno curioso e divertito.
« Io la mamma di Clementina la detesto », ha detto Elasti-mamma uscendo dalla riunione.
« Chi? » ha chiesto Mister Wonder tra le nuvole.
« Come chi? La tizia logorroica che ha monopolizzato la riunione raccontando idiozie sulla figlia... »
« Ah, io ero impegnato a fare il gioco della paletta. »
« ? »
« Avevo un'immaginaria paletta con cui davo i voti alle madri. È un metodo fantastico per passare il tempo. Ho fatto una classifica. Vuoi vederla? »

Martedì, 6 novembre

Alcolisti anonimi

« Ho un'idea bellissima! Facciamo come gli alcolisti anonimi. Uno parla, gli altri ascoltano. Ognuno ha un minuto per raccontare gli ultimi diciannove anni! »

Sono gli elasti-compagni della terza F, ieri sera, intorno al tavolo di una pizzeria. Non si vedevano dalla maturità.
La compagna Bassani fa la ginecologa e la guida subacquea. Quando si sente un po' giù si fa da sola una flebo di ferro.
Il compagno Grassi è diventato bellissimo ma ha lo sguardo triste. Ha rincontrato la compagna Lauzi con gli occhi da gatta e insieme hanno perso il contatto con la realtà.
Il compagno Meloni è un antropologo, insegna turismo archeologico e culture sciamaniche. A volte va in televisione e se lo vedi una volta non te lo scordi più.
Il compagno Bernasca, colui che ha consentito a Elasti-mamma di arrivare all'università facendole copiare regolarmente le versioni di greco, parla in latino e dice freddure che non fanno ridere.
Il compagno Barbini fa operazioni di finanza strutturata e a fine anno riceve bonus milionari.
La compagna Magri è una filosofa ma siccome di filosofia non si campa lavora in un Sushi bar.
La compagna Guidini dice sognante che incontrare suo marito è stata la cosa più bella che le sia mai capitata.
La compagna Salsa è tuttora una carissima elasti-amica, la compagna Giraschi ha lo stesso sorriso azzurro di allora, la compagna Schiano ha due figli, maschi, e tutta l'elasti-solidarietà.

Si sono annusati per ritrovare quell'odore lontano di segatura e di gesso. Si sono guardati per vedersi più magri, più grassi, più allegri o più tristi, sostanzialmente uguali a se stessi. Si sono sorrisi per riscoprire una familiarità dimenticata.
Non è stato un film dell'orrore, come qualcuno aveva minacciato.
Tuttavia questa notte Elasti-mamma ha sognato la maturità. Erano tutti intorno al tavolo della pizzeria. Dovevano fare la versione di latino. Lei era l'unica senza il vocabolario. E Bernasca era seduto lontanissimo.

Mercoledì, 7 novembre

Religione, caselle e dilemmi

Alla scuola materna dello hobbit grande, come in gran parte delle scuole materne milanesi, mancano le educatrici, mancano i pennarelli per disegnare, i giocattoli per giocare, i libri per leggere, la carta igienica per andare al gabinetto e i fazzolettini per soffiarsi il naso.
Mancano i mediatori culturali per i bambini stranieri che arrivano da lontano e non sanno neppure come dire « mi scappa la pipì » o « mi fa male la pancia ».
Alla scuola materna mancano moltissime cose. Però, a volte, ci sono le maestre di religione.
Al momento dell'iscrizione all'asilo, le mamme e i papà devono barrare una casella di un questionario per stabilire se il loro nano di tre anni dovrà o meno frequentare le lezioni (?) di religione cattolica.
Elasti-mamma e Mister Wonder hanno detto no perché non sono credenti e perché ritengono che un nano minuscolo abbia più bisogno di pennarelli, giocattoli, libri, carta igienica e fazzolettini che di una maestra di religione.
« Mamma, stamattina c'era una maestra nuova », ha detto lo hobbit grande.
« Chi era? »
« Rosaria. »
« Rosaria? »
« Sì, la maestra di religione. »
« Ah! È arrivata una maestra di religione? »
« Sì, ma io, A che viene dall'Africa e non mangia il prosciutto e S che viene dal Perù ed è testimone di *genova* non facciamo religione. »
Tre bambini su ventisette. Lui, A e S. Si sentiranno diversi, esclusi, emarginati. Per le nostre battaglie ideologiche lo hobbit crescerà con mille complessi. Forse abbiamo sbagliato tutto.
« Ma a te piacerebbe fare religione con tutti gli altri tuoi compagni? »
« No! Io con A e S mi diverto come un pazzo e poi con Rosaria si

colora dentro i margini tutto il tempo e io odio colorare dentro i margini.»
Per il momento il problema non sussiste. Se un giorno Rosaria si inventerà qualche attività appassionante e irresistibile, bisognerà affrontare seriamente il dossier «religione».

Giovedì, 8 novembre

Ricci e occhi verdi

Mariagrazia aveva gli occhi verdi e un cane nero che si chiamava Mirca. Portava le lenti a contatto e lasciava che Elasti-bambina la scrutasse mentre se le metteva.
Mariagrazia è una risata, un abbraccio, una favola, una testa piena di ricci. È un sorriso colorato e lontano in un passato remoto.
Mariagrazia era la zia di Elasti-mamma.
Quando se ne è andata, tanto tempo fa, ha lasciato un bambino, il suo sorriso e i suoi ricci.
Il cugino Stefano ora è un uomo, con le spalle larghe, i piedi lunghissimi e la barba che punge. Stefano fa la lotta con gli hobbit e li guarda crescere compiaciuto, come fossero anche un po' suoi.
Stefano ama Veronica, da quando è ragazzino.
«Sono incinto!» aveva annunciato tempo fa guardando la pancia tonda di Veronica.
Oggi è arrivato un nano tutto nuovo.
Forse avrà i ricci e gli occhi verdi.

Venerdì, 9 novembre

Papà, ho trovato un fascista

«Mamma, papà! Ho trovato un fascista!» dice lo hobbit grande sventolando il giornale.
«E come sai che è proprio un fascista?» chiede Mister Wonder perplesso.
«Lo so. Ha la faccia del fascista.»
«Be', faccelo vedere.»

Lo hobbit apre sul pavimento le pagine locali. «Eccolo!» grida trionfante indicando un signore in primo piano.
Lunga barba bianca, sopracciglia folte, sguardo severo.
Per fugare ogni dubbio, sotto la fotografia c'è una didascalia con nome, cognome, data di nascita e di morte: Karl Marx (1818-1883).
Mister Wonder ha i sudori freddi.
Evidentemente le sedute serali a cui il capofamiglia sottopone primogenito e consorte, intorno all'album di figurine del «manifesto» sulla storia del comunismo, non sortiscono l'effetto desiderato.

Sabato, 10 novembre

Stanchezza e interruzioni hobbit

«Ti vedo stanco in questo periodo», dice Elasti-mamma a Mister Wonder, davanti ai resti della colazione.
«Sì, lo sono», risponde lui, pallido.
«Qua qua qua!» È lo hobbit piccolo. Ha l'elmo da centurione romano in testa e porta un libro sui pennuti.
«Lavoro tanto, i piccoli ci massacrano, noi due stiamo insieme poco e male», prosegue Mister Wonder sfogliando pagine piene di anatre, oche e galline.
«L'autunno è sempre un periodo terrificante. Poi passa», dice Elasti-incoraggiante.
«Brum ba! Brum ba! Tunf», dice il nano scaraventando una maxibetoniera giocattolo contro il muro.
«Non usciamo mai, siamo troppo stanchi anche per vedere un film in dvd a casa», dice Mister Wonder.
Lo hobbit applaude felice, scoppiando in una fragorosa, immotivata, risata solitaria.
«Quando sono a Londra mi sento in colpa verso di voi, quando sono qui sono frustrato perché non riesco a lavorare come vorrei...» prosegue.
«Fermo!» grida Elasti-mamma al nano che sta raccogliendo dalla spazzatura lische di sogliola di ieri sera.
«Blob blob blob!» dice lui facendo il verso del pesce.

« E tu vorresti il terzo... » conclude Mister Wonder ferale.
« Direi che non è questo il momento di parlarne! » risponde Elasti-evasiva.
« Ragazzi, vi servono questi cosi? Altrimenti li butto... » è lo hobbit grande. Ha smontato tutte le manopole dei caloriferi, le ha messe in un sacchetto e si avvia minaccioso verso l'immondizia.

Domenica, 11 novembre

Passioni clandestine

Ore 15.00. Lo hobbit piccolo è svenuto nel suo lettino. E russa. Lo hobbit grande, spalmato sul lettone, ha spodestato i genitori dalla loro stanza. E russa.
« Che dici, dormono? » sussurra Mister Wonder.
« Direi di sì... » sibila Elasti-mamma.
« Maaa, io e te... che ne diresti se... »
Introdursi a passo felpato nella camera degli ospiti e conquistarsi come ladri un angolo di intimità clandestina può avere un inatteso e perverso fascino.

Lunedì, 12 novembre

Sorprese hobbit

« Nano, tra qualche giorno ci sarà una sorpresa grandissima... » dice Elasti-mamma allo hobbit grande.
« Cosa? Cosa? Cosa? Cosa? » domanda lui.
« Indovina! »
« Un ovetto Kinder! » esclama con gli occhi che brillano.
« Ma no! Ma che tristezza! Ho parlato di sorpresa grandissima! » risponde Elasti-indignata.
« Una *zaker torter*! »
« No, non una Sacher Torte. È una sorpresa più bella e più grande. »
« Mmmh... mi lasci vedere le parti vietate del *Signore degli Anelli*! »
« No! »

« Andiamo al cinema! »
« Di più! »
« Torna papà... »
« Fuochino... è una sorpresa persino più grande... »
« Viene a trovarci la zia matta! »
« Ebbene sì! »

La sorella antropologa e trasgressiva di Mister Wonder, la divinità hobbit arriverà domani a Felicity Place. I nani sono in delirio sin da ora. Elasti-mamma si è già pentita di avere dato l'annuncio con tanto anticipo.

Martedì, 13 novembre

Vengo anch'io, no tu no!

Nonna K è tornata felice dal suo viaggio in Ecuador.
« Che bello ritrovarvi! » esclama traboccante di affetto. « Come sono carini e simpatici i miei nipotini! » aggiunge guardando estatica gli hobbit. « Tu invece sembri stanca », dice guardando cupa l'elasti-figlia.
« Un po'. È un periodo faticoso... »
« Ma tu e Mister Wonder non riuscite a farvi una vacanza da soli? »
« Mah... forse a dicembre... Mister Wonder è stato invitato a Tokyo, per un seminario... magari potrei andare anch'io... »
« Certo! Che meraviglia... Ma... i bimbi con chi staranno? » un'ombra di panico le oscura lo sguardo.
« Potrebbero venire qui Towanda e Mister Brown... »
« Fantastico! Allora vedo di organizzarmi con Artù per esserci anche noi », esclama sollevata.
« In che senso, mamma? Esserci qui con gli hobbit quando noi saremo via? »
« No! Esserci con voi. A Tokyo! »

Mercoledì, 14 novembre

Lavori usuranti

Ore 14.55. «Elasti, sei pronta? Elasti, tra cinque minuti inizia la conference call sui risultati trimestrali di Banca Flip. Sei tesa? Hai chiamato qualche analista per capire qual è il mood? E il sentiment? Qual è il sentiment?»
Mister Max zompetta nervosamente intorno a Elasti-mamma.
«Tranquillo, Mister Max. È tutto sotto controllo», dice Elasti-rassicurante.
Ore 14.57. *Driiin.* «Pronto Elasti, sono io, Mister Wonder da Londra. Stavo pensando di prendere per Natale allo hobbit grande una riproduzione di Darth Vader di *Guerre Stellari.* È alto cinquanta centimetri e fa anche il respiro di morte... potrebbe piacergli?»
«Non ora.»
Click.
Ore 14.58. *Driiin.* «Elasti, sono la zia matta. Mi sono dimenticata di dirti che oggi lo hobbit grande esce alle 15.00 dalla scuola materna. Chi lo va a prendere?»
«Come chi lo va a prendere? esce tra due minuti.»
«Okay, vado io. Era la risposta che speravo. Ciao.»
Click.
Ore 15.00. Inizia la conference call.
«Esposizione ai subprime, Elasti! Occhio all'esposizione ai subprime. È la nostra top priority!» ulula Mister Max dalla sua scrivania.
«Tranquillo Mister Max. Tutto sotto controllo... quasi.»
Ore 15.15. Elasti-mamma è concentratissima. È un tutt'uno con cornetta e tastiera. L'amministratore delegato snocciola numeri con voce monotona.
Arriva alla top priority di Mister Max: l'esposizione ai subprime. *Bzzzbzzzbzzz* il telefonino. No! È Valentina Diolabenedica, la vera top priority dell'elasti-vita.
«Elasti... pensavo di andare con gli hobbit e la zia matta in quella nuova ludoteca vicino a Felicity Place... mi daresti l'indirizzo esatto?»
«Svalutazioni legate ai subprime per 49 milioni di euro nel terzo

trimestre! Ripeto 49 milioni di euro! » grida Elasti-mamma come un'invasata.
« Elasti, tutto bene? »
« Sì, scusa Valentina. Via dei Glicini, 7. »
Click.
Ore 17.20. L'amministratore delegato parla da oltre due ore di M&A, di Payout, di Tier1 e di core business.
Elasti-mamma ascolta e parla con Mister Max, con lo hobbit grande che vuole l'autorizzazione per brindare all'arrivo della zia matta con la Coca-Cola, con un ufficio stampa che vuole testare la customer satisfaction del giornalista medio e con il signore che portava l'acqua minerale a Felicity Place ma non la porta più.

Giovedì, 15 novembre

La zia matta tocca e fugge

La zia matta, arrivata ieri a Felicity Place, dopo meno di quarantotto ore, esausta, è ripartita.
« Sono a pezzi. Gli hobbit mi hanno massacrata », ha detto salendo sul treno.
« Peccato che se ne è andata... » ha sospirato lo hobbit grande mentre il piccolo la cercava in ogni angolo dell'elasti-casa.
La zia matta ha giocato con lo hobbit grande al *Signore degli Anelli.*
« Io ero Frodo, lei era Sauron, l'oscuro Signore di Mordor », ha raccontato il nano.
Gli ha poi insegnato le mille sfumature del nobile dialetto barese.
« Mamma ascolta: riduino, sdumm', coppino, skaffun', lisc' e buss'... sono tanti modi per dire schiaffo!... Ah mamma! Mo' ci si bell'! » ha detto il giovane ma promettente allievo.
La zia ha poi regalato un terrificante drago alato allo hobbit piccolo. Lui è convinto che sia una papera, gli dice « qua qua » e lo copre di baci.
La trasgressiva antropologa, infine, ha incontrato Esmeralda, ragazza ecuadoriana che mantiene l'igiene e il decoro nell'elasti-

casa. Si sono piaciute subito, hanno parlato di America Latina, hanno convenuto sull'irresistibile avvenenza degli uomini dominicani e hanno ballato una salsa e un reggaeton in salotto.
La zia matta sta aspettando il visto per partire per Paderu, il villaggio tribale in India dove parlano solo la lingua telugu. Se il visto arriva e Paderu esiste veramente, la zia matta se ne andrà laggiù per un anno, forse due, ancora non si sa.
L'elasti-famiglia, per il momento, cerca di non pensarci.

Venerdì, 16 novembre

Abiette strategie

Brigitte, pin-up diciannovenne austriaca, ragazza alla pari di Irene, da circa due mesi turba i sonni dell'elasti-amica.
Il marito di Irene la guarda con occhi da triglia, i bambini di Irene la adorano, gli amici maschi di Irene si autoinvitano a cena per contemplare la Venere.
Irene all'inizio era un po' turbata, con il passare dei giorni si è fatta travolgere dalla gelosia, poi si è incupita e alla fine è passata al contrattacco.
« Come sta Brigitte? » le ha chiesto ieri Elasti-mamma.
« Benissimo! Sai, è molto ingrassata negli ultimi tempi... merito della mia cucina ipercalorica », ha risposto raggiante, con un guizzo luciferino nello sguardo.

Sabato, 17 novembre

Tempra hobbit

Stamattina lo hobbit piccolo si è svegliato, come sua abitudine, alle 6.30.
« Tatte! Tatte! » gridava come un invasato.
« Sì, nano. Te lo preparo il latte. Non urlare però che svegli tuo fratello », biascicava Elasti-mamma reggendosi a malapena in piedi.
Lo hobbit piccolo ha ingurgitato quasi mezzo litro di latte con

dentro i Plasmon, in dodici secondi e due decimi, come fa tutte le mattine all'alba.
Ha starnutito, ha tossito e, *plof*, ha vomitato tutto, sulle elasti-pantofole etniche, sull'elasti-pigiama e sul pavimento della cucina.
Elasti-mamma avrebbe voluto ignorare l'increscioso incidente, chiudere signorilmente la porta della cucina, tornare sotto il piumone e cominciare una giornata tutta nuova due ore dopo.
Lo hobbit piccolo ha scrutato con disappunto la devastazione intorno a lui.
Poi ha afferrato il biberon, ormai vuoto, lo ha brandito davanti all'Elasti-mamma, e ha gridato «Tatte! Tatte!» reclamando la sua colazione, come se nulla fosse accaduto.

Domenica, 18 novembre

Hobbit Fauntleroy

L'elasti-famiglia ha trascorso il fine settimana al castello di Artù.
Al castello di Artù si pranza intorno a un immenso tavolo, talmente grande che i commensali non riescono a toccarsi nemmeno se allargano le braccia e se vogliono fare conversazione devono usare il megafono. Sopra il tavolo sconfinato c'è una preziosa tovaglia ricamata, piatti di porcellana antica e posate d'argento dell'Ottocento.
Quando si pranza alla mensa di Artù ci si sente come il piccolo Lord Fauntleroy.
«Sapete, lo hobbit grande e io abbiamo appena finito di leggere il primo libro di Harry Potter!» grida, con voce impostata, un orgoglioso Mister Wonder.
«Ma che bello! Ti è piaciuto, caro?» domandano in coro nonna K e Artù.
«Sì, molto», risponde il nano masticando polpette.
«E cosa ti è piaciuto di più della storia di Harry?» chiede compiaciuto Mister Wonder-kamikaze.
«Mi è piaciuto Albus Silente che mangia caramelle al gusto "gomito" e al gusto "caccole di cerume"», sentenzia il giovane hobbit Fauntleroy.

Lunedì, 19 novembre

Barbarie hobbit ed elasti-repressione

« Questo pomeriggio lo hobbit grande si è comportato molto male », dice Valentina Diolabenedica. « Siamo tornati a casa e sono venuti qui a giocare i due nani maschi della casa di fronte », prosegue.
Lo hobbit, galvanizzato dalla presenza di un ampio pubblico, ha tirato fuori il suo lato oscuro, sbruffone e molesto.
« Tutti addosso a Valentina! » gridava.
« Baciamo in bocca Valentina! Spogliamo Valentina! Tocchiamo Valentina », e via così in un crescendo di vergognosa idiozia tipicamente maschile.
Valentina per fortuna conosce le ombre dell'infanzia e ha rapidamente neutralizzato lo hobbit. Elasti-mamma non c'era ma ascoltando il racconto è stata colta da furia cieca. Ha pensato ai piccoli bulli, al branco, alla violenza prepotente e ottusa di certi uomini. Ha pensato che certi istinti barbari e deteriori vanno repressi sul nascere.
Pertanto lo hobbit è in castigo. Lo aspetta un'atroce settimana di stenti e privazioni.

Martedì, 20 novembre

Gli escrementi dell'acaro

Elasti-mamma sta godendosi il suo giorno di ferie casalingo.
Driiin.
« Pronto, signora Elasti? Sono Raffaella, come sta? »
« Bene grazie, ma... Raffaella chi? »
« Raffaella della Kikki. Ho avuto il suo nome dalla sua collega L. La chiamo per parlarle di un gioiello. »
« ... »
« Un aspirapolvere della Nasa... ha presente le missioni nello spazio degli americani? Ecco proprio quella Nasa lì. »
« E cosa fa questo gioiello della Nasa? »
« Aspira le polveri sottili e gli acari! Aspira qualsiasi cosa. È potente come lo shuttle. Fissiamo un appuntamento per una dimo-

strazione a casa sua? Uno dei nostri ragazzi la stupirà con effetti speciali.»
«Interessante. E quanto costa?»
«Curùcurù.»
«Scusi?»
«Curùcurù. Martedì alle 16, può andare?»
«Continuo a non capire... quanto costa questo fantastico aspirapolvere?»
«Quattromila.»
«Quattromila cosa?»
«Euri.»
«Quattromila euro per un elettrodomestico?»
«Della Nasa!»
«Okay, della Nasa. No, grazie non mi interessa.»
«Aspetti, Elasti! Ma lei la notte non ha mai la gola secca?»
«Sì, a volte.»
«Sa cos'è?»
«No, mi dica, Raffaella.»
«Gli escrementi dell'acaro. Si infilano nella gola e la grattano!»

Elasti-mamma è piuttosto suggestionabile. Le basterebbero pochi giorni come questo, a casa, per manifestare i primi segni di squilibrio.

Mercoledì, 21 novembre

Viva la pampa

Lo hobbit piccolo ha un chiodo fisso: la pampa.
Si presenta la sera in pigiama, con un paio di pantofole quattordici numeri più grandi del suo, e porta in trionfo l'oggetto del desiderio.
«Pampa!» esclama lui.
«No, nano! La pampa no. Ti prego!» implora Elasti-sfinita.
La pampa si può mordere, anche se trovarsi pezzi di pampa tra i denti non è piacevole. La pampa non fa danni ed è gialla. La pampa è zozza da far schifo ma un ciclo di centottanta minuti

in lavatrice più una seduta di ventiquattro ore sullo stendipanni potrebbero creare seri problemi di astinenza.
La pampa si può lanciare fortissimo contro il muro e, a volte, passano i nervi. La pampa è meglio di una medicina.
Con la pampa, se sei bravo, fai gol in corridoio e dopo puoi saltare come un pazzo e buttarti per terra urlando «gaaaal» e tutti intorno applaudono.
La pampa è un oggetto sferico, di spugna. Sembra una palla ma è molto di più.

Cara ti amo

«Mamma, mi scrivi qui sopra con questo pennarello rosso "Cara Elena ti amo"?»
«Accidenti! Cara Elena ti amo. È una frase importante.»
«Sì... tu che ne dici?»
«Dico che è una cosa molto bella e se la pensi è giusto scriverla.»
«Va bene. Allora "Cara Elena ti amo. Ciao, sono io".»
«Ecco fatto. Pensi che Elena sarà contenta?»
«Non lo so. Io la voglio sposare.»
«E questo messaggio glielo vuoi dare domani a scuola?»
«Non so. È una frase talmente... talmente... talmente grande che mi vergogno.»
«Allora come vuoi fare?»
«Preferirei mettere questa frase in una busta, scriverci sopra l'indirizzo di Elena e spedirgliela, come se fosse una lettera a Babbo Natale.»

Giovedì, 22 novembre

Inferiorità hobbit

Ieri pomeriggio Elasti-mamma ha stazionato su un marciapiede per circa tre ore, al freddo e al gelo, nell'inutile attesa di un manipolo di inutili banchieri.
Elasti-mamma era in compagnia di alcuni colleghi.
«Hai un bimbo di un anno e mezzo? Anche io! Il mio è nato il 12

aprile », dice Bianca, giornalista della televisione, occhi da gatta, fisico da indossatrice, guardata a vista da nerboruto cameraman-body-guard.
« Anche il mio è nato il 12 aprile! Come si chiama il tuo? » chiede Elasti-mamma.
« Andrea », risponde lei dall'alto dei suoi centottanta centimetri.
« Anche il mio hobbit piccolo si chiama Andrea. Ma tu guarda! » dice Elasti-mamma.
« Mio marito vive all'estero », prosegue lei.
« Anche il mio! Che coincidenza », ribatte Elasti-stupita.
« Ma siamo proprio uguali noi due! » vaneggia la strafiga.
« Be', quasi... »
« Pensa. Stamattina il mio Andrea ha detto: "Mamma, ho tanta voglia di vedere papà. Prendiamo la macchina in garage e andiamo subito da lui". Che tenero... » dice Bianca, ormai all'ultimo stadio della metamorfosi da pantera a chioccia.
« Scusa? Il tuo nano, di mesi diciannove e giorni dieci, dice tutta questa roba? Dice "Ho tanta voglia di vedere papà"? Dice "Prendiamo la macchina in garage"? Non ci posso credere... » balbetta Elasti-strabiliata.
« Sì. Perché? Il tuo cosa dice? »
« Il mio dice "qua qua, cacca, mamma, clop clop, blob blob"... »
« E basta? » chiede occhi da gatta sollevando un sopracciglio.
« No. Dice anche "brum brum". »
Dopo il gelido pomeriggio di *doorstepping* Elasti-mamma ha freddo nelle ossa, nei capelli e un po' anche nell'anima. Si trascina a casa battendo i denti. Raggiunge il tepore delle mura domestiche.
« Elasti, amore mio! Preparati in fretta che tra un'ora usciamo! Andiamo a teatro. Ti porto a vedere uno spettacolo sulle tragiche vicende delle tabacchine pugliesi negli anni '30 », dice pimpante Mister Wonder.
Elasti-mamma non ha la forza di ribattere di fronte a tale entusiasmante programma serale.
Gli hobbit stanno giocando in camera loro con Valentina.
« Ho assolutamente bisogno di un bagno bollente », dice Elasti-intirizzita, sognando schiume, bolle, vapore e solitudine.
Va in bagno, si china sulla vasca, apre l'acqua calda, si volta e

trova lo hobbit grande, completamente nudo, che saltella sulle piastrelle.
«Cosa fai tu qui, nudo?» chiede Elasti-mamma.
«Ho sentito che volevi fare un bagno bollente e mi è sembrata un'idea bellissima!»

Sarà stata la solidarietà tra sventurate, ma Elasti-mamma ha trovato meraviglioso lo spettacolo sulle tabacchine degli anni '30 e ha pianto ininterrottamente per quasi due ore.

Venerdì, 23 novembre

Nel tunnel

Notte. Ore 2.00.
«Dai... un'altra!»
«Sei pazzo? Domani i due mostri ci sveglieranno all'alba. È tardissimo!»
«Non mi dire che non ce la fai più! Non sei più quella di una volta...»
«Ma no! Mi piacerebbe però ho bisogno di dormire!»
«Uffa... dai. Una sola e poi giuro dormiamo!»
«Va bene...»
Elasti-mamma e Mister Wonder ci sono ricascati. Sono di nuovo nel tunnel. Hanno cominciato a vedere la terza serie di *Lost*.
Elasti-mamma fa finta che Mister Wonder sia il naufrago Jack, impavido bronzo di Riace che, prima di schiantarsi con l'aereo su un'isola terrificante piena di mostri e misteri, era un affermato chirurgo.
Mister Wonder immagina che Elasti-mamma sia Kate, creatura meravigliosa e inquieta, spirito libero e solitario, occhi verdi, addominali d'acciaio e riccioli al vento.
Alle 2.30, dopo sette puntate consecutive di *Lost*, tutto è possibile.

Sabato, 24 novembre

Cronache hobbit

Arriviamo e ci sediamo sulle panchette. A volte cantiamo tutti insieme. Qualcuno piange perché è triste.
Poi facciamo le attività. Ieri per esempio abbiamo manipolato i ricci delle castagne. Qualcuno ha pianto perché si è punto.
Quando siamo stufi di fare le attività c'è il gioco libero. Io, F, S, L, A e D giochiamo ai cavalieri Jedi o ai Power Ranger o al wrestling.
Ad un certo punto si va a fare la pipì, poi ci si lava le mani ed è pronto da mangiare.
Se è giovedì ci sono le lasagne con il gelato e siamo felici. Se è lunedì c'è il minestrone o i malloreddus con i piselli che fanno schifo. In ogni caso dobbiamo assaggiare il cibo che ci danno.
I migliori fanno i camerieri.
Poi qualcuno grida «Tutti nell'angolo morbido!»
È il relax. Mettono una musica e ci dobbiamo rilassare. Io mi rilasso abbracciato alle mie fidanzate. A volte dormo anche. Il mio amico F che è milanista, si rilassa con S che è interista, ma alla fine si danno mazzate.
Poi suona la campanella e ce ne andiamo a casa, belli contenti che finalmente è finita.

Questo monologo è la risposta dello hobbit grande all'elasti-domanda «Mi racconti un po' cosa fate alla scuola materna?»
Se lo sa nonna K, domani lo iscrive all'asilo Montessori.

Domenica, 25 novembre

Consapevolezze

Lo hobbit piccolo oggi, per la prima volta nei suoi diciannove mesi di vita, si è reso conto che Mister Wonder la domenica sera si infila le scarpe, la giacca, uno zaino consunto e parte per Londra.
Invece di immalinconirsi come la sua Elasti-mamma, invece di simulare sovrana indifferenza come lo hobbit grande, lui si è infuriato. Ha gridato la sua rabbia al piatto di pasta fumante, al

bicchiere a forma di ranocchia, alla palla in corridoio, al telefono e alla scarpiera. È andato a dormire con un diavolo per capello. Scoprire l'esistenza di anarchiche forze centrifughe, quando si è convinti di essere al centro del mondo, deve essere piuttosto sgradevole.

Lunedì, 26 novembre

Piccoli hobbit crescono

Avendo vinto il turno « alba » in redazione, Elasti-mamma è tornata presto a casa.
« Ehi nano! Questo pomeriggio stiamo un po' soli tu e io, hai voglia? » ha chiesto allo hobbit grande.
Si sono presi per mano e sono usciti.
Lo hobbit ha raccontato a Elasti-mamma che la sua compagna Lisa gli dà « il noio », mentre Mattia è il suo migliore amico, anche se è milanista. Le ha raccontato di Lucio, terrorizzato da una fantomatica vigilessa di Voghera che punisce i bambini cattivi. Le ha raccontato che Amir viene da un posto che si chiama Africa e non mangia il prosciutto e nemmeno il salame.
Elasti-mamma e lo hobbit sono andati al cinema, ma prima si sono comprati un enorme sacchetto di pop corn che se quel bacchettone di Mister Wonder lo avesse visto si sarebbe arrabbiato.
« Mamma, non si mangiano! »
« Ma sono caldi! »
« Non si mangiano prima che inizi il film! »
« Ti prego, uno solo. »
« Va bene, ma piccolo e lo scelgo io. »
Elasti-mamma e lo hobbit grande, soli al centro di una sala da quattrocento posti, hanno giocato alla morra cinese mentre aspettavano e hanno commentato tutte le pubblicità. Hanno guardato il film in religioso silenzio, hanno fatto stretching durante gli otto minuti di intervallo e hanno deciso che al cinema insieme bisogna andare almeno una volta al mese.
« Mamma, prendiamo l'ascensore trasparente che sembra una nave spaziale? »
« No, mi fa impressione. »

« Dai, non devi avere paura, ci sono io con te! »
Lo hobbit grande, con i capelli come un casco di banane, gli occhi blu che chissà da dove sono venuti e i pop corn anche nelle orecchie, sta diventando proprio grande.

Martedì, 27 novembre

Diversificazione del rischio

« Così andate in Giappone... »
« Forse. Mister Wonder è stato invitato per un seminario e potrei andare con lui. »
« Bello... »
« Già. Sarebbe fantastico. »
« E i bambini? »
« Starebbero con i nonni. »
« Quando partireste? »
« Tra due settimane. »
« Viaggereste sullo stesso volo? »
« Sì, perché? non dovremmo? »
« No. In caso di incidente aereo, viaggiando su due voli separati, diversifichereste il rischio che i vostri figli restino orfani. »
« Ommerda! Ma... »
« Non ci pensi mai a queste cose? »

Ci penso in continuazione. Ci penso quando esco di casa in bicicletta, ci penso quando Mister Wonder parte per Londra, ci penso quando chiudo gli occhi, ci penso quando li riapro e vedo gli hobbit. Ci penso quando desidero un terzo bambino e ci penso quando mi guardo allo specchio. Ho il terrore di allontanarmi, il terrore che si allontanino, il terrore di perdermi, il terrore che si perdano. Ho paura di ammalarmi, paura di lasciarli, paura di non esserci. Ho talmente paura che se mi fermo soffoco. Ma vado in bicicletta tutte le mattine, guardo Mister Wonder partire e tornare ogni settimana e tra quindici giorni forse andremo a Tokyo, sullo stesso aereo. E ricaccerò dentro questo terrore tutte le volte che affiorerà.

« No, non ci penso mai. Preferisco vivere. »

Mercoledì, 28 novembre

Universo variopinto

Quando Mister Wonder è lontano e Elasti-mamma deve essere in redazione all'alba, Anna Buonanotte si prende cura degli hobbit e li porta ai rispettivi asili.
Valentina Diolabenedica invece sta con loro il pomeriggio.

Valentina ama Mattia da quando è bambina. Si sposeranno tra due primavere e andranno ad abitare in una casa costruita per loro e pronta da tempo.
Anna ha perso la testa per un tizio che predica l'amore plurale e la coppia aperta, bello come il sole e infido come Barbablù. «Se non soffro non mi innamoro», dice sconsolata.

Valentina va all'università, vive con i suoi genitori, sogna di avere due bambini, un maschio e una femmina, e di aprire un asilo nido tutto suo.
Anna ha vinto un dottorato di ricerca, ma l'università non paga abbastanza per vivere. Abita con un'amica, sogna la rivoluzione e un mondo migliore.

Valentina il sabato e la domenica lavora con i bambini e quando non lavora sta con Mattia e pranzano tutti insieme in una famiglia calda e avvolgente.
Anna il sabato e la domenica organizza «occupazioni di spazi metropolitani», dice, e partecipa a workshop su precariato e differenze di genere.

Valentina e Anna sono diverse e lontane.
Di Valentina Elasti-mamma ama la solidità, la concretezza e lo sguardo sornione.
Di Anna ama l'inquietudine, la curiosità e lo sguardo sognante.
Gli hobbit, grazie a loro, hanno imparato molto presto che l'universo femminile è piuttosto variopinto.

Giovedì, 29 novembre

Non passa giorno

Amanda è un'elasti-amica. Ha una bambina e ne aspetta un'altra che arriverà a febbraio. Lavora da anni in una società importante, con migliaia di dipendenti. È brillante, spiritosa, intelligente e coraggiosa. È partita da un piccolo paese tra le montagne alla conquista del mondo, tanto tempo fa.
Amanda e Elasti-mamma hanno pranzato insieme.
«In ufficio non passa giorno che non mi dicano "Contavamo tanto su te, poi però..."» dice Amanda con gli occhi tristi.
«Non passa giorno che non mi guardino il pancione scuotendo la testa, non passa giorno che non mi facciano notare la loro delusione», prosegue.
«Non passa giorno che non mi tolgano un pezzettino del mio lavoro, non passa giorno che non mi facciano sentire esclusa, non passa giorno che non mi ricordino la brillante carriera che avrei fatto se solo non avessi avuto la balzana idea di un secondo figlio.
«Non passa giorno che non mi senta fuori posto, che non mi senta in colpa, che non mi senta una traditrice.»

Venerdì, 30 novembre

Da Paderu a Kabul, fermate la zia matta

L'inquieta zia matta stava aspettando il visto per andare a Paderu, il villaggio che non c'è.
L'elasti-famiglia si stava abituando all'idea.
«A Paderu parlano solo telugu, ma che vuoi che sia? La zia matta è dotata per le lingue», diceva Elasti-mamma.
«A Paderu non arrivano le strade, ma che vuoi che sia? Prima o poi le costruiranno», diceva Mister Wonder.
«A Paderu c'è la malaria endemica, ma che vuoi che sia? Avranno anche imparato a curarla», diceva lo zio con l'orecchino al naso.
Il visto non arrivava e la zia matta scalpitava. Oggi la zia matta ha telefonato.

« Non vado più a Paderu. Il visto non me lo danno. Vado a Kabul, per un anno », ha detto.
« A Kabul? » ha chiesto Elasti-mamma.
« A Kabul. »
« Ma quella Kabul? In Afghanistan? Uno dei paesi più sfortunati del sistema solare dove sono passati Persiani, Greci, Mongoli, Arabi, Turchi, Russi, Talebani... e adesso tu? »
« Già, adesso io. Non è una notizia fantastica? »
No, non lo è affatto, Zia Matta. O forse sì, ma ci devo pensare. Kabul è pericolosa e tu sei tanto piccola e completamente priva di senso pratico. Hai la testa tra le nuvole e nemmeno un burqa nel tuo guardaroba. A Kabul ci si può fare molto male e tu parti. Felice. Felice e incosciente.

Elasti-digressione 11
Analisi semantica di un « buah »

Lo hobbit grande iniziò a parlare molto presto.
A venti mesi diceva « Mamma, il limone è un po' aspro », chiedeva « Perché? », declinava verbi e aggettivi, conosceva i nomi di tutti gli strumenti musicali, fagotto compreso, e battezzò con il nome « Femmina » la sua unica bambola.
A quell'epoca Elasti-mamma lesse da qualche parte che, secondo alcune teorie pediatriche, un bambino a due anni dovrebbe possedere un vocabolario di circa duecento parole.
« Un bambino tonto, forse », commentò Mister Wonder pensando con orgoglio alla precoce logorrea del figlio. « Il nostro ne conosce almeno mille, o forse duemila, anzi cinquemila. Probabilmente un bambino cresciuto in una grotta con genitori cavernicoli, a due anni dice solo duecento parole », concluse l'incauto padre.

Lo hobbit piccolo tra pochi mesi taglierà il traguardo dei due anni ed è ben lungi dall'obiettivo.
Ha sviluppato in compenso morbosi amori per le scarpe (cacca), per le papere (qua qua), per le macchine (brum brum), per la mamma (mamma) e per le moto (sempre mamma, sigh).
Ha poi elaborato l'articolato concetto del « buah ».
« Buah » è il cappello, è l'elmo di plastica da centurione romano da cui non ci si separa mai, è l'asciugamano avvolto sulla testa di una conturbante Elasti-mamma dopo che si è lavata i capelli. In quest'ultimo caso « buah » è accompagnato da un sospiro e dallo sguardo sognante rivolto all'irresistibile elasti-copricapo.
Le associazioni mentali hobbit rispondono tuttavia a logiche complesse, non sempre intuitive, talvolta perverse.

Pertanto « buah » è, per estensione, un oggetto che copre o protegge.
Quando la bottiglia resta senza tappo si grida un « buah » urgente e incredulo. Se l'armonia della bottiglia chiusa non viene ripristinata immediatamente, il « buah » si trasforma in singhiozzi isterici.
Mister Wonder non porta cappelli ma occhiali e, nella fattispecie paterna, « buah » sono appunto gli occhiali. Nell'ordine del mondo hobbit, gli occhiali sono parte integrante ed essenziale del padre. Quando Mister Wonder è sotto la doccia o dorme, ed è quindi privo del fondamentale accessorio, l'invito a ricomporsi è un « buah » lamentoso, a tratti straziato.
Un « buah » copre, tappa, completa, riordina. Di conseguenza, il verbo « buah » significa « chiudere ».
L'imperativo « buah » si utilizza di fronte a una porta spalancata, a una scarpiera aperta, a un cassetto socchiuso.
L'ordine hobbit non tollera spiragli, aperture, voragini. L'ordine hobbit è fatto di chiusure, allineamenti, simmetrie.
« Buah! », voce del verbo « buah », è un'accorata richiesta di aiuto, è una parola magica contro l'entropia, è un grido indignato alle forze centrifughe dell'universo.

DICEMBRE

Sabato, 1° dicembre

Virus e amnesie

Ieri sera Elasti-mamma è stata aggredita da un virus intestinale. Nelle ultime sedici ore ha dormito quasi ininterrottamente, mentre Mister Wonder si prendeva cura del resto del mondo.
Elasti-mamma si è alzata dal suo letto di dolore una volta sola, per raggiungere il resto della famiglia che pranzava. Era in pigiama, pallida come un cencio, con i capelli più a carciofo che mai. Sbocconcellava faticosamente uno spicchio di mela.
Mister Wonder aveva le guance pitturate da indiano, un paio di pantofole a forma di cane e stava scolando la pasta per gli hobbit.
Driiin.
« Pronto! Sono lo zio con l'orecchino al naso! Tanti auguri! »
« Auguri? E perché mai? » hanno chiesto in coro la derelitta e il capo indiano.
Ecco, se ne erano dimenticati.
Sei anni fa il primo dicembre si sposavano e oggi sono due stracci.

Domenica, 2 dicembre

Censure hobbit

Ore 22.00. Elasti-mamma giace sotto un plaid sul divano, dopo una giornata trascorsa a combattere contro virus intestinale e hobbit.

« Te la senti? » chiede Mister Wonder.
« Certo che sì », risponde lei con un filo di voce.
Comincia quindi la visione di *Lost*, terza serie, droga dei membri adulti dell'elasti-famiglia.
« Avrei voglia di qualcosa di buono, qualcosa di trasgressivo... » dice Mister Wonder disintegrando la suspense per andare in cucina.
Torna con un piatto di cicorie bollite.
« Questa sarebbe la tua trasgressione? » chiede Elasti-mamma disgustata.
« Certo. Esiste forse qualcosa di più buono delle cicorie? »
Lost riprende.
« Merda! » esclama il trasgressivo buongustaio. « Ho macchiato il divano con l'olio delle cicorie. »
Dopo qualche secondo si sente uno scalpiccio in corridoio.
« Tre cose! » sussurra un grillo parlante.
« Cosa ci fai qui, nano? Perché non dormi? » chiede Elasti-mamma.
« Non cambiamo discorso », dice lo hobbit grande con pigiama a righe e capelli dritti in testa. « Prima cosa: non si mangia davanti alla televisione. Seconda cosa: papà ha detto una parola bruttissima che non si deve mai dire. Terza cosa: non si mangia a quest'ora. Ora vado a letto. Buonanotte », dice il nano censore tornando da dove è venuto.

Lunedì, 3 dicembre

Ci sono sere

Ci sono sere in cui è tutto molto difficile.
È difficile stendere il bucato dimenticato nella lavatrice dalla mattina, preparare la cena, leggere storie di papere e mostri.
È difficile lasciarsi cadere sorridendo nel gorgo degli hobbit.
È difficile far finta di non avere le vertigini, di non essere sola, stanca, fragile.
Ci sono sere in cui essere avvolgente, rassicurante, e materna è proprio difficile.
Ci sono sere in cui sei inadeguata.
Ci sono sere in cui non sei capace.

Ci sono sere in cui ti chiedi come mai nessuno se ne sia ancora accorto.

Martedì, 4 dicembre

Delicati come serpenti, rossi come il Natale

«Mamma, io ho un segreto», dice lo hobbit grande seduto sul WC.
«Me lo dici?» chiede Elasti-mamma, accovacciata ai suoi piedi.
«Non posso. È un segreto.»
«E chi lo sa questo segreto?»
«Lo sanno Dominatrix e i miei compagni della classe verde.»
«Una maestra e ventisette bambini... okay. Non lo voglio sapere.»
«Vabbè. Lo dico solo a te. Ma non dirlo a papà e non dire alla maestra che lo sai.»
«Non dico niente. Promesso.»
«Noi abbiamo preso la farina, il sale fino e l'acqua e sguash sguash sguash abbiamo mischiato tutto con il rosso.»
«E poi?»
«Poi abbiamo fatto delle strisce delicate come serpenti.»
«Delicate come serpenti?»
«Sì. Delicate come serpenti, rosse come il Natale. È la nostra sorpresa segreta. Bella no?»
«Bellissima.»
Il rito si è concluso con qualche minuto di meditazione silenziosa.

Mercoledì, 5 dicembre

Mobbing prescolare

Lisa va alla scuola materna con lo hobbit grande. Ha i capelli lunghi e dritti e lo sguardo trasognato.
«È molto carina Lisa, non trovi?» ha detto Elasti-mamma allo hobbit grande.
«No. Lisa non è carina. Lisa dà il "noio" a tutti con le sue canzo-

ni. Lisa dice che ha un cane al guinzaglio ma in verità non esiste. Anche il cane di Lisa canta quelle canzoni. Lisa e il suo cane non li sopporta nessuno. Allora abbiamo sparato al cane di Lisa che ha smesso di cantare. Lisa ha detto che il suo cane non si è fatto niente. Ma noi lo sappiamo che è morto», ha risposto lui.

Giovedì, 6 dicembre

Notte amarcord

La notte scorsa lo hobbit piccolo non ha dormito. Alle undici lo ha svegliato la tosse. A mezzanotte lo ha innervosito quella qua qua appesa sopra la sua testa che non voleva volare. Verso l'una lo ha esasperato Pippo il coniglio che stava lì nel letto con lui, immobile a guardare. Lo hanno spaventato tutto quel buio intorno e quel silenzio che faceva male alle orecchie.
Lo hobbit piccolo non è tuttavia tipo da covare il suo disagio, muto e rassegnato.
Si è infuriato e, in un crescendo di rabbia, ha urlato il suo malessere tutta la notte.
Era tanto che non succedeva. Era tanto che Elasti-mamma non viveva quella vertigine notturna, quel senso di spossatezza, sconforto, sfinimento. Quella paura che la mattina arriverà troppo presto e ti sorprenderà lì, china su un piccolo mostro inconsolabile.
Se tra i ricordi di una madre o di un padre restasse memoria di notti come queste, nessuno si spingerebbe oltre il primo figlio.

Venerdì, 7 dicembre

Tokyo, 3, 2, 1 pronti via!

Domattina all'alba Elasti-mamma e Mister Wonder partiranno per Tokyo. Sordi ai sensi di colpa hanno rotto gli indugi.
Tutto è pronto.
Pelle liscia come seta grazie a una provvidenziale ceretta, biancheria intima da competizione per scrollarsi di dosso la sindrome casti-e-puri-come-due-genitori, completino da liceale perversa uscita da un manga che sembra che in Giappone vada

molto. Un'elasti-amica le ha offerto un paio di manette coperte di pelo rosa, ma Elasti-mamma ha preferito non esagerare.
Ha cercato di memorizzare un mini vocabolario di termini fondamentali, di cui ricorda solo la parola *chikan* che significa « pervertito », da utilizzare in caso, dicono piuttosto frequente, di mano morta in metropolitana. Non è esattamente il bagaglio linguistico più adatto per affrontare senza pregiudizi un popolo diverso ma potenzialmente amico, ma ci sono oltre dodici ore di volo per arricchirlo.
Ieri sono arrivati da Bari Towanda e Mister Brown che si occuperanno dei nani questa settimana.
« Nano... devo dirti una cosa... » dice Elasti-scamorza con voce rotta.
« Mamma, ora non posso, sono nel tee-pee con la nonna. Stiamo fumando il calumet della pace. »
« Solo un attimo. »
« Dimmi. »
« Ecco nano, papà deve andare in Giappone a lavorare e la mamma lo raggiunge per qualche giorno. Parto domani mattina, ma torno prestissimo. »
« Perché? » chiede perplesso.
Già perché? Perché tua mamma è un'egoista. Perché sono quasi cinque anni che non sta un po' con papà da sola. Perché la tua mamma sta soffocando. Perché quando tornerà sarà una mamma migliore. Perché Tokyo val bene una fuga. Perché la tua mamma non è solo una mamma, chiaro?
« Perché papà in Giappone ha bisogno della mamma. »
« Vengo anche io? »
No, tu no.
« No, amore. Tu stai qui con il fratellino e i nonni. In Giappone ti annoieresti moltissimo. »
« No! Non voglio che tu vada in Giappone senza di me. Non voglio che mi lasci. » Piange. È disperato. Disperato e furioso.
Oddio, non ce la faccio. Non posso piangere anch'io. Se crollo non parto più. Deglutisco. Inspiro ed espiro.
Devo concentrarmi su altro... Il congiuntivo presente! Ha detto « non voglio che tu vada ». Anche in questo tragico frangente, non sbaglia i verbi.

Grazie al precoce uso del congiuntivo Elasti-mamma trova la forza di ricomporsi.
« Nano calmati. Tu lo sai chi viene dal Giappone? Chi è proprio nato lì? »
Curioso come una scimmia, si blocca. Ha lacrime retrattili. « Chi? »
« I Power Ranger! In Giappone i Power Ranger si incontrano per strada. In Giappone si possono comprare Power Ranger veri che combattono sul serio. O se preferisci una spada di Power Ranger. O un vestito da Power Ranger. O... dimmi cosa vuoi e io te lo porto. »
Del bambino disperato nessuna traccia. « Vorrei il Blue Ranger. Ma grande, grande, grande... come papà. Me lo porti? »
« Certo amore. Il Blue Ranger gigante. Lo avrai. Adesso però basta piangere. »
La potenza della corruzione.
Elasti-mamma non sa dove troverà il mostro blu. Un problema per volta.
Poco prima di lasciare la redazione Elasti-mamma ha inviato un messaggio di saluto ai colleghi: « Domani parto. Qualcuno desidera qualcosa da Tokyo? Chiedete e vi sarà dato ».
Nei successivi tre minuti sono arrivate le seguenti richieste. Collega A: una foto autografata del Power Ranger giallo; collega P: kimono da geisha color fango; collega M: una insalatiera da ventiquattro di ceramica raku, rigorosamente azzurra, valore di mercato seicento euro, « poi te li rendo »; collega L: kimono di seta ma non caro da usare come vestaglia d'estate, preferibilmente di colori chiari; collega Z: due chili di tè Hoji; collega B: un barattolo da cinque chili di wasabi; collega F: sandali laccati di bambù; collega G: una geisha.

Sabato, 8 dicembre

Chi ben comincia è già a metà della vacanza

Un papà e una mamma si concedono una vacanza in un paese esotico. Lasciano i loro graziosi frugoletti a casa con la tata di fiducia.

Questa innocente evasione innesca una serie di eventi a catena:

1. La mamma viene colpita da un proiettile vagante e rischia di morire, prima dissanguata e poi di setticemia.
2. Un ragazzino nel paese esotico viene ucciso dalla polizia.
3. Un'adolescente giapponese a Tokyo giunge alla conclusione che buttarsi dalla finestra è l'unica via di uscita.
4. La tata di fiducia viene rispedita nel suo paese di origine, con l'accusa di traffico di minori.
5. I due bambini vengono abbandonati soli sotto un sole torrido nel deserto al confine tra Stati Uniti e Messico.

Perché tra i trentasei film a disposizione sul volo Milano-Tokyo Elasti-mamma ha scelto proprio questo?

Domenica, 9 dicembre

AAA cercasi Lolita

In metropolitana.
Tredici anni, codini, baby doll rosa tutto pizzi e laccetti, calzettoni bianchi da educanda, scarpe da bambolina con vertiginoso tacco. Il tutto semicoperto da un cappotto rosa. Tra le mani un telefonino, rigorosamente rosa, da cui pende un pony con le ali, rosa pure lui. È solo la prima delle centinaia di Lolite che Elasti-mamma e Mister Wonder incontrano nelle prime ventiquattro ore a Tokyo.
Dopo un viaggio eterno sono due zombie. Ma è solo l'una del pomeriggio e il luogo di ritrovo domenicale degli adolescenti sembra un buon posto per resistere al sonno.
Takeshita Dori è una strada pedonale stretta e lunga. Vi passeggiano ragazzine vestite da infermiera, da contadinella, da vampiro, da cameriera. Tutte hanno minigonne inguinali, improbabili trampoli ai piedi, mangiano crêpes con la panna e ridacchiano in continuazione.
Elasti-mamma e Mister Wonder entrano ed escono da folli negozietti che offrono tutto l'occorrente per trasformarsi in perfetta Lolita. Elasti-mamma è attratta da un vestitino da infermiera con sexy macchie di sangue incorporate ma sfortunatamente

qui le Lolite grasse hanno la trentotto. Taglie superiori non sono nemmeno contemplate.
Decidono di inerpicarsi su per una scaletta, senza nemmeno sapere dove porta. Le pareti sono coperte da fotografie di ragazzine in pose conturbanti. In Italia sarebbe l'antro di un pedofilo. A ogni piano c'è un negozio minuscolo ma pieno di meraviglie.
Nel Closet Child c'è il kit della perfetta bambina perversa. Candida biancheria intima, micro-camicie da notte ricamate, vezzose mollette, borse e spille con innocenti animaletti del bosco, usciti da un racconto di Beatrix Potter.
Nel Gothic Lolita si trovano bamboline-vampiro chiuse in comode bare, completini neri dal sapore sadomaso, anelli a forma di teschio e stivali a punta da dominatrice.
L'età media delle clienti è quindici anni.

Lunedì, 10 dicembre

La maledetta tessera Suica

Elasti-mamma si sente una vera cittadina del mondo. Atterrata a Tokyo solo da qualche ora, dopo una breve conversazione in giapponese con una macchinetta automatica, ha acquistato la tessera Suica per la metropolitana.
Trattasi di una tessera verde acido prepagata che consente di viaggiare su buona parte della rete metropolitana.
Armata di questa chiave magnetica che apre le porte del paradiso, Elasti-mamma ora si muove in totale scioltezza.
Ieri mattina Elasti-mamma si è diretta a grandi falcate verso il tornello della metropolitana e ha appoggiato compiaciuta la sua tesserina delle meraviglie sull'apposito sensore. Il sensore ha lanciato un urlo sordo e indignato, il tornello si è immediatamente richiuso e gli occhi di mille giapponesi si sono posati su Elasti-mamma.
Era l'ora di punta, tutti avevano molta fretta e Elasti-mamma stava cercando di aprire il tornello con la tessera del Tempio del Benessere.
Le porte della metropolitana di tutto l'impero del Sol Levante si sono sbarrate davanti a Elasti-mamma, esponendola al pubblico

nipponico ludibrio. Per cancellare l'onta Elasti-mamma si è dovuta prostrare davanti ai signori della biglietteria, chiedendo loro perdono. Elasti-mamma ha dovuto spiegare ai signori, che naturalmente capivano solo il giapponese, che c'era stato un errore e che era pronta a bruciare la tessera della palestra se le avessero riaperto le porte del paradiso. I signori finalmente hanno riattivato la Suica, probabilmente più per togliersi di torno l'elasti-tormento che per reale clemenza.
Elasti-mamma, gratissima, si è inchinata una quindicina di volte prima di lasciare la biglietteria e lanciarsi in nuove avventure.

Mercoledì, 12 dicembre

Due cuori e una jacuzzi

I Love Hotel sono degli alberghi a ore abitualmente frequentati dai giapponesi - coppie sposate, amanti, fidanzati - per stare in intimità in uno spazio meno angusto e più accogliente delle micro-abitazioni in cui vivono. Spesso hanno stanze a tema, jacuzzi in camera e a volte persino la piscina.
« Essi offrono un'esperienza tipicamente giapponese che ogni coppia di turisti a Tokyo dovrebbe provare, anche solo per un pomeriggio », dice la guida.
Elasti-mamma e Mister Wonder obbediscono e scelgono il loro albergo dell'amore, definito dalla guida « tra i più famosi della capitale ». Lo individuano sulla mappa ma, arrivati a destinazione, del Love Hotel nessuna traccia.
« Certo che se dessero i nomi alle vie in questa città di pazzi, sarebbe tutto più semplice », dice Mister Wonder dopo quattro giri a vuoto dell'isolato.
« Be', qual è il problema? Chiedi a qualcuno », risponde la pratica Elasti-mamma.
« In quale lingua? E poi... perché non chiedi tu? »
« Stai scherzando, vero? »
« Che male c'è? E poi ti ricordo che questo non è un popolo di repressi, come te. »
« Allora vado e dico: "Scusi, vorrei avere due ore di passione sfrenata con quell'individuo là in fondo, che poi è anche mio

marito. Ma vorrei farlo in una stanza che sembri uno studio dentistico, anzi no, uno zoo safari, preferibilmente vestita da lupo, sa com'è mio marito vuole sempre fare Cappuccetto rosso... mi sa dire dove devo andare? Grazie". Ma ti sembra? Vai e chiedi a quel tizio che ha l'aria sveglia.»

Mister Wonder chiede a sei persone diverse che, ridacchiando, gli danno sei diverse indicazioni.

Un'ora dopo Mister Wonder si accorgerà che Elasti-mamma ha guardato male la cartina e il Love Hotel dei sogni è da tutt'altra parte. Litigano e la passione si sfilaccia un po'.

Il Love Hotel è un enorme alveare. All'ingresso c'è un quadro luminoso con le foto delle stanze. Quelle accese sono libere. Ci sono poi due opzioni: «riposo» (due ore) e «tutta la notte».

Elasti-mamma e Mister Wonder perdono quarantacinque minuti nella contemplazione delle fotografie, mentre altri avventori arrivano, schiacciano il bottone della loro camera con piglio sicuro e in due secondi si dileguano.

«Che ne dici della stanza in stile tenda beduina?»

«No! Guarda qui c'è Bali Island.»

«Questa ha anche la piscina... è pure trasparente!»

«Cosa ti importa che sia trasparente, se sei dentro mica ti vedi!»

«Non capisci niente di erotismo.»

«Qui c'è la stanza "caverna preistorica", con la jacuzzi scavata nella roccia. Fantastica!»

«Mica dobbiamo giocare ai Flintstones...»

«Sei un uomo senza fantasia.»

Alla fine Elasti-mamma e Mister Wonder optano per una stanza con muro verde coperto di piante (finte), luce verde psichedelica, due poltrone che fanno i massaggi e mega schermo a tutta parete. L'albergo dell'amore offre anche dei travestimenti in affitto, ma i due si sentono già abbastanza trasgressivi al naturale.

La stanza è dotata di jacuzzi. Mister Wonder è già pronto a tuffarsi, ma la vasca è coperta di macchie nerastre e Elasti-mamma si rifiuta di metterci piede. Ripiegano su un'asettica doccia.

Le poltrone sono enormi, di pelle. Sono dotate di un telecomando con istruzioni in giapponese. Elasti-mamma schiaccia dei pulsanti a caso.

« Uh! Fantastico questo massaggio. Questa poltrona la voglio anche a casa... » dice lei sognante.
« Anch'io la voglio », dice lui a occhi chiusi.
« Non ti sembra un po' troppo vigoroso questo massaggio? » chiede lei un po' in ansia.
« Ma no, ti fa bene. Rilassati », biascica lui ormai privo di sensi.
« Ehi, ma mi fa male. Oh! Le gambe, mi sta stritolando le gambe! Aiuto! Sono prigioniera. Liberami, ti prego liberami, ahi! »
Di fronte alle due poltrone sadiche c'è il mega schermo. Sul mega schermo dei simpatici sketch pornografici in giapponese.
Sketch 1. Una signorina timorata di Dio va dal dottore perché ha mal di gola. Dopo dieci minuti abbondanti di moine e risolini il dottore la insidia. Lei si spaventa e non ci sta.
Sketch 2. Un'adolescente svaporata vuole fare la pornostar. La truccatrice la insidia con un microfono. Lei non capisce perché è completamente idiota.
Sketch 3. In ospedale un medico fa il giro della corsia. Incontra varia umanità disperata, tra cui una ragazzetta cadaverica con un termometro in bocca. Elasti-mamma non ha capito il senso erotico di questo sketch, ma era un po' distratta.

Giovedì, 13 dicembre

Metropolitana, telefonini e narcolessia

I giapponesi, dai cinque ai novantacinque anni, in metropolitana si dedicano a due sole attività: giocare con il telefonino e dormire.
I telefonini giapponesi sono tutti uguali ma di mille colori diversi. I giapponesi amano impreziosire un oggetto già di per sé piuttosto elegante, con ogni sorta di ninnoli dalle dimensioni variabili.
Elasti-mamma ha visto telefonini personalizzati con sette o otto agghiaccianti pupazzetti.
In metropolitana tuttavia l'uso del cellulare, nell'accezione nota a noi occidentali, è vietato. Il telefonino non può squillare, ma al più vibrare, non si possono ricevere né fare telefonate perché probabilmente si disturberebbe il sonno del vicino.

Grandi e piccini usano il cellulare per:
1. Rintronarsi con i videogiochi (tetris e slot machine vanno moltissimo).
2. Guardare la televisione, dai cartoni animati al telegiornale.
3. Navigare su Internet.
4. Spedire email.

Chi non si trastulla con il telefonino, sviene sul sedile, spesso accasciandosi sulla spalla del vicino infastidito. Sembra un popolo cronicamente devastato dalla stanchezza, bambini compresi.
Elasti-mamma è un soggetto piuttosto suggestionabile e con una buona dose di sonno arretrato (è l'onda lunga delle notti con gli hobbit).
Elasti-mamma ogni tanto va in giro da sola per Tokyo perché Mister Wonder deve lavorare. Per raggiungere il centro della città dall'elasti-albergo, occorrono circa quarantacinque minuti.
Elasti-mamma da quando è piccola si addormenta ovunque, persino sotto la doccia. Elasti-mamma, non avendo un telefonino con cui giocare, appartiene alla categoria dei passeggeri che svengono nella metropolitana.
Oggi Elasti-mamma è stata colpita da narcolessia.
Quando ha riaperto gli occhi il vagone del treno era deserto e un omino gentile le stava saltellando intorno, preoccupatissimo. Poiché in questo paese toccarsi è disdicevole e poiché Elasti-mamma aveva nelle orecchie le cuffie dell'iPod, il signore cortese ha passato vari minuti nel disperato tentativo di riportarla in vita. Probabilmente nutriva il sospetto che l'occidentale collassata sul sedile fosse ormai cadavere.
Con una serie di inchini e frasi incomprensibili, le spiegava che quel treno era fuori servizio e che doveva schiodarsi da lì.
Elasti-mamma, in stato confusionale, ha ricambiato gli inchini e si è dileguata, sentendosi un po' a disagio.

Venerdì, 14 dicembre

Pillole giapponesi, evitare l'uso prolungato

Il folle pachinko. Il pachinko è un diffusissimo gioco d'azzardo, illegale, per cui i Giapponesi vanno pazzi. La macchina del pa-

chinko è un incrocio tra un flipper e una slot machine e contiene un numero infinito di biglie di acciaio che producono un rumore infernale.
Le sale del pachinko sono ovunque e sono gremite di giocatori a qualsiasi ora del giorno e della notte.
I giocatori di pachinko hanno dai quindici ai novant'anni, sono uomini e donne e quando giocano fumano senza sosta. Per dare una parvenza di legalità a un'attività proibita, invece dei soldi, nella macchina del pachinko si mette una tessera prepagata che consente di giocare a punti. Se si vince si va alla cassa della sala. Lì si riceve un pupazzo, con il pupazzo si esce dalla sala e ci si presenta a uno sportello, per strada. Allo sportello ritirano il pupazzo e consegnano soldi.
Elasti-mamma è andata in gita al pachinko. C'era un terribile frastuono, una puzza immonda e tantissima gente. Elasti-mamma è uscita per non vomitare.

Il fantastico mondo dei manga. I giapponesi adorano i fumetti. Ne leggono milioni. I manga rappresentano il 40 per cento di tutto quello che viene pubblicato in Giappone. Ci sono manga su tutti gli argomenti. Ci sono manga sulla vita di ufficio, sulla gravidanza e la puericoltura e persino sui rapporti tra suocere e nuore. Ci sono manga che raccontano storie gay, particolarmente apprezzati dalle ragazzine, dicono.
Poi ci sono i manga erotici. La protagonista è quasi sempre una bimba con occhi tondi e lacrimosi e tette giganti. Gli organi genitali non possono essere mostrati, in compenso la bambina è spesso incatenata e subisce sevizie di ogni tipo.
Anche dal negozio di manga Elasti-mamma è uscita un po' turbata.

Mascherine per tutti. La mascherina è un must per moltissimi Giapponesi.
Quando Elasti-mamma ha visto le prime mascherine ha elaborato una sua teoria. Le mascherine, secondo l'elasti-pensiero, sono una difesa contro i germi per chi ha subito un trapianto di organi. Presto Elasti-mamma si è resa conto che a Tokyo la diffusione delle mascherine è inferiore solo alla diffusione dei telefonini.

Inizialmente ha persino pensato che in Giappone si cambiano gli organi come in Italia si cambiano le scarpe ed è stata assalita da un'enorme angoscia per i donatori. La verità è che i portatori di mascherina soffrono di allergia ai pollini.
Elasti-mamma ha proposto all'allergico Mister Wonder di inaugurare la stagione della mascherina. Elasti-mamma preferisce non riferire la sua risposta.

Gabinetti intelligenti. I gabinetti in Giappone non sono banali sanitari senz'anima. I gabinetti in Giappone sono animali intelligenti. I WC giapponesi sono dotati di vari pulsanti e di un sistema di riscaldamento dell'asse.
Elasti-mamma la prima volta che ha interagito con un WC giapponese ha incautamente premuto un pulsante a caso ed è stata aggredita da un potentissimo getto d'acqua tiepida. Dopo il primo incontro con il WC Elasti-mamma era completamente fradicia, capelli compresi.
Poi ha imparato che il gabinetto giapponese ha il bidet incorporato e che a ogni tasto corrisponde un getto di intensità e direzione diverse. Dopo avere familiarizzato con i tasti, Elasti-mamma è diventata quasi amica del WC giapponese.
Alcuni gabinetti tuttavia hanno un optional perverso: un tasto che riproduce il rumore dello sciacquone. Serve per evitare imbarazzi in caso di funzioni fisiologiche cacofoniche.
C'è qualcosa di geniale in tutto questo ma ancora Elasti-mamma non lo ha colto appieno.

Sabato, 15 dicembre

Appunti aeroportuali

Aeroporto di Narita.
Elasti-mamma e Mister Wonder tornano a casa.
« Lo hobbit grande sta benissimo, è sempre allegro e non chiede mai di voi. Ha sventrato qualche peluche e decapitato qualche pupazzo. Per il resto è molto sereno », ha detto al telefono ieri Valentina Diolabenedica.

« Lo hobbit piccolo sta bene. Ma è perplesso. Spesso ti cerca, sotto i letti e dietro le porte. »
Ecco... stavo bene, prima.
Lo hobbit piccolo mi cerca sotto i letti e dietro le porte? Il mio hobbit? Quello con gli occhi enormi e tondi come il protagonista di un Manga? Quello con lo sguardo a forma di punto interrogativo? Lui? Lui mi cerca e non mi trova?
« Ehm. Okay, grazie Valentina, ora devo andare, scusa. Ciao. »
Click.
Elasti-mamma saluta per non piangere.
Basta. Addio Tokyo, addio Giappone, sushi, sashimi, arigatò. È stato bello. Ma un nano con gli occhi tondi mi sta cercando. Vado.

Domenica, 16 dicembre

L'incontaminata vicina

Ha una trentina d'anni, giapponese, pesa non più di quaranta chili. Porta una candida mascherina, che si toglie solo per bere. Porta immacolati guanti di seta che si toglie solo per mettersi la crema idratante.
Tra lei e il sedile ha messo un asciugamano. Di fronte, sul tavolino, ha una sveglia, una bottiglia di acqua portata da casa, un flacone di acqua termale spray, una crema idratante, un barattolo di pastiglie multicolori.
Passa dodici ore in silenzio guardando fisso davanti a sé. Non dorme, non legge, non ascolta musica, non vede un film. Non mangia, non va in bagno. Ogni tanto beve, esclusivamente dalla sua bottiglia, e si spruzza, sul viso coperto dalla mascherina, acqua di Vichy. Con cadenza regolare si spalma la crema sulle mani. Ha dita filiformi e inquiete. Ogni tanto prende una pastiglia.
È la vicina di posto di Elasti-mamma sul volo Tokyo-Milano.
Dopo le prime due ore di fredda osservazione antropologica e dopo le successive tre ore di sincera curiosità per il diverso, Elasti-mamma ha iniziato a odiare il fenomeno che aveva di fianco. Invece di guardare l'igienista anoressica ossessiva con spirito fraterno e compassionevole, Elasti-intollerante ha concentrato contro di lei tutta l'insofferenza verso il lunghissimo volo. La

malcapitata vicina si è rapidamente trasformata nel catalizzatore dell'elasti-aggressività verso l'enigmatico popolo nipponico.
Elasti-mamma, esasperata e in preda a sentimenti bassissimi, ha provato a rovesciare il pollo con verdure sui guanti bianchi, a rubare l'acqua termale, a buttare per terra le pillole colorate, a manomettere la sveglia e a nascondere la maledetta crema idratante.
Per fortuna Elasti-mamma è piuttosto goffa e i suoi sadici tentativi sono tutti miseramente falliti.
La tizia è arrivata a destinazione sana e salva ed è ora pronta ad affrontare, armata di mascherina e guanti bianchi, la contaminata Europa.

Lunedì, 17 dicembre

Mamma bentornata, a te pesce crudo a me cioccolata

Elasti-mamma è tornata a casa, Mister Wonder è partito per Londra e gli hobbit sono in grande forma. I nonni che li hanno accuditi un po' meno.
Lo hobbit grande ha deciso che Elasti-mamma deve espiare la sua fuga con interminabili sedute di massaggio neonatale.
«Nano, ma questo massaggio te lo facevo quando avevi tre mesi, ora sei grande...»
«Mamma, io *ho* tre mesi. Non ti ricordi? Mi massaggi i piedini?»
«Piedini? Sono dei panzerotti giganti, dei piedi da hobbit...»
«Mamma, ero molto triste senza di te.»
Lo hobbit piccolo invece fa il duro, ma si è impossessato delle elasti-pantofole e non le toglie mai.
«Mamma, siamo stati bene coi nonni. Io mangiavo solo cioccolata, a pranzo e a cena», racconta lo hobbit grande.
«Ah... invece in Giappone mangiavamo solo pesce crudo.»
«Buono, ma il cioccolato è meglio. Mamma, posso dirti un segreto?»
«Dimmi nano.»
«Coi nonni facevo la pipì e la cacca nel lavandino.»
«Ah... pensa che in Giappone ci sono i gabinetti con tanti pul-

santi. Se schiacci quello sbagliato ti fai la doccia», rilancia Elasti-mamma.
«Io invece coi nonni non mi lavavo mai, nemmeno i denti, e non andavo neanche all'asilo e guardavo sempre la televisione. Il fratellino si metteva in bocca tutto, anche le cose vietate e pericolose, e insieme vedevamo i film non adatti ai bambini», prosegue lui senza reti.
«Va bene nano, ho capito. Non parto più, almeno per un po'.»
«Come vuoi. Comunque sono carini i nonni...»

Martedì, 18 dicembre

Passioni hobbit

Ore 20.45. Messo a letto lo hobbit piccolo, Elasti-mamma sta strapazzando lo hobbit grande sul lettone.
«Io vado pazza per questo nano!» gli dice, in preda a passione selvaggia, mentre gli fa il solletico e le pernacchie sulla pancia. Lui si interrompe e si mette a sedere. «Mamma, ma tu non andavi pazza per il cioccolato?» chiede interdetto.
«Hai ragione, scusa. Mi sono sbagliata.»
Certo che a volte gli uomini riescono a spegnere anche la donna più focosa...

Mercoledì, 19 dicembre

Natale trash

La maestra Dominatrix ha distribuito a tutti i bambini della classe verde un foglio da compilare a casa.
«Racconta come trasformi la tua casa per Natale», dice l'intestazione.
«Dovete riportarlo domani mattina, assolutamente», ha ordinato Dominatrix.
«Allora nano. Dimmi cosa devo scrivere», dice Elasti-mamma armata di penna.
«Va bene. Scrivi: noi per Natale facciamo il presepe», detta lui.
«Ma noi non facciamo il presepe. Abbiamo fatto l'albero...» obietta Elasti-mamma.

« Non importa. Tu scrivi: noi a casa facciamo il presepe con tante statuette e l'acqua vera che scende dalle cascate. Fuori dal balcone appendiamo un Babbo Natale gigante gonfiabile che si arrampica », prosegue lui.
« Ma non è vero, nano! »
« Non ti preoccupare. Continua a scrivere: alle finestre mettiamo panettoni e biscotti, accendiamo le lucine e cantiamo tutti insieme *gingol bells gingol bells gingol olleuei* ogni sera dopo cena », conclude il maestro del kitsch.
« Ma dobbiamo per forza raccontare tutte queste bugie? »
« Sì, mamma. Tranquilla. Dominatrix sarà molto contenta. »

Giovedì, 20 dicembre

Natale pubblico

L'anno scorso all'asilo nido privato che frequentava lo hobbit piccolo c'è stata una grande festa di Natale. I nani erano tutti vestiti di bianco, volteggiavano insieme alle maestre Teletubbies sulle note di melodie celestiali. Cantavano in coro canzoni sul Bambin Gesù e recitavano poesie in inglese, benché ancora lattanti. I genitori si godevano lo spettacolo sorseggiando champagne, accompagnato da tartine biologiche.
Quest'anno lo hobbit piccolo, per volere degli elasti-genitori e per grazia del Comune di Milano, frequenta un asilo nido pubblico.
Questo pomeriggio c'è stata la festa di Natale.
C'era Jess, filippino violentone, con tre dei suoi cinque fratelli e la sua placida mamma in armonia con l'universo. C'era Paolo, rumeno, con quaranta di febbre. Nessuno ha capito perché i suoi genitori non lo portassero a casa. C'era la mamma di Tatiana, peruviana, senza Tatiana. « Ma come? Non era una festa solo per i genitori? » ha chiesto sorpresa addentando una patatina fritta. C'era Mathias, figlio di Helenka, fotomodella polacca e anoressica a cui Mister Wonder lanciava sguardi da triglia. C'era Aisha, egiziana, ribattezzata « shsh » da un adorante hobbit piccolo che la rimirava mentre si avventava sulla tetta della sua mamma velata, poco più che adolescente. C'era Ramona, ecuadoriana, ac-

compagnata dal fratello tredicenne Javier con l'iPod nelle orecchie. Ramona e Javier da soli hanno bevuto tre litri di Coca-Cola e divorato tre torte al limone. C'era Viola-diventerò-una-stronza. « Voglio-andare-a-casa-voglio-andare-a-casa », ripeteva come un disco rotto a sua madre che parlava al telefonino ignorandola. Non hanno cantato in coro canzoni sul Bambin Gesù e non hanno recitato poesie in inglese. L'anarchia regnava sovrana.
Però ridevano come pazzi, si davano baci appiccicosi e appassionati e ballavano, sgraziati e felici.

Venerdì, 21 dicembre

Ui Uisciù e Merri Crismas

Quando ventisette nani in divisa natalizia (jeans e maglietta rossa) cantano tutti insieme con gli occhi chiusi e la bocca spalancata: « Ui Uisciù e Merri Crismas Ui Uisciù e Merri Crismas end e Heppi Niu Iar », il pubblico reagisce in tanti modi:

1. C'è chi piange (la mamma di Clementina che l'anno scorso chiamava lo hobbit « faccia di scoreggia »).
2. C'è chi guarda l'orologio (il papà di Lisa, la piccoletta canterina a cui hanno ammazzato il cane immaginario).
3. C'è chi dice « sono stonati come campane! » (nonna K).
4. C'è chi si distrae nel vano tentativo di domare uno hobbit piccolo imbizzarrito (Mister Wonder).
5. C'è chi dovrebbe filmare l'indimenticabile performance ma viene colta da ridarella incoercibile (Elasti-mamma).
6. C'è chi suggerisce le parole (la mamma di Elena, destinataria del bigliettino d'amore dello hobbit grande).
7. C'è chi vorrebbe essere altrove (la mamma e il papà di Amir).

Martedì, 25 dicembre

Soddisfazioni natalizie

Stamattina lo hobbit piccolo si è svegliato e, incurante dei regali lasciati da Babbo Natale, dell'atmosfera festosa e dell'eccitazione familiare, ha gridato, come ogni mattina, « tatte tatte! »

« Il latte dopo, nano. È Natale! Tanti auguri! » gli ha detto Mister Wonder prelevandolo dal lettino e depositandolo sul lettone. Lui ha dato un'occhiata torva e ostile ai congiunti in pigiama e ha taciuto per un po'.
Poi ha chiesto, nell'ordine:
1. « A? » (= Valentina Diolabenedica).
2. « Pappo? » (= Mattia, fidanzato di Valentina Diolabenedica).
3. « Nanna? » (= Rosanna, madre di Valentina Diolabenedica).
4. « Puppo? » (= Filippo, padre di Valentina Diolabenedica).
Chiaramente lo hobbit piccolo, talvolta, vorrebbe essere altrove.

Lunedì, 31 dicembre

Anno nuovo kamikaze

Nell'anno nuovo Elasti-mamma ha una missione kamikaze: convincere Mister Wonder a fare il terzo hobbit.
« Scordatelo », dice lui.
« Tu sei completamente pazza! Se fate un altro bambino ti viene un esaurimento, la casa scoppia, la macchina implode e tuo marito ti lascia per una studentessa giamaicana », dice nonna K.
« È una scelta tua, io ho sempre sognato di fare il capostipite di una tribù numerosa », dice nonno T.
« Io lo voglio maschio, tutto pelato. Può dormire nella cesta dei giochi », dice lo hobbit grande.
Lo hobbit piccolo si arrabbierebbe moltissimo perché le novità lo irritano. Ma gli passerebbe subito.
Towanda e Mister Brown tacciono e sorridono.
Elasti-mamma ci pensa spesso, con desiderio e struggimento.
Elasti-mamma ci pensa spesso perché qui manca qualcuno.
Elasti-mamma ci pensa perché è incosciente.
Elasti-mamma ci pensa perché è stata fortunata e la fortuna va condivisa.
Elasti-mamma ci pensa perché « the more the merrier ».
Elasti-mamma ci pensa perché nella vita non bisogna pensare troppo.
Elasti-mamma ci pensa perché in ognuno di noi c'è un piccolo kamikaze.

Elasti-digressione 12
Giù le mani dai Palicao

Quando Elasti-mamma, nel lontano 1994, andò a Bari a conoscere la famiglia di Mister Wonder era terrorizzata. « Vedrai, ti piaceranno », le aveva detto il suo allora neo-fidanzato.
« Il problema non è che loro piacciano a me », aveva risposto lei, in preda a un'ansia da prestazione che non l'avrebbe mai abbandonata, nemmeno molti anni dopo. « Il problema è se io piacerò a loro », aveva aggiunto.

Incontrò Towanda, con i suoi ricci naturali, il fisico da pin-up, tre figli e la pancia rientrante. E capì che la futura suocera era fatta della pasta dei supereroi. Incontrò Mister Brown, che amava la geografia e le magliette Best Company a cui tagliava inspiegabilmente maniche e colletto con le forbici da cucina. Incontrò la zia matta, allora sedicenne, severa e diffidente. Aveva lunghi capelli biondi. Più che un'adolescente, una piccola roccia.
Incontrò lo zio con l'orecchino al naso, anche lui sedicenne. « Piacere! Sono contento di conoscerti. Se mio fratello ti ama anch'io ti amo », le disse abbracciandola con un trasporto e un calore che lei, venuta dalle inospitali brume meneghine, trovò bizzarri.

« Aiuto! » piagnucolò lei, una volta rimasta sola con Mister Wonder. « Siete troppo... siete troppi. E poi siete una famiglia. E io non ci sono abituata », proseguì.
« Cosa posso fare per farti sentire a casa? Per farti sentire benvoluta? Per farti sentire a tuo agio? » chiese lui.
« Puoi farmi trovare i Palicao per colazione », rispose lei.

I Palicao erano dei minuscoli, deliziosi biscotti al cioccolato che si sciglievano nel latte. Rappresentavano le coccole, il tepore dolce di casa, il lussuoso privilegio di una figlia unica e viziata. Mister Wonder arrivò con un enorme pacco giallo pieno di Palicao. « Ecco i Palicao. Sono tuoi, per sentirti a casa, per sentirti amata, per sentirti tra amici », disse. L'enorme pacco giallo e il suo prezioso contenuto furono lasciati sul tavolo da un'incauta Elasti-mamma, poco avvezza alle insidie delle famiglie numerose. La mattina dopo Elasti-mamma trovò un sacchetto triste, brutalmente aperto, desolatamente vuoto. Trovò anche lo zio con l'orecchino al naso, satollo di Palicao.
« Ma come? Hai mangiato tutti i deliziosi biscottini al cioccolato? Tutti i miei Palicao? » chiese Elasti-mamma con voce rotta.
« No, non tutti », rispose lui, tracannando mezzo litro di latte. Effettivamente nel sacchetto era rimasto un Palicao, uno solo.
« Hai visto Elasti? Ho pensato a te. Ormai ti voglio bene come a una sorella », disse lui asciugandosi la bocca con il dorso della mano.

Elasti-mamma capì allora che aveva attraversato un guado e che da quel momento niente sarebbe stato come prima.

RINGRAZIAMENTI

Grazie a Roberto, il mio *bashert*.
Grazie a Luca e Andrea, inesauribili fonti di energia, ispirazione e felicità.
Grazie a Josette che ha sconfitto i fantasmi e mi ha insegnato a volare.
Grazie ad Antonio, uno dei due uomini a cui ho chiesto di sposarmi.
Grazie a Michela che mi guarda con affetto.
Grazie ad Arturo che partecipa sornione.
Grazie a Vanda e a Bruno, un grande esempio.
Grazie a Marcella, piccola e coraggiosa.
Grazie a Massimo che è diventato un uomo, sotto i miei occhi.
Grazie a Tommaso che un giorno deciderà di esserci.
Grazie agli elasti-amici del blog, senza i quali questo libro non ci sarebbe.
Grazie ai tre elfi della casa editrice, Sabine, Cristina e Stefano, per la fiducia, l'aiuto, l'affetto e le ormai irrinunciabili sedute elfiche che funzionano molto meglio di una psicoterapia.

INDICE

Claudia de Lillo
Nonsolodue

Lei è un'elasti-mamma, sempre più elastica, che continua a correre tra la redazione di un giornale economico e la casa a Felicity Place, barcamenandosi tra i bambini, il marito part-time, il lavoro a tempo pieno e il senso di colpa. Lui è Mister Wonder e continua a volare a Londra ogni settimana a studiare modelli matematici per l'abbattimento del sistema capitalistico, da buon economista marxista qual è. I loro hobbit sono cresciuti: quello grande, gaudente e seduttore, capelli come un casco di banane, occhi blu, una passione per *Il Signore degli Anelli* e le donne, in quest'ordine; e quello piccolo, torvo e diffidente, occhi tondi e neri come tunnel che chiude soltanto per ballare da solo, davanti allo specchio. Sono l'elasti-famiglia più amata dai lettori e questo è il diario delle loro nuove « avventure »: una lunga trasferta americana, tra centri commerciali, asili ispirati al modello emiliano e follie varie; le corse in bicicletta dall'asilo all'ufficio e il sogno proibito del part-time; le partenze all'alba di Mister Wonder e le notti faticose; le fidanzate dell'hobbit grande e gli amici immaginari di quello piccolo; le gite pugliesi e le vacanze sudtirolesi... E la lunga, meditata, dubbiosa, gioiosa, felice strada che ha portato nell'elasti-casa... un terzo hobbit.

TEA

Fotocomposizione Editype s.r.l.
Agrate Brianza (Milano)

Finito di stampare
nel mese di gennaio 2013
per conto della TEA S.p.A.
dal Nuovo Istituto Italiano d'Arti Grafiche - Bergamo
Printed in Italy